CAPE COD

心灵漫步科德角

[美] 亨利·戴维·梭罗——著

吕 楠——译

北方文艺出版社

图书在版编目（CIP）数据

心灵漫步科德角 /（美）亨利·戴维·梭罗（Henry David Thoreau）著；吕楠译. -- 哈尔滨：北方文艺出版社，2019.4（2021.3 重印）

ISBN 978-7-5317-3943-2

Ⅰ. ①心… Ⅱ. ①亨… ②吕… Ⅲ. ①散文集 – 美国 – 近代 Ⅳ. ① I712.64

中国版本图书馆 CIP 数据核字（2019）第 033046 号

心灵漫步科德角

Xinling Manbu Kedejiao

作　者 /［美］亨利·戴维·梭罗
译　者 / 吕　楠

责任编辑 / 张贺然
封面设计 / 琥珀视觉

出版发行 / 北方文艺出版社
邮　编 / 150008
发行电话 /（0451）86825533
经　销 / 新华书店
地　址 / 哈尔滨市南岗区宣庆小区 1 号楼
网　址 / www.bfwy.com

印　刷 / 三河市南阳印刷有限公司
开　本 / 710mm × 1000mm　1/16
字　数 / 193 千
印　张 / 12
版　次 / 2019 年 4 月第 1 版
印　次 / 2021 年 3 月第 2 次印刷

书　号 / ISBN 978-7-5317-3943-2
定　价 / 28.00 元

CONTENTS

目录

科德角

心灵漫步

回归自然

关于大自然这个话题，我很想就此酣畅淋漓地谈论一番，因为与高度进化的人类文明相比，它显得更加自由和野性——由此，我们便可以把人类看作大自然的一员或者重要的一部分，而不仅仅是社会中的居民。我更喜欢用这种激烈的陈述方式，这样，我的言辞就可以更强势一些。因为在所谓的文明社会中，有太多的拥趸：高官政要、教育人士以及你们这些读者当中那些关心它的人。

在我的人生里，我只遇到过一两位真正懂得步行艺术或者更准确地说是散步艺术的人。可以这样说，他们都是天才。关于"漫步"一词的由来，起源于中世纪。从前在乡间流浪、乞讨的人经过村子的时候，村子里的孩子总是这样大声呼喊："一个圣徒来了"——即一个漫步者、朝圣者之意。然而事实上，这只是一种假称，他们从未去往圣地，与所谓的圣徒也相去甚远，他们只是一些流浪的人而已。不过，还有另外一种说法，"漫步"源自"sans terre"一词，是"没有固定居所"的意思，因此，从另外一个层面来讲，"漫步"有漂泊不定、四处流浪之意，这才是漫步的真正含义。坚持坐在自己家里的人，也许才是最高尚的流浪者；但是，真正意义上的漫步者，比蜿蜒奔腾的江河更加飘移不定——即便是江河，也一直在不停地寻找着到达大洋的捷径。实际上，第一种说法才是"漫步"一词最有可能的出处，也是我更青睐的一种说法。因为，每一个步伐都是在藏于我们心灵深处的彼得（耶稣十二门徒的领导者）的激励下，奋勇向前，为了从异教徒手中夺回失去的圣地而进行的一次十字军远征。

然而，我们不过是一些胆怯懦弱的十字军战士，即便是现在的那些徒步者，也都缺乏坚定的意志和进取的精神。我们的远征变成了旅游，当夜晚来临的时候，我们又返回了出发地那个让我们熟悉的壁炉旁。我们有一半的路程都是在不停地重复自己之前走过的路。也许，我们应该寻找一条理想的路而义无反顾，怀着无所畏惧的精神奋勇前行——并且随时准备把我们不屈的心灵奉献给我们那荒寂的王国。如果你已经做好准备要离开你的父母兄弟、妻儿朋友，并且下定决心永远不再和他们见面；如果你身上没有任何负担，没有任何私事缠身，成为了一个真正自由的人，并且拥有矢志不移的精神——那么，你就可以开始你的漫游旅途了。

说起我的漫游历程，我和我的旅伴（我漫游时一般会有一个同伴）总是喜欢将自己臆想成一个没有经验的，或者是经验丰富的勇士——但他既不属于贵族阶层，也不属于宗教徒，而是一个自由的漫步者。我相信，这也能算得上是一个历史悠久而又值得敬畏的社会阶层。曾属于骑士们的那种风光和气势，现在也可以属于漫步者了——但不是游侠，而是拥有冒险经历、漂泊游荡的真正意义上的漫步者，他们是除了教会、国家和人民之外的第四个等级。

我们已经敏感地意识到，在我们身边似乎只有我们两个人热衷于钻研这门崇高的艺术。虽然我的很多同乡偶尔也像我一样很愿意参与到散步中来——至少他们始终声称喜欢散步——但说真的，他们并没有真正了解散步的真谛。悠闲、自由、独立是散步的几大必备要素，它需要上帝的恩赐，是多少金钱都无法买到的。想要成为一个真正的漫步者，需要上帝安排你出生在漫步者的家族，这不是健康因素能左右的。是的，我的几个同乡始终记得他们多年前的漫步经历，并不断向我描绘当时的场景：他们是那么开心，以至于一不留神在树林深处迷了路，长达半个小时之久。然而，不管他们如何强调自己是属于“漫步者”这一阶层的，我内心都十分清楚，他们所谓的“漫游”，不过是把自己的漫步范围限制在有公路的地方。毫无疑问，当多年以后，他们回想起以前实实在在的经历，哪怕是在树林迷了路，甚至当起逃亡者这样的事情，他们也会同样获得无比的快乐。

在清晨灿烂的阳光中，
他在幽静的树林中漫步，
鸟儿婉转悠扬的歌声，
回响在耳边。

假如我每天没有花费至少四个小时——大多数情况下会多于四个小时的时间在林间、山上以及田野里自由地漫步，把人世间的所有烦恼彻底放下，我想，我无法保证我的身体和思想都是健康的。所以，你可以没有任何顾虑地说，我的想法要么分文不值，要么异常珍贵。我总在想，工人和店主把一整天的时间全部消耗在店内，而且他们中的很多人都是在悠闲地坐着，并且翘起二郎腿，好像腿就是用来坐着，而根本不是用来走路的。他们这种毫无意义的生活方式，真是值得人敬佩。

我从来没有在屋里待过一整天，整天憋在屋里会让我的大脑变得麻木。我在大自然中经常会流连忘返，不到万不得已的时候我不会结束散步。当朦胧的夜色开始渗透进光明的白昼里时，我觉得这个时候再去挽回失去的白天已经为时过晚。不过，坦白地说，邻居们超强的耐性确实让我惊奇，更不用提他们思想上的麻木不仁了，他们竟然能让自己老老实实地待在商店或者办公室里整整一天、一个星期、一个月，甚至一年。我实在不清楚他们到底拥有怎样的生活方式——现在是下午三点，他们坐在那里，好像此时是凌晨三点一样。波拿巴·拿破仑曾谈论过凌晨三点钟的英勇，但在下午这个时间他们竟然也能悠然地坐着，这就与英勇一点关系都没有了；当你知道了他们一上午的时间都宁肯饿着肚子也不愿意离开岗位时，你一定会对他们抱以莫大的同情。我惊讶于在这个时间，或者说下午黄昏的这个时候，读晨报太晚，读晚报又为时太早；此时的街头巷尾异常安静，没有什么爆炸性的新闻，也没有那些繁杂而又腐朽的陈旧观念，所有的恶意和流言蜚语都消失在空气中。

被关在屋里的女人们比男人们更有耐心，我真不知道她们是如何忍耐的；但我更有理由去相信，她们中的大多数人根本不是在忍受。夏日阳光明媚的午后，当我们行色匆匆地经过村庄里那些固定的多安式或哥特式建筑时，随着不断从衣衫上掉落的灰尘，小村庄已经被一片安静祥和的氛围笼罩。我的伙伴悄悄地对我说，这个时候村庄里的人们可能都去午睡了；而此时的我正被那些建筑的恢宏气势所吸引，它们永远不会沉睡，永远笔直高耸地立着，时时刻刻守护着在甜蜜梦乡中酣睡的人们。

寻找生命的甘泉

想要陶冶一个人的情操，时间无疑是最好的因素。一个人随着年龄的增长，会越来越喜欢把活动范围固定在房间内。而当他慢慢走向生命的尽头时，他的各种习惯也会随着进入黄昏。最后，他也许会为了满足身体的需要，在日落之前走到室外，然后花上半小时散散步。

只是我这里所说的漫步和那种举哑铃或椅子的体育锻炼完全不同，这种漫步就像病人要按时吃药一样，是有规律的，是每天都要进行的冒险活动。去寻找生命的甘泉吧，如果你想得到真正的锻炼。

试想，一个为了保持健康而做哑铃运动的人，当他的生命之泉从远方的草原奔涌而来时，他却待在房间里无法去追求，这是多么令人遗憾的场景啊！

而且，你漫步时还必须像骆驼一样边行走边思考——据说骆驼是唯一会这样做的动物。当一位旅行者来到华兹华斯的住处，并向女仆提出参观主人书房的请求时，得到的回答却是："这只是他的藏书室，他真正的书房是户外。"

时常让自己置身在大自然温暖的阳光和轻柔的微风中，会使人的性格变得豁达——让我们天性中细腻的方面生出厚重的表皮，就像脸上变得粗糙的皮肤和手上起的老茧一样，又比如，像粗重的手工劳动会减弱双手的灵敏度一样。所以，从这个角度来讲，始终待在室内，或许会使皮肤变得柔嫩、细滑，不过这并不是皮肤会变薄的意思。只是它变得更加敏感了。如果我们长时间待在室内，很少让自己站在阳光和微风中，我们可能因此变得更加敏感，但同时这也会在很大程度上影响我们在智力和道德方面的提高。无疑，拥有薄厚均匀的皮肤是一件好事。但在我看来，皮肤转瞬就会衰老，而自然的疗法则要在白昼和黑夜的变换、季节的更迭、理论到实践的转变过程中寻找。我们的精神世界需要更多的空气和阳光。

劳动者的双手虽会长满老茧，却也会让人联想到他拥有个性的尊严和豪迈的气概；和倦怠的人无力的手指相比，这样的双手更能让人的心灵震撼。他们既不会像白天卧病在床却自认为皮肤白皙的人那样多愁善感，也不会像晒得黝黑的人那般历尽苦难。

每当我们想要漫步时，总是会不由自主地向森林出发；如果我们的散步范围只是在花园里或者林荫路上，又能有什么心得呢？一些从没有到过森林的哲学家，即使从未想到置身于林间是一件多么必要的事，却还是会“自己栽培桐树苗，在长大后的树木之下散步”，他们从那里穿过门廊，来到户外。只是，如果他们不把灵魂一起带到森林，即便径直走到那里，也不会有任何收获，这一点无可置疑。假如我在森林里漫步了 1 英里，却发现我的灵魂并未与我同在，我会变得慌乱。所以我在午后漫步时，常常将正在进行的工作以及自己对社会的责任全都抛在脑后；但有时，我也会发现其实很难彻底挣脱社会的约束，因为脑海里总会浮现出一些和工作相关的事情，我的灵魂好像丢失了，并不在我的身体里面。在森林中漫步时，我喜欢让自己的思绪归于平静，否则我总是会惦念着森林以外的事情，又有什么必要一定要到森林散步呢？当我发现心中暗含着某种思绪时，即使那是所谓的好主意，我也会不信任自己，不禁打个冷战——因为有时候有些想法真的会成为现实。

在我的住所附近有很多地方都适合散步。多年来，我虽然几乎每天都会出去散步，有时甚至连续出去好几天，却依然不能降低我对此事的热衷程度。每一道新风景都可以带给我巨大的快乐，并且我在任何一个下午都可以获得这种快乐。两三个小时的散步时光，就可能引领我到达一直期望看到的村庄，那是一个我不熟悉的地方；那里有我从没有见过的一个个独立农舍，漂亮得就像达荷美共和国国王的皇宫一样。事实上，无论是观赏方圆 10 英里以内的风景，还是把整个午后时光都用来散步，无论你遇到的是耄耋老人还是顽皮幼童，你都会发现乡村里有一种和谐的美，这里的一切对你来说永远都不会陌生。

现在，为了所谓的人类进步，不停进行的房屋建筑、森林的砍伐，其实只是在毁掉自然景观而已，这些行为让大自然变得驯服且低劣。一个生活中的吝啬鬼正和土地测量员一起寻找他自己的土地，完全没注意到他的身边就是天堂，当然也看不到来来往往的天使，只顾闷头寻找藏在天堂里用来埋桩子的旧洞口。我再次向远处望去，看见那个吝啬鬼已经站在幽暗的沼泽里，环绕在他身边的东西也变成了恶魔。他终于找到了属于自己的领地，在三块小石头处立着一个树桩，走近就会发现，那个恶魔就是他的土地测量员。

从我房子的门口出发，不必经过任何其他人的房子，也不必穿越任何公路——除了狐狸和貂走过的路。我先是沿着小河，然后走到小溪，再之后就来到草地和树林。就这样毫不费力地走上10英里、15英里、20英里，甚至更远，我周围方圆几英里的范围内，都见不到一个人。在途中，无论站在哪个小山丘上，都能看到文明的痕迹和远方居民的居住之地，只不过土拨鼠和它们的洞穴比农民和他们的劳作更显而易见。人类和社会生活——教堂、政府、学校、贸易、商业工业、农业，还有在它们当中最令人担忧的政治，但让我高兴的是，它们只占据了风景中的一小部分空间。在这部分空间里，政治只是一片狭长的地域，以及从远方伸向它的更为狭长的道路。我有时也会给旅行的人指明通向那里的路：如果你想进入政治领域，就跟在那些商人身后穷追不舍吧，沿着大路，它会直接将你带到目的地。它的领地很小，无法占据所有的空间；我像经过通向森林的一片田地一样从那里经过，它在我的记忆中瞬间消失。半小时之后，我已经离开了那里，到达一个从来都不举行选举的地方，在这里，政客只不过是一些抽雪茄的人，没有任何特别之处。

村庄是公路的目的地，是公路的一种延伸，就像湖是河流延伸的部分一样。如果村庄是一个人的身体，那么公路就是它的手和脚。而对于旅行者来说，它只是一个极其普通的岔路口，一条平平常常的大道。“村庄”这个词最初起源于拉丁文“villa”一词，意思是“通道、道路”，也可能是从古老的拉丁文“veho”中的“ved”“vella”和“varro”演化来的，有“携带”的意思，因为“villa”一词的本意就是指“被携带的物体要到达的地方”，并且将过着群居生活的那些人称作“vellaturam facere”，因此，拉丁文中的“vilia”和我们的词语“vile”（粗俗的）是同一个意思，也表达村夫的概念，这就暗示着某些村民很容易堕落。他们之所以在旅途中很辛苦，不是因为走了太多路，而是携带了太多、太重的财富。

有些人从来不散步，还有些人只在公路上散步，有旅行经历的更是极少数人。公路是给马匹和做生意的人使用的，我就很少在公路上行走。因为我并不急着赶路，客栈、商店、车马出租所或者公路所通向的车站都不是我急于到达的地方。我是一匹用作旅行的好马，但决不会听从一个赶路人的指使。即使将人物轮廓作为路的标志的风景画画家也无法勾勒出我的形象。我如同古代的先知和诗人曼奴、摩西、荷马、乔一样，在大自然中从容漫步。你可以将它命名为美洲，但它并不是美洲：既不是亚玛利哥·维思普奇，也不是哥伦布城或其他被发现的地方。即便是神话，也有着翔实的记载，甚至比我见过的所谓的美洲历史更加真实可信。

也会有一些没有留下商业足迹的古老公路保留了下来，只不过现在，它们几乎全被废弃了，它们似乎是通往某个特别的地方。老莫尔伯勒公路就是这其中的一条，它现在已经不通向莫尔伯勒城了，但在我眼里，它永远都是那条把我带到莫尔伯勒城的老莫尔伯勒公路。在这里，我要做一个狂妄之徒，可以大胆地谈论它，因为我认为每一座城市都会有一两条这样的公路

为了寻找黄金，人们曾经挖掘过老莫尔伯勒公路，结果可想而知，没在这里发现任何东西。春天的到来，把我喜欢旅行的本能唤醒，这时我可以在老莫尔伯勒公路上收获足够的砂砾。没有人去修复这条公路，因为没有人能磨损它；正如基督徒所说，它是一条有生命力的路。除了一些来自爱尔兰的宾客，并没有多少人经过那条路。公路上有很大的石头导板，但却没有一个行人；立在路边的纪念碑更显示出了它的庄重。这道风景值得亲眼去观赏。我仍然很好奇这条公路是哪位国王下令修筑的；它是什么时间、怎样完成的。如果能保持这样的想法，你就可以走出家门，乘风破浪去远航了，通过这条老莫尔伯勒公路，你完全可以畅游全世界。

这一带目前最美丽的土地还没被归类为私有财产，因此，来这里散步的人还有机会欣赏到绝美的景色并享受到绝对的自由；但是，不远的将来，它就要被命名为所谓的游乐场了，那时，便只有少数人可以在那里享受到狭隘的、目空一切的快乐。随着栅栏的数量不断增加，人类的陷阱和其他机器会逐渐把人们禁锢在公用的道路上；即使在上帝创造的大地上行走，也会被视为对某位乡绅个人领地的非法入侵。占有一种事物，无法让人体验到它所能带来的真正快乐。在暗淡的时刻到来之前，让我们把握眼前的机会吧。

畅游内心的完美世界

我们的目的地是哪里？为什么做出这个决定如此艰难？我相信，大自然永远拥有神奇的吸引力，只要我们把全部身心投入其中，最终它一定会引领我们找到光明的所在。最重要的是，选择一条什么样的路走下去。本来我们面前有一条正确的路可以选择，但我们偏偏漫不经心、糊里糊涂地走上了错误的道路。我们都喜欢进行心灵的漫步，与其在现实生活中标着精确路标的真实道路上行走，我们更喜欢让自己畅游在心灵的美丽世界中。有时，我们也会发现很难确认前进的方向，因为它还没有在我们的脑海里清晰地呈现出来。

当我做出散步的决定时，并非已经给自己限定了出行的方向和目的地，而是不由自主，那是一种本能，我的脚步为我决定方向。不过，我发现了一个奇怪的现象——最后我总是会朝着那个有着独特的森林、草地、荒芜的牧场和山丘的西南方走去。我身体里的罗盘逐渐稳定，或许会有几度的轻微变化；实际上，指针也不能总是指向正西南方向，不过却始终在西方和南方之间徘徊，或者它自有其规律。我的未来就在这条路上，它的土地似乎用之不竭，而且十分肥沃富饶。我行走的轨迹犹如一条抛物线，就像是被认为没有回程路线的彗星轨道，而非一个圆形；这么看来，我的路线——抛物线的开口处朝向西方，而我的房子恰好占据了太阳的位置。有时，我也会在原地犹豫一下，才能开始我的第一千次向西南方或西方的漫步。通常来说，向西方前行完全是我内心的渴望，绝不掺杂其他因由，而去东方却只有在万不得已的情况下才成行。因为我认为在东方的地平线上很难寻找到美丽的风景以及纯粹的狂野和自由。对能够在那里散步，我一点兴奋感也没有；但我却坚信，在西方，没有任何扰乱我思绪的乡镇或城市，在地平线上看到的森林会一直延伸到日落的地方。让我去我喜欢的地方生活吧，一边是城市，一边是荒野，我曾不断地远离城市，将自己置身在荒野。或许我不应该过于强调这件事，因为我相信像这样的事情在我的同乡看来是一种时尚。我要步行抵达的目标是俄勒冈州，而不是欧洲。从东方走向西方，是一个国家前进的道路，甚至可以说，是人类发展的进程。近几年，虽然我们也目睹了移民向东南方向迁移的例子——有移民在澳大利亚定居，但是这却是一个倒退的例子，对我们没有积极的影响，并且，从澳大利亚的第一批居民的道德素质和身体素质上来判断，这并不是一次成功的尝试。东方的鞑靼人认为他们生活在最东方，世界的最西边是西藏，他们说"世界的尽头就在那里，再往那边走就是一望无际的海洋了"。

通常，我们从东方了解历史、研究艺术和文学作品，去追寻人类的足迹。而我们走向西方，则是满怀勇气和信心，以极大的冒险精神去探索未来。大西洋是一条使人忘却过去的支流，在穿越它的过程中，我们可以将旧大陆及其体制从记忆中抹去。如果我们的民族这次没有取得成功，那么在到达冥河岸边之前，或许我们还有一次机会，还有另一条遗忘之河——太平洋。

我不知道，相对于整个种族的移动，个体那微不足道的行走距离会有多大的意义，或者这种单一的行迹会持续多远，但若一定要举例说明，我知道这种类似于候鸟和四足动物的迁移本能，已经影响了整个松鼠部落，它们进行了大规模的神秘迁移。据说，有人曾看见过它们穿越宽阔的河流，它们甚至在过河时各自浮在一片特制的木块上，把尾巴高高翘起当作船帆，而且在跨过稍窄一些的河流时仍带着死去的同伴的尸体。这种狂热就像疯牛病——在春天侵袭家牛，虽说这种病只是与牛尾巴上的虫有关，却影响了整个国家和每一个人，并且这种影响会永久存在或时常发生。这和成群的野鹅叫着潜入我们的村镇而引起的骚乱不同，这甚至是一种在某种程度上使房地产的价值变得不再稳定的因素；如果我是一个地产掮客，我很可能会把这种骚乱考虑在内。

每一次欣赏落日，都能燃起我心中向西行进的愿望——到达夕阳落下去的地方。太阳似乎每天都在向西移动，并且总是引诱我们跟随它，太阳是所有民族都愿意跟随的伟大的西方先驱。我们总能梦见一些山脊立在地平线上，尽管它们可能并不真切存在，只是因太阳光的照耀多了层金边而已。西方有着悠久而辉煌的历史，那里曾出现过亚特兰蒂斯岛、西方极乐群岛上的诸多小岛和花园，以及一个人间天堂，它们都被笼罩在神秘色彩与诗情画意之中。当凝望夕阳西下的天空时，每个人都能在想象中看到金苹果园中的花园和那些神话故事的渊源。

当哥伦布比以往任何人都更想要去西方探险时，他毫不犹豫地行动了，并最终为卡斯提尔和莱昂发现了新大陆。远方牧地的青草香气已传到了游牧民族的鼻尖——

此刻，所有的山坡在夕阳的余晖中带着一层金色，
不知不觉，它便滑进了西方的那片山坳；
但最后，蓝色的天边又看到它升起；
森林和原野又将在明天迎来一片新的生机。

我们在整个地球上寻找那样一片可以被大部分国家同时拥有的清静之地，那里有富饶肥沃的土地，人们可以种植多种多样的作物，最重要的是，那里适合欧洲人居住，那样的一块净土在哪里呢？

密休斯对那个地方有一点儿了解，他曾说："北美洲的树木品种要比欧洲丰富得多。在美国，有 140 多种树木，而且高度都超过了 30 英尺；而在法国只有 30 种树木能长到这个高度。"后来，他的观察结果被很多植物学家证实。洪堡就是为了实现他年轻时怀有的研究热带植被的梦想才会来到美洲；他曾生动地描述说，那是亚马孙河流域的原始森林中最完美的部分，是地球上最大的一片荒野。欧洲地理学者吉欧，旅行到了很远的地方——比我准备跟随他所走的路途还要遥远；在他发表那个观点之前——由于植物是用来养动物的，而植物的世界又是为动物的世界存在的，所以美洲的存在完全是为了旧大陆的人民——旧大陆的人民就已经追随他的脚步前往那里了。为了能接近欧洲文明，他在离开亚洲的丘陵地带后，开始了一次又一次的新征程。因为强大的要继续前行的信念，他的每一步都是在超越前一种的文明的新文明上。抵达了大西洋后，他停泊于一个不知名的海洋，并在这个未知的领域中立即留下了自己的足迹。当他满身疲惫地踏上欧洲的土地，很快重新启程，像早期的西部探险者一样，又开始了他的冒险生涯——这就是吉欧。

西进运动最后在抵达大西洋岸边时不得不停止了，于是，现代化的商业与贸易便如雨后春笋般涌现出来。年轻的密休斯在他的《1802 年游阿利根尼山脉西侧

纪实》中说:“你来自世界的哪个地方?”这是西部新定居的居民中,最流行的问候语。好像地球上所有的居民都来到了这块辽阔而肥沃的土地上,这里是他们天然的汇合地和共同的家园。

或许我可以使用一句古老的拉丁语“Ex Oriente lux; ex Occidente frux”来回答——我是来自西方的光芒,东方的果实。

英国旅行家兼加拿大首长弗朗西斯·黑德,曾对我们说过:“在新大陆的南北半球,自然不仅大范围地勾勒出她的作品的轮廓,而且涂满整个画面的色彩比描画旧大陆所使用的颜色更加明丽和珍贵……美洲有着无限高远、蔚蓝的天空,清新的空气,寒冷的冬季,就连月亮也更大,星星更明亮,雷声更响亮,闪电更耀眼,风力更强劲,雨水更充沛,山更高,河更长,森林更宽广,平原更辽阔。”这样的描写至少能与布丰对这个地方以及它的产物的记述一较高下了。

很久以前,林奈也曾说过:“美洲植物并不只是在表面上令人感到愉悦和宁静。”他认为,“在美洲,并没有或者说很少有罗马人所说的那种非洲猛兽,从这方面来说,人类很适合在这里居住。”据说,在新加坡,距东印第安城市中心 3 英里范围内,还有老虎出没,甚至每年都会有一些居民被吃掉:但是在北美洲,旅行者丝毫不用担心会有野兽袭击,在森林中的任何一处都可以安心过夜。

当然,这些描述都是用来鼓舞人心的。如果这里的月亮比欧洲的大,那么或许太阳也会比欧洲的更大。我认为,关于美洲的天空无限高远,星星无比明亮的描述,只是哲学、诗歌和宗教领域的一种崇高的象征,也许有一天,它的居民可以在空中自由翱翔。最终,那个虚幻的天空或许像美洲人心目中的天空一样高远,星星也一样明亮。我相信,和山雾中的某些物质能让人的心智和灵感得到滋养一样,气候也会对人的身体产生影响。在这样的作用下,人类的智慧也会随着身体的成长而增加吧?我坚信,我们的想象力会变得更丰富;我们的思想会更加明朗而有创意,并且像我们的天空一样清澈;我们的理解力也会像平原一样无边无际;我们的才智更会像雷电、河流、山峰、森林一样壮丽而宏伟:我们的心灵甚至会具有大海一样的宽度、深度和高贵品质。对旅游者来说,我们脸上的那份快乐与宁静,或许他会有所感悟,但他永远不会真正懂得。为何其他地方的世界永不止步,而偏偏是美洲被人们发现了呢?

美洲人几乎不需要我的描述——

帝国之星会在西方为他们指引道路。

作为一个真正的爱国者,如果我认为这片土地上的居住者最适合的是天堂里的亚当,而非边远地区的人,我会为此感到羞愧。

尽管我们与南方的关系可能有些疏离,但我们对马萨诸塞州的那种同情也包括西方。年轻一代的家园就在那里,正如有些斯堪的纳维亚人为了继承遗产而定居在海上一样。现在已经错过了学习希伯来语的时机,更重要的是多了解一些当代的俚语。

我在几个月前领略了莱茵河的全貌,它像是中世纪时的一个梦境。我顺着这条著名的河流,来到由罗马人建造、又被后代的英雄修缮过的桥下,经过城市和城堡,它们的名字如音乐一样悦耳,并且流传着美丽的传说,这其中的一些地方我只听说过,比如埃伦布赖特施坦因城堡、罗兰德塞克城堡以及科布兰兹城堡。我对这些遗迹有着极大的兴趣,它们似乎从水中和绿色藤蔓攀爬的河谷中突显出来,同时,我仿佛听到同十字军启程奔赴圣地时一样庄严的乐曲。这些城堡仿佛具有魔力一样,我沿着它们的综迹漫游着,好像穿越时空到了那个英雄辈出的时代,周身弥漫着骑士的气息。

不久之后,我又去游览了密西西比河。我一边在岸边漫步,一边用现在的眼光审视着这条河流。远远望着在河上穿行的蒸汽船,根据那上面承载的木材计算将会有几座城市拔地而起,望着刚刚诞生的废墟,以及印第安人穿越河流向西迁移的身影,我像以前走访摩泽尔时一样,现在又来到俄亥俄州和密苏里州,听着迪比克和伟诺纳绝壁的传说。不过,我想的不是过去或现在,而是未来。我看到了另一条不同的莱茵河。城堡的根基还没打牢,河上也未架起著名的桥梁;或许它本身就是一种英雄时代的象征,但我们知道,往往那些最简单且最平凡的人才是英雄。

生命的狂野

我所说的西方只是我对荒野的另一种称呼；我正准备说的是，荒野是世界的最后保留地。每一棵树都尽力伸展着自己的根须去寻找荒野，城市也想尽一切办法增加这一特色。人类为了它艰难地前进，到森林和原野里寻找珍贵药材和树皮来补养身体。人类的祖先就是野蛮之人。被狼养大的罗穆卢斯和瑞摩斯①的故事，并不是没有任何意义的神话。每一个国家的缔造者都有类似的经历——从荒野源泉中吸取养分和能量，然后变得与众不同、卓尔不群。没有哪个出生在帝国的孩子是由狼哺育长大的，所以他们会被北方森林里由狼养大的孩子打败。

我相信，森林和草原上的玉米在夜间也不会停止生长。我们需要在茶里注入一些铁杉、云杉或者乔木的生命元素。为了增强力量而进食和因贪吃而暴饮暴食，这两者之间的区别是本质性的。非洲南部的霍屯督人十分喜好吸食纰角鹿的骨髓，也很爱吃生的羚羊肉。而在遥远的北方，一些印第安人也爱吃北极驯鹿的生肉和骨髓，以及其他部位，包括鹿角的柔软的顶部。由此看来，他们的厨艺或许出其不意地超过了帕里斯城②的著名厨师。他们通常用火熏烤要吃的东西，或许这种方法可以使食物比人类在厩中养肥的牛和居宰场里的猪肉更加可口。赐予我一种任何文明都无法容忍的野性吧——就像那些以纰角鹿的骨髓和生肉为生的人们一样。

我打算搬去一片没人居住的荒野之地生活，那里就在林鹅的聚集地旁边，但在我看来，我似乎已经适应了那里的生活。

我们从非洲猎人康明那里得知，大角斑羚以及其他刚被杀死的羚羊的皮毛，

① 瑞摩斯，罗马神话中战神玛尔斯之子，由母狼哺育长大。
② 得克萨斯东北一城市。

都会散发出一种类似于绿树和青草的芳香。我真希望每个人都能像这种野生的羚羊一样，成为大自然必不可少的一部分。这样，每当他出现的时候，我们都能感觉到他身上散发出来的香甜的个人气息，让我们不得不联想到他经常在大自然中徜徉。即使猎人的外套散发出麝香鼠的气味，我也觉得这没有什么值得讽刺的：在我看来，这种味道比商人或者学者外套上散发出来的香味更清新。因为当我走进商人们的藏衣室触摸他们的衣服时，根本不会想到绿色的原野和鲜花遍布的草地，反而只能想起商人们那肮脏的交易和手段。

对于一个森林中的居民来说，橄榄色的皮肤比白色更适合他。而且被太阳晒黑的皮肤更值得人们尊敬。"苍白的人啊！"我几乎可以想到非洲人会给予白皮肤什么样的同情。自然学家达尔文说："一个在塔希提岛旁洗澡的白人，与一株在辽阔的旷野上茁壮成长的优良的深绿色植物相比，更像一株被园丁的工艺漂白了的植物。"

本·琼森[①]宣称——

"美好就是无限接近好！"

因此，我要说——

"狂野就是无限接近好！"

生命在于狂野。最狂野的事物才是最富有生机的事物。它的存在能振作文人的精神。一个不断积极上进、不会停歇的人，一个成长迅速、对生活有着无限追求的人，总是到新的乡村或荒野中去，总是在生命的原始状态中间，他甚至会爬上原始林木蜿蜒曲折的枝丫。

在我看来，草地和耕种的田野上是找寻不到希望和未来的，乡镇和城市里也一样，希望和未来在那无法进入的、令人却步的沼泽地中。曾经，我去一个相中已久的、计划要购买的农场视察时，总是会发觉真正深深吸引我的是那其实只有几平方杆大的、不知深度的沼泽——它的一角是一个天然水池。在我眼中，那是一颗宝石，令我甘愿为它的光芒沉醉其中。我在当地城镇附近的沼泽地中所获取的生存必需品，远远超过我在乡村栽培的菜园里所获得的。在地球表面最柔软的地方覆盖着低矮而浓密的马醉木铺成的花床，在我眼中，任何花坛都不会比这里

① 本·琼森（1572—1637），英国作家、诗人评论家。

更美丽、丰饶。就连植物学家也无法准确地说出在这里生长的灌木的名字——高蓝、锥形仙女花、狭叶山月桂、杜花、石南花——所有这些植物都在沼泽地里茁壮成长。我时常想在我的房前也种上一片暗红色的灌木丛，以取代原有的花园以及路边的花坛，然后把云杉和修剪整齐的黄杨移栽到别处，甚至把用砂砾铺成的雨路也移开——让我窗下的土地呈现出原本丰饶的样子，不再是为了覆盖挖地时掘出的沙子而用手推车推来的一些土料。为什么不把我的房子、客厅都移到这片丛林之后，远离与那个好奇者闲聊的聚集地呢？只不过为了使居所在路人眼里整洁美观，看起来更体面一些，当木匠和泥瓦匠都离开后，屋内的居住者必然要付出同木匠和泥瓦匠一样多的努力。最美观的前院栅栏从来不会是令我满意的研究对象；精心制作的装饰物、优质的橡树屋顶或者别的什么东西，也很快就会令我失去兴趣。带着你的根基到沼泽地的边缘去吧，尽管那里可能并不适合建造干燥的地下室，但这样一来，就不会再有城镇居民来拜访了。就算你不能从前院走进去，至少还能从后面进入。

你可能会觉得我是个很固执的人，但假如我的居住地要在被人们精心设计的最美丽的花园附近和阴暗的沼泽地这二者中做出选择的话，我一定不会有任何犹豫地选择后者。在我看来，城镇居民，你们付出的劳动是没有意义的！

外界环境越凄凉，我的热情反而会确定无疑地随之升高，所以把海洋、沙漠和荒野都交给我吧！在沙漠中，干净的空气和孤寂的感受能补充水分和土壤肥力的缺失。旅行家伯顿[①]曾说过："只要你的精神状态改变了，你就会变得直率、真诚、宽容、坚强……在沙漠中，浓烈的酒精只会令人厌恶。最大的快乐是仅仅把自己当作一种动物。"曾穿越鞑靼地区大草原的人说："当我们重新回到文明社会，文明的骚动和混乱状态却令我们感到压抑和沉闷：我们似乎不能再呼吸这里的空气，有一种随时随地都可能窒息而死的感觉。"当我想要安静地休息时，我会前往最幽暗而茂密的森林最深处的沼泽地，对城市居民来说，再没有比那里更凄凉的地方了。而沼泽对于我，却是一个神圣的地方，走进它，就如同走进至圣所[②]一样神圣，大自然的力量与精髓在这里聚集。原始森林覆盖着处女地——滋养着森林的同一片土壤，同样也能滋养人类。如果一个人要保持健康，他就需要经常观赏

① 伯顿，英国探险家、作家，多次到北非地区探险，发现了非洲坦噶尼喀湖。
② 犹太神堂和庙宇内最里面的神龛，是最神圣的场所。

大草原；如同他的农场需要肥料一样，大自然同样也会给予他赖以生存的养料。一个城镇得以存在，不仅要依赖居住于此的正直的人们，更因为它周围那大片的森林和沼泽为它和居住其中的人提供了养分。城镇是由一个新的原始森林在另一个消亡的原始森林之上兴建起来的，像这样的城镇不仅有适合种植玉米和土豆的土壤，也有能培养出未来的诗人和哲学家的土壤。荷马和孔子等人就是在这样的土地之上成长起来的，而在这样的荒野之地，也曾有过吃蝗虫和野花蜂蜜的改革家。

保护野生动物的重要意义在于改善森林的居住环境，以利于它们的生存与繁衍：对于人类来说，也是如此。一百多年前，人们剥下森林里的树皮拿到街上去卖。我认为，在那些原始树木粗壮的外表下，有一种能让人类思想更加坚定的纤维。唉！我时常感到不安，为我的乡村所经历的那相对堕落的年代，当连一车优质的厚树皮都无法收集到时，我们就再也制造不出柏油和松节油了。

文明的国家都保留着原始森林，如希腊、罗马、英国，那些从远古时期就生长在那里的树木。在土壤的肥力耗尽前，它们会一直存活下去。哎，人类的文明啊！有一天，当耕种植物所需的肥沃土壤被耗尽，人们不得不用先人的遗骸作为肥料时，这样的国家还能有什么希望！在那里，诗人仅靠着自己多余的脂肪维系生命，而哲学家则通过自己的骨髓流芳百世。

据说，“去耕种处女地”以及“让任何未知的地方都成为农业用地”是美国人的两大使命。我想，农夫之所以取代了印第安人是因为他拯救了草地，他自身也因此变得更加强大，在某些方面的天赋也显露出来。前几天，我用直数尺为一个人测量了一个有 132 杆长的沼泽，我觉得把但丁在地狱入口读到的文字写在这个沼泽的入口也很合适——“放下所有的希望，再进来”——意思就是，一旦进入就再也没有出来的可能性。在那儿，我曾看见我的雇主拿自己的生命做赌注，当时还是冬天，他却在沼泽地中穿行，而且水已经没到了脖子。他还有一个沼泽，与这个相似，但我没有测量出来，因为它已经完全被水淹没了。不过，他还有第三个沼泽，我已从远处测量过了。他告诉我，自己对沼泽的热爱是出于一种本能，任何报酬都不足以让他卖掉沼泽。对于沼泽里面的泥浆，他也想到了解决办法，他打算用 4 个月的时间在周围挖一条沟渠，后来，他果然履行了诺言，虽然借助了铁锹的魔力。我之所以提到他，仅仅是想要把他作为某一类人的模范。

我们对森林取得重大胜利的武器，不是剑，更不是长矛，而是砍伐灌木的镰刀、割草机、铁锹、锄头，这些武器功不可没，应被我们世代传承。它们因为沾染了太多青草的血液而生锈、腐蚀，最后被原野中的尘土弄得脏兮兮的。风从印第安人的玉米田上吹过，奔向草原，为他们指出一条无法跟随的道路。在这片土地上，最适合固守自己的工具是蛤壳状挖泥机，但是农夫已经将犁和铁锹准备好了。

在文学作品中，只有狂野一词能吸引我们；愚钝和温顺其实不过是同一性质的两种说法。狂野是《哈姆雷特》《伊利亚特》以及所有的经文和神话中真正令我们感到愉悦的野蛮的自由和思想，是在学校里学不到的。野鸭十分活跃、漂亮，尤其在沼泽地上扇动翅膀的野鸭，较之驯养的家禽更具有野性的魅力。一本真正的好书就像西部大草原上的野花或东方的丛林，它的完美是天然的、意想不到的、无法形容的。而天才就是在黑暗中闪耀的一道光芒，犹如偶然劈开知识殿堂的一道闪电，绝不是人类壁炉里的火光，绝不是那一点在日光下显得更加暗淡微弱的光亮。

从某个角度来讲，从吟游诗人时代到湖畔诗人时代的英国文学[①]中的野性是受到了制约的。因为无论是乔叟、斯宾塞、弥尔，甚至包括莎士比亚，都没有呼吸到真正新鲜的空气。英国文学能反映出希腊和罗马的时代特征，实质上这是一种被开化的文学。它的荒野是一片绿林，而狂野的人则是罗宾汉[②]。对大自然怀有热切的爱有许多，但纯粹赋予大自然本身的却很少。它的编年史告诉我们，它是在狂野的动物时代消亡的，而不是在狂野的人类时代。

洪堡笔下的科学和诗歌是完全不能相提并论的两回事。当今时代的诗人，虽然对科学发现都多少有些了解，对人性的认识的积累也很多，但无论如何都无法超越荷马。

哪里有真正描述自然的文学？或许某一位诗人能让微风、小溪都记住并赞叹他的功劳；他把他的语言坚实地钉进人们最原始的感官里，就像春天里农夫会把因为霜冻而升高的树桩敲低一样；他用这些来组织语言形成诗歌——把根上附着的泥土写进他的诗歌里；他的文字是那么真实、清新、自然，就像春天到来时即将绽放的蓓蕾，尽管它们现在躺在图书馆，夹在两片发毒的花之间似乎马上就窒息了——哎，在那里年复一年地开花、结果，即使是它最忠实的读者也会对这周

① 指18世纪末到19世纪初的英国消极浪漫主义诗歌流派。
② 罗宾汉，12世纪英国民间传说中以勇敢、具有骑士品质和劫富济贫而闻名的人。

围的自然环境给予同情。

我不知道这里应该引用哪种诗歌，才能充分表达出自己这种对狂野的热切渴望。如果从这方面考虑，那么多优美的诗歌都会变得寡然无趣。我不知道应该在古代还是现代文学中，找到可以满足我想要了解更多关于自然信息的愿望的记述。你将会发现，满足我需要的记述，既不在奥古斯都时代，也不在伊丽莎白一世时代，总之，在任何文化中都找寻不到。神话要比任何事物都更为亲切，因为，希腊神话比起英国文学，都是从富有创造力的大自然中诞生的。神话是旧大陆的农作物，那时土壤还未衰竭，想象力还没有枯萎。因此它原始的活力从不曾衰竭，无论长在哪里，都能结出果实。如果说其他所有的文学都像为我们遮蔽房屋的老榆树一样，那么神话就像西方岛屿中巨大的龙血树[①]，它和人类的历史一样久远——促使它兴旺的沃土，正是其他文学的腐朽。

西方正准备把它的神话和东方神话并列到一起，一部分果实已经收获了，如恒河、尼罗河以及莱茵河流域，现在只是还不知道在亚马孙河流城、普雷特、奥里诺科河、圣劳伦斯和密西西比河会结出什么样的果实。或许，随着历史的逐步演进，有一天美洲文学也会成为一部历史小说，或者在某种程度上也像当代小说一样时，所有的诗人就同样会受到美洲神话的启发。

不切实际并不是狂野之人最狂野的梦想，虽然说在现在的英国人和美国人中，这些狂野之人可以算是最不会推销自己的人群。在常识中，每一次推销也并不都是真实的。大自然为甘蓝准备了生长的地方，同时也不会忘记给野铁线莲提供一席之地。有关真理的一些词汇都是引人深思的，这些词语可以只是一些有远见的短语，也可以是一些有预言性的语句。有些语句甚至是以疾病的形式预言出健康的形式。地质学家们在动物化石上发现了大毒蛇、狮身鹫首的怪鲁、飞龙以及其他稀奇纹饰的原型，只不过这些原型在人类出现之前就已经灭绝了。这是否预示着“一种隐晦、模糊的学科存在于有机生物体最早的状态中”。

印度人认为地球是由一头大象驮着的，这头大象又站在一只乌龟的背上，乌龟又被一条大毒蛇驮着——虽然在这里讲述这些似乎不太合适，不过在亚洲却真的发现了一种大到足以承载一头大象的乌龟化石。尽管这可能只是一种微不足

① 加纳利群岛的一种树，具有粗壮的树干、剑形的叶子和柑橘一样的果实。

道的巧合。不得不承认，我对这些凌驾于时间和进化限度之上的狂野事物有着过多的偏爱，它们是智慧最壮观的创造。鹌鹑喜欢豌豆，但是它们不会为了吃豌豆而掉进罐子里。

总之，一切美好事物都源自于狂野和自由。高强度的旋律，不管是乐器奏出的音乐，还是人类的歌声，其中总是蕴含着一些特别的东西，就像夏夜里的军号声，实事求是地说，它的狂野总能让我联想到森林里那些野生动物的号叫声。这就是我所理解的狂野。请给予我一些性格狂野的朋友和邻居吧，我不需要处处温顺的人。原始人的野蛮更多是那种好男人与情人约会时所表现出的令人畏怯的野性的无力象征。

所有的迹象都表明，家畜们已经完全丧失了自己与生俱来的原始习性和活力。我总是希望家畜们能够重新获得它们已丢失很久的野性。早春时节，邻居的牛就像穿越密西西比河的美洲野牛一样，冲出牧场，冲进寒冷的河里勇敢地游泳，那条涌动着灰黑色水流的河有 25 至 30 杆宽，融化的积雪使河水涨高了许多。在我看来，这英勇的行为正赋予它一些尊荣和威严。可见，在牛马厚厚的皮毛之下依然深深隐藏着本能，就像深埋在大地里的种子，总会有生根发芽的时刻。

牛群总会有一些我们人类意想不到的嬉闹活动。一天，我看见一群数量约 12 头的牛，它们正摇头摆尾地在山上来回奔跑，它们的姿势与动作，一会儿像是巨大的老鼠，一会儿又像是乖巧的小猫，再过一会儿就变成了一群鹿。但是，转眼之间，随着一声沉重的叹息，它们的热情立刻消退，最后不得不从野兽变成了牛肉，侧腹和肌肉变得像火车头一样坚硬。对人类大声叫喊的，除了奸佞之徒，还会有谁呢？实际上，牛的生命与很多人的生命一样，仅仅是一种位置的变换——人类坐在交通工具里，它们在路边行走，双方在半路上相遇。不管车夫鞭打牛的哪个部位，它的身体都会一阵抽搐。当我们谈及牛的侧腹时，谁又会想到温顺的小猫的这个部位呢？

牛马被驯服的时候，还没有成为人类的奴隶，让我感到很高兴的是，人类在自身成为顺从的社会公民之前，还保留了一些原始的野性。关于这一点，毫无疑问，并不是所有的人都同样适应文明的教化；大多数人都继承了温顺的天性，就像狗和羊一样，没有任何理由去破坏他们的天性，使人们都处于同一水准。大部分人类的本性都是一样的，只有极个别的一些人保持着与众不同的本性。如果一个人提供给社会的是一种较低级的个人价值，那么他所做的就会与其他人基本相同或者完全一样；但如果他提供的是一种比较高级的个人价值，那么这就被认为是个人的不同凡响之处。每个人都懂得堵上洞口避风的道理，但并不是所有人都能像卓越之士那样为社会做出杰出的贡献。孔子说："当虎皮和豹皮被晒干后，与晒干的狗皮和羊皮放在一起，并不能看出区别。"但使老虎变得驯服的并不是真正的文明，更不用说使已经驯服的羊变得凶猛了。当然它们最好的用途也并不是将它们的皮晒干制成鞋子。

做迷雾的孩子

当我翻阅一些外文的军官名册，或者写过一些特殊题材的作家的名册时，我再一次感觉到名字是没有任何实际意义的。比如其中有一个人叫门斯克夫，这个名字听起来似乎并不比一撮胡须更有人情味，它或许更适合做一只老鼠的名字。波兰人与俄罗斯人的名字与我们的很相似，同样，我们的名字与他们的也很像，就像孩子们随便喊出来的一样。在我的印象中，每一个牧人称呼那些遍布在大地上的牧群的名字时，都会带着他方言中的一些不规范的词缀。当然，人的名字也同狗的名字伯斯或特瑞一样没有任何价值和意义。

我认为，人们都应该使用一些大家普遍熟悉的名字来为自己命名，因为这有利于选择正确的价值取向。通过一个人种或种族归属去了解他的个体特征是很必要的。在罗马军队中，我们不相信每个士兵都有属于自己的名字，因为他们不一定都是个性鲜活的个体。

我们现在拥有的具体姓名都只是个绰号而已。例如我认识的一个男孩，他的力气很大，所以同伴们给他起了个"庞然大物"的绰号，从那以后，他的教名就彻底被"庞然大物"这个称呼取代了。有些旅行者告诉我们，印度人出生后并没有自己的名字，他们要在成长过程中通过不断提高名望来为自己赢得名字；在一些部落中也有类似的名字的获取方式，有的人在取得了新的功绩后就会得到一个新的名字。但令人感到遗憾的是，我们的名字既不是自己争取来的，也不是因为拥有名望才获得的，我们拥有它仅仅是为了方便。

我不希望自己和别人的区别仅仅体现在名字的不同上，我希望做到真正的与众不同。就算是一个熟悉的名字也并不能消除我对他的陌生感。一个森林里的原始人，或许私下里还保留着自己赢得的野蛮的头衔。在每个人的内心深处都住着一个野蛮的原始人，或许，在某处也记录着我们最原始的名字。我知道我的邻居有一个绰号叫威廉或埃德温的人，但这个名字总是和他的夹克一起被脱掉，因为在他睡觉、愤怒或者任何热情和灵感向他袭来时，他的名字和他的个体并不是一体的。有时，我似乎能听到他的亲戚以某种复合音或其他优美的舌音叫他原始的野蛮名字。

我们辽阔而野蛮的大自然，就是我们恢宏壮阔的母亲，我们随时随地都能感受到她的美好，她像关爱自己的孩子一样关爱美洲豹；但是，我们却很早就从她的怀抱中离开，步入了社会——那个人与人相互作用的专有文明，这种文明使人类在其中不断被教化，但最多也只能达到英国贵族阶级的层面，并且很快就会走到尽头。

在制度更加完善的人类社会中，会有一种普遍的早熟现象，那就是本来还处于成长阶段的孩子，却已经成为一个“小大人”了。请让我找到一种拥有更加肥美的牧草和更加肥沃的土壤的文明吧，但绝不是盲目依靠化肥、先进工具和时尚潮流实现目的的文明。

我听说许多眼睛出现问题的可怜学生，无论在智力还是身体上都要比同龄人成长得快。如果他们不去熬夜，同样也可以睡得很香。

关于传讯光缆，也有多而无益的时候。法国人尼普斯发现了“光化作用”，即太阳光在化学作用下能产生一种新的能量。以花岗石、矿石为材料的建筑以及金属雕像“长时间伫立在阳光下曝晒后，会遭到同样的破坏，在奇妙的大自然的作用下，接触到宇宙中最稀薄的物质后，很快就会腐烂”。但是他同时又发现：“日间在阳光的作用下发生变化的这些物质，在晚上暂时远离这种刺激的影响时，又会恢复到最初的状态。”据此可以推断，“黑夜对于无机物的重要性如同睡眠对有机王国一样”。月亮不但每晚都会发光，同时还给黑暗留出一片空间。

我不希望每一片土地都被耕种，更不希望每一个人或者人的每一个部分都接受教化。我希望只有一部分土地被耕种，剩余的大部分都是草原和森林，这样，不但在需要的时候能够直接利用，而且生长在它上面的植被年复一年地提供着腐朽的材料，也为遥远的将来预留了一片沃土。

孩子们除了要学习卡德摩斯[1]所发明的字母外，还有其他字母可以学习。西班牙人流传着一个能表达这种狂野而隐晦的知识的术语，即 Gramatica parda——“茶色的语法”，这是一种源于我前面提到过的美洲豹的与生俱来的智慧。

我们都听过一种说法——社会是传播知识的载体。“知识就是力量”等等类似的话在社会上广泛流传，但我认为，社会除了知识，同样还需要传播一种有用的无知，我们可以称它为美丽的知识，这是一种将被用于更高意义上的知识：因为大多数我们目前拥有的值得炫耀的所谓的知识，都只是对已知事物的一种缥缈的思想或观念，它实际上剥夺了我们无知的优势。我们了解到被称之为知识的东西，往往是我们积极的无知；相反，无知却是我们消极的知识。就像一个人多年来一直坚持不懈地阅读报纸——当然，科学图书馆除了一堆报纸也没有其他什么了，这个人就这样积累了无数的科学依据，并将它们储存在记忆中，在这之后，在生命中的某个春天，他终于像一匹骏马一样奔驰在思想的广袤原野上，将所有的马具都留在了马厩里。有时，我很想对这个传播实用知识的社会说：奔向草原吧，你吃干草的时间已经足够长了。5 月的春天，草原上嫩草遍地，牛群也纷纷来到这里；可是，一个奇怪的农夫居然还将牛关在牲畜棚里，继续喂食干草。由此看来，这个传播实用知识的社会就是这样对待它的牲畜的。

有时候，一个人的无知可以成为一种优势，并且存在着美妙之处——即无知往往远胜于所谓的知识。通常来说，越是有智慧的人越是觉得自己对擅长的领域一无所知，不过像这样谦虚地认为自己一无所知的人实在太少了，更多的是实际上对某事物知之甚少却自认为无所不通的人。

我对知识的渴望并不是连续的，但我想在未知的领域中学习，并改变形象的渴望是非常强烈的。我们能到达的最高境界不是知识领域，而是对智慧的同情。我不知道这种更高境界的知识是什么，或许它和某种明确的事物一样，而不是一部小说或者一种因为突然明白自己已有的知识的不足带来的极大惊讶——当我们发现，宇宙中存在的事物远远多于我们在哲学中的想象时，一切犹如阳光驱散了迷雾一样，豁然开朗。人们泰然自若地面向太阳，平静淡然地凝视着它，这是最高级的感知，占星术说：“当你感知到某种事物的特殊，表示你将从此远离它。”

① 卡德摩斯，希腊神话中的腓尼基王子，曾杀死巨龙。巨龙的牙齿被卡德摩斯埋葬后长出一批武士，他们相互残杀，最后剩下的 5 个人与他一起建立了底比斯城，并引进了文字。

我们对法律的遵守是出于一种习惯，而这其中潜藏着某种奴性。我们可以为了自己的利益，潜心研究法律的本质，但是法律中根本不存在真正美好的生活。法律的确是一项令人遗憾的发明，它在我们启程之前，就已经将我们束缚在原地了，让我们不知道应该走向何处。去自由地生活，做迷雾的孩子——在知识的领域，我们都是迷雾的孩子。一个能够独立自主地生活的人，是不会屈服于任何法律的，因为他拥有足以使自己成为立法者的美德。《毗瑟拏往世书》中是这样说的："自律应该是一种主动承担的义务，不应该是束缚。它是一种让我们得到解放的知识。除此以外，其他所有的义务都只会让我们觉得倦怠，其他所有的知识也只是艺术家们的随机应变而已。"

思考的声音

历史上，值得我们注意的重大事件或重要转折并没有多少，值得我们担心的事件也很贫乏，而我们的经历更是少得可怜！我很愿意相信，我正在以非常快的速度朝气蓬勃地成长着，尽管这种成长存在一些变故——我要努力度过这持久、暗淡、灼热的夜晚或暗淡的季节。如果我们的生活要在一场神圣的悲剧、平淡无奇的喜剧或闹剧之间做出选择，我希望是前者。但丁、班扬以及其他人，他们心中的忧愁要多于我们，他们服务于某种文化，承担着与我们的地区学校和大学同样的责任。即使是被万人称颂的穆罕默德，也不得不为生计奔波，但这些伟人死后都可以拥有丰厚的财富。

一个人在某些特定的瞬间会在脑海里突然闪现出一种珍贵的想法，这个瞬间可能会在他走到铁路边时出现，那时，就算是火车从他身边隆隆驶过，他也充耳不闻。但是很快，在冷酷的自然法则的限制下，我们的生命就此淹没，而火车照旧往返。

和畅的微风，没有实体的游离者，
罗拉的狂风暴雨将蕲草压弯，
狂风怒吼的峡谷中的旅行者，
你为何在一瞬间离我而去？

社会的吸引力能够被大多数人感知，但更强烈的大自然的吸引力却很少有人能感觉到。在我看来，尽管大部分人都自认为懂得艺术，但他们对自然的反应远没有动物灵敏——在同为动物的情况下，这通常不是一个很好的比较。在我们当中，又有几个人是懂得欣赏风景的美丽的！我们知道希腊人用“美丽”或“有规则”这样的词语来称呼这个世界，只是我们完全没有看出他们这样称呼世界的原因，我们最多只能把这两个词语看作是一种缜密的语言文字。

对我来说，我觉得自己的生活是一种与自然接壤的边境生活，我只是偶尔或暂时跨过世界的边界。我对祖国的爱恋和忠诚，让我在进入它的领土时感觉自己好像是一个流窜的盗匪。我把自然称为生活，为了能够走进它，我愿意跟随鬼火经过深不可测的沼泽和泥潭，行走在既没有月光照耀也没有萤火虫飞舞的堤道上。自然是一个巨大的世界性的人物，以至于我们一直都不了解她的面貌特征。步行的人在那片熟悉的原野上散步，它一直延伸到我们的城镇，不过有时他们也会发现自己来到了另一片土地上，那里已经不属于地契上描述的范围，仿佛到了某个遥远的紧邻康科德镇的原野上。在那里，自然的权限不存在了，康科德这个词的概念也就不再具有任何意义。我曾亲自测量过的并正准备要到那里去的那些农场，在我的视野中开始变得模糊起来，似乎充斥了浓雾一般。但是，当我认真注视过去时，却看不出它们有任何变化。它们只是慢慢地在绿色的草地中消失，但是画家描绘的画面却能让它们在绿草后朦胧地显现出来。在这个熟知的世界上不留任何痕迹，更没有属于它们的特定日期。

有一个下午，我在斯伯丁的农场散步时，看见夕阳的余晖洒满了松林的对面，行走在金黄色光芒照耀下的林荫路上，仿佛踏入了华丽的殿堂，我被眼前的景象深深地触动了，就好像某个来自远古的、我不了解的、高贵而又令人敬佩的家族在这片名为康科德的土地上定居了。太阳是为他们服务的，而村庄里的社会运作与他们毫无关系，他们更是拒绝了外人的任何造访。他们的花园和游乐场就在斯伯丁的林子后面，而长大后的松树就是他们的山形墙，他们将房子隐藏在茂密的树丛中，想要发现十分困难。我似乎听见了他们那压抑的欢笑声，却又不是很确定，他们似乎以太阳的光束为生；他们也有自己的孩子，并且都在茁壮健康地成长。农夫的车道从他们的厅堂径直穿过，但这丝毫没有打扰到他们，就像有时通过天空的反射也能看到泥泞的池塘底部一样。他们对斯伯丁这个人没有任何印象，当然也就不知道斯伯丁是他们的邻居——我甚至能听见斯伯丁驾着马车穿过他们客厅时的口哨声。任何事物都没有他们生活中的平静那般珍贵。一片地衣就是他们的外衣，我看见松树和橡树都披上了颜色，他们把阁楼架在树顶。政治和劳动的喧闹声都不会在他们的生活中出现。我没有看到他们在纺织，但如果我在微风静止时侧耳倾听，就会在那美好的想象中听到一种仿佛来自 5 月里遥远的蜂房中的悦耳动听的嗡嗡声，又或许这只是他们思考的声音。他们的头脑里没有无价值的思想，也没有人能看到他们工作时的情景，因为他们的劳动不需要通过成群结队地制造一些多余的东西来体现。

然而，我发现我很难记住他们。他们的身影渐渐消失在我的脑海里，即使当我像现在这样提起他们时，无论怎样努力想要唤起对他们的记忆，都无法实现。为了唤醒我最美好的思想，经过长期认真的努力，我终于回想起他们那快乐的群居生活。我想，这个大家族对我的深深吸引就是我不愿离开康科德的原因。

在新英格兰，我们会习惯说："飞来的鸽子一年比一年少。"因为我们的森林已经无法为它们提供停留之处了。因此，对于每一个正在成长的人来说，他的思想似乎也在逐年减少，因为我们内心的那片小森林已经被我们不必要的野心之火焚毁，或者在磨坊中被碾磨碎了，最终变得一片荒芜，几乎没有留下一根小嫩枝供它们栖息。它们不再与我们一起成长或繁衍了。或许，在某个更宜人的季节，会有一个模糊的身影从我们的心田掠过。在时光的更迭中，某种思想会张开翅膀自由地翱翔，但是当我们仰视天空时，却无法领悟思想中蕴含的深刻本质。我们有翼的思想变成了家禽，它们不再张开翅膀自由飞翔，只到达过上海和交趾支那[①]。你一定听说过伟大的思想源于伟大的人。

① 越南南部一地区。

生活在此刻

拥抱大地很常见，但我们却很少攀登高山！我认为，我们完全可以让自己再提高一些，最基本的方法是爬树。我找到了我曾经爬过的那棵高大挺拔的白松，它就伫立在山顶之上：尽管我从树上摔下来了，但我依然认为这很值得，因为在它上面我发现了在那些地平线上我没有见过的新山脉，它们在天地之间连绵不断。我本应该漫步在一棵70岁的老树下，但我确实没有见过这样的树；更重要的是，在将近6月末的季节里，我在最高的松枝顶端发现了几个精美小巧的蓓蕾正要盛开，那是白松娇艳的花朵。我立刻把最高的那个枝丫带回村中，拿给正走在街上的陌生的陪审员看——因为那时是开庭周——然后又拿给农夫、木材经销商、樵夫以及猎人看，但他们中没有一个人见过这样的花蕾，所有人都怀疑那是天上坠落的星星。据说，古代建筑师的作品，无论是在圆柱顶完成的还是在低处或其他显眼的地方完成的，都一样完美。大自然第一次让森林之花在瞬间绽放，却只开在人的头顶那接近苍穹、不被人发觉的地方，而我们只能看见草原上那些生长在我们脚下的花朵。每个夏天都有很长的一段时间，许多这种精巧的红色花朵会在松树最高的枝丫上绽放，只是从没有人亲眼见过。

重要的是，我们必须活在当下。因此，不在回忆中浪费任何时间的人，才是令人钦佩的人。如果我们的哲学中没有地平线上牲畜棚里公鸡定时鸣叫的声音，那么所有的事都会贻误，因为那种声音时常提醒我们，我们正在工作的过程中和思想的沿袭中慢慢老去。相对于我们的处世哲学，前面提过的有福之人的哲学更具有传承的意义，完全可以传承到一个全新的时代，它暗示的是一种新的叮咛，一种对于此刻而言的福音。他没有沉湎于过去，而是坚持每天早起，按照节气，在适宜的季节到适合的地方去。它表达了大自然的生机盎然与安稳坚韧，是对全世界的一种炫耀——有着如喷涌而出的清泉一样旺盛的生命力，是缪斯女神创造的新的喷泉——只为庆祝这个时代的最后一刻。当奴隶听说逃亡奴隶法令的时代一去不复返时，就真的不敢背叛他的主人吗？

鸟儿的歌唱可以让人忘记悲伤。它们优美的歌声时而让我们为之感动，时而让我们心神沮丧。然而，那些一清早就为我们带来单纯的欢乐的鸟儿到哪儿去了呢？在一个阴沉的星期日，林荫路上可怕的寂静被一阵哀鸣打破了，或许，那是一个看守者在灵堂里的痛苦哀号。我听见公鸡啼鸣的声音忽远忽近地传来，此时，这样的想法在我的心中一闪而过："至少，我们当中还有一个人过得很好。"顿时，我思绪万千。

去年 11 月的一天，我有幸在一次漫步中欣赏到了与众不同的日落，那是草原上一条小河的源头。当时夕阳西下，寒冷的一天即将结束，地面渐渐清晰明朗，一直延伸到远处的地平线上，好似柔和而又亮丽的朝晖，洒在地平线对面干旱的草地、树干以及山坡上橡树的叶子上；与此同时，我们的影子被夕阳的余晖拉得越来越长，直到越过了东边的草原，而我们似乎只是它光束中的微尘。这样美好的光线，以及如此温暖、宁静的氛围，之前的我们根本无法想象，当时，整个草原像天堂一样美好。当我们从沉醉中醒来时发现，这就像无数个夜晚一样，并不是昙花一现、再也不会发生的现象，而是永远存在的。今晚的光辉如此灿烂，只为给最后一个在那里散步的孩子带去欢乐和慰藉。

夕阳最终在某个平静、看不到任何房子的草原上消失了，它把所有的光芒和璀璨都留给了远方的城镇，好像它从未落下去一样。只剩下一只孤鹰留在那里的沼泽地上，夕阳的余晖为它的翅膀镀上了金边，还有一只麝香鼠在它的巢穴旁四处张望；一条黑色的小溪在沼泽地间缓缓地流淌，波纹绕过腐烂的树桩。夕阳中枯草和树叶也都镶上了金边，我们就在这纯洁、明亮的阳光中漫步，它的明亮如此轻柔，如此从容，以至于我认为自己从未在如此金黄的阳光之河里沐浴过；没有一丝波纹或潺潺的流水声，每片森林和高地的西边都闪烁着微光，仿佛是从极乐世界的边缘发出来的，我们身后的太阳似乎是一位和蔼可亲的牧人，在傍晚时分将我们带回家。

让我们就这样朝着圣地漫步吧！直到有一天太阳闪耀着比以往任何时候都更加灿烂的光芒；或许那时，阳光就会照进我们的内心深处，用它那最热烈的、令人醒悟的、又仿佛秋日岸边那温暖而恬静的金色光芒，把我们的整个人生照亮。

科德角

海　滩

你我都知道，地球上有三分之二以上的地方都是海洋。我生活的地方距离海边也只有几英里远，可我却从没有到过海边，见过海的模样。为了满足自己见到大海的愿望，1849 年 10 月，我和朋友一起去了科德角；1850 年 6 月，我一个人又去了一次；1855 年 7 月，我又和朋友一起第三次去了那里，这一次，我们到了特鲁罗。这三次我在科德角总共待了大约三周，其中有两次是从伊斯特姆沿着大西洋海岸走到普罗温斯敦，另一次除了四五英里的路程外，其余的路程都是沿科德角湾走的，并先后六次从科德角穿过。因为刚刚去过海边，所以我也沾上了一点儿海洋的味道。我的读者或许已经从我的作品中猜到了，因为其中带着的那么点儿海洋的味道；就像是一阵轻风，温柔地从海湾进入内地带来的一点儿味道；又像是 9 月的大风后，在内地的窗户上或者树皮上感受到的那一点点味道。我日常生活中的例行出行，就是到康科德周边 10 英里范围内的一些小湖泊旅行，但最近旅行的范围越来越远，不知不觉到了海边。

多次到科德角旅行的经验让我觉得完全能够写一本关于这里的书，并且绝对不会比一些以“人类文化”为主题的书逊色，我相信自己具备这个能力。其实，这只是对同一种事物的不同称呼而已，我有信心写出更有趣的东西。关于我作品的名字，我认为科德角（Cape Cod）里的“Cape”来自法语的“cap”，而“cap”又是从拉丁语的“caput”发展来的，意思是“头部”。我认为，“caput”这个词很有可能是由动词“capere”发展来的，因为我们拿东西的时候，通常首选的部位就是头部。例如：Take time by the forelock[①]（抓住时机）。就算抓蛇的时候，抓它的头部也是最安

---

① forelock 是额前的一绺头发，在英国民间传说中，时间老人秃头无发，只有前额上有一绺头发，抓住这绺头发，就意味着抓住了时间。

全的。至于科德角里的“Cod”一词则来自词语“cod-fish”（鳕鱼），因为1602年巴塞洛缪·戈斯诺尔德船长[1]曾经在这个地方抓到了“大量鳕鱼”。而之所以用这个词为这种鱼命名，可能与来源于撒克逊语的“codde”（一种存放种子的箱子）一词有关，因为这种鱼长得和箱子很像，而且它的鱼卵数量特别多，就像存放在箱子里的种子。不过它也有可能是来自“codling”（生苹果）或“coddle”（用文火煮）——如煮豌豆之类的青菜。

科德角位于马萨诸塞州，伸向海里的半岛像是一个裸露在外、弯曲着的手臂；两边延伸出去的巴泽兹湾是它的肩膀，旁边的马勒巴里角是它的手肘，特鲁罗则是它的手腕，而楔入大西洋的普洛温斯顿的岬角就是它的拳头——一只满是沙子的拳头。在科德角的后面，背靠格林山脉、脚踏大西洋的马萨诸塞州就像个拳击运动员一样守护着科德角：它用一个拳头挡住了东北面刮来的风暴，并且把来自大西洋的入侵者高高举起，又用另一个拳头保护着胸部——安角，随时准备出击。

看地图就能知道，在科德角的东边，也就是它前臂的外侧海岸线上，是一条绵延了30多英里的海滩，不用说，那里是欣赏海景的最佳地点。不过，海滩并不顺畅，在奥尔良有一处缺口，但这并不影响对它的欣赏，那处缺口，正好是瑙塞特港的入口。因此，如果我从陆地去那里的话，就只能先到伊斯特姆。从那里步行大约20英里，就能一路平安地直抵雷斯角。

1849年10月9日，那天是星期二，我和朋友从马萨诸塞州的康科德出发前往科德角。但旅程并非一帆风顺，我们抵达波士顿后得知，由于风暴，原本计划乘坐的“普罗温斯顿”号还未抵港，它本应该前一天就抵达的。更让人意外的是，我们在街上看到了标题为《死亡！145人在科哈塞特遇难》的传单，大号的标题吸引了我们。我们商议后决定改道科哈塞特。在车上，我们遇见了很多爱尔兰人，他们都是前往科哈塞特辨认尸体、抚慰幸存者，并参加当天下午葬礼的人。我们到达科哈塞特后发现，几乎所有的乘客都在朝同一个方向走去，目的地是大约1英里外的海滩，其中很多人成群结队地从附近乡下赶来。有人走路，有人坐马车，几百人接连不断地朝同一个目的地——科哈塞特走去。行进的队伍中还能看到有人穿

① 巴塞洛缪·戈斯诺尔德（1571—1607），英国探险家，曾为“科德角”命名。

着猎装、牵着猎狗、背着猎枪和猎物袋，一看就是个爱好打猎的人。路过墓地时，我们看到一个地窖模样的大坑，土壤的颜色令我们断定，这是刚刚挖好的。通往海边的岩石小路风景宜人、蜿蜒曲折，在路上，我们遇到平时运干草的车和四轮农用马车，他们正急着赶往礼拜堂，车上都载着三个粗糙的大木盒，不用问就知道里面装的是什么。车的主人临时当起了葬礼承办人。许多马匹连同马车一起被拴在了海边的栅栏上。海滩上1英里以内人头攒动，有的在寻找尸体，有的在检查沉船的残骸。海岸附近有一座小岛，名叫布鲁克岛，上面有一个小木屋。这片地方据说是马萨诸塞州岩石最多的海岸，也是海难多发地，从南塔斯克特到西图亚特的海岸线上，坚硬的大理石随处可见，海浪只能把它们打磨得更加光滑，却始终无法将它们击碎。

岸边，海浪依然猛烈地拍击着岩石。这艘失事的船叫“圣·约翰”号，是艘双桅横帆船，满载着欧洲移民从爱尔兰的戈尔韦驶来，船是在星期天早晨失事的，现在已经是星期二早上了。我们在来海边的路上，看到有18至20个那种大木盒停放在距离水面几杆远[①]的地方，那里是一个绿色小山坡，盒子周围聚集了很多人。已经找到的二十七八具尸体都集中停放在那里。一部分人在快速地钉木盒盖，另一部分人负责把盒子运走，还有一些人正掀起还未钉上的盖子往裹尸布下面窥视——每具尸体上面都沾着一些碎布片，上面随意地盖着一块白布。我没有从那些人的脸上找到悲伤的情绪，反倒是这种既冷静又迅速的处理方式让人动容。远处有个男人正在试图辨认一具遗体，一个丧事承办人或者木匠之类的人正在询问小孩儿的遗体应该装在哪个盒子里。在掀开的裹尸布下面，我们看见许多僵硬如石头一样的腿和发如乱草一样的头。有个被淹死的姑娘，尸体因为被海水泡过已经肿胀，并且变成了青紫色，还有破损——原本，她可能是想找个美国家庭当女佣的。她的尸体上还挂着几片碎布，脖子上原本戴了条项链，有一半已经陷进了浮肿的皮肉里；还有一具蜷曲的尸体红一块白一块的，生前应该是个身材高大的人，尸体可能撞到岩石或者被鱼咬过，骨头和肌肉都露了出来，但已经不再流血了。他的双眼已经失去光彩，却仍注视着前方，好像搁浅的船只上那灌满了泥沙的斑驳暗淡的窗户。偶尔会看到处理尸体的人把两个或更多小孩儿装在一

① 杆，长度单位，1杆＝16.5英尺，90杆为0.28英里。

个大木盒里，也有父亲或者母亲与孩子装在一个大木盒里的，一般这种情况盒盖上都会用红色粉笔写上“某位布丽奇特女士和她姐姐的孩子”一类的字样。周围的草地上散落着许多帆船碎片和遇难者的衣服碎片。后来，一位住在这个海滩附近的人给我讲了这样一个故事：有个女人把自己刚刚出生的孩子交给妹妹照顾，独自来到了美国，那天她也来辨认大木盒里的尸体，并在其中的一个盒子里——或许就是我说的那个盖子上写着名字的木盒里找到了妹妹和孩子，她的孩子躺在阿姨的怀抱里，似乎是这个妹妹有意让姐姐看到。在经历了这样凄惨的一幕后，这位母亲三天后便郁郁而终了。

我们转身沿着满是岩石的海岸继续往前走，在路过的第一个小海湾里发现了一艘船的碎片，一些零散的小块物体与泥沙、海草和许多羽毛混在一起，看上去非常破旧而且锈迹斑斑，不明真相的人还以为那是许多年前沉在这里的某条船的残骸。看见它的一瞬间，我甚至联想到了基德船长[①]的故事，甚至推测那些羽毛是海鸟换毛时脱落的，而且说不定在这附近就能听到这方面的传说。不过我的所有想法都很快被否定，我们向一位水手询问那些残骸是不是“圣·约翰”号的，他的答案是肯定的。随后，我又问他“圣·约翰”号的触礁地点，他指了指我们前方的一块礁石，那块礁石距离我们大概一英里远，被称为“逆戟鲸岩”。

“你看，像是一条小船竖在那里的，就是船的残骸。”

我看到了。它可能是被锚和锚链钩住了。我问他，我们来的路上，在绿色小山坡那里所看到的尸体是不是所有被淹死的人。

“还不到四分之一呢。”他说。

“其余的尸体呢？”

“大部分都在你看到的那部分残骸下面。”

虽然在我们看来，这仅仅是一艘大船留在这个小海湾里的残骸，但是要将它全部运走却需要很多天。这个小湾有好几英尺深，水面上不时漂过一顶帽子或是一件上衣。一群人推着手推车聚集在残骸周围，他们要在涨潮前把被海水堆积起来的海草运走；只是忙碌的同时，他们要注意将海草中夹杂的衣服碎片扯掉，并

① 威廉·基德（1645—1701），苏格兰船长，在1690年前后的英法战争期间，他成功地维持了美国与英国之间的贸易航道；在大同盟战争期间，基德获得了总督的许可，在加勒比海地区进行武装私掠活动。关于他的残酷和未被发现的宝藏，至今仍具有传奇色彩。

随时做好在海草下面发现尸体的准备。只是，他们并不在意死者是谁、什么身份，他们只知道这种海草是上好的肥料。可见，这次海难在社会上并没有引起什么剧烈的反应。

在南面大约 1 英里的地方，可以看见高出礁石的桅杆，它的帆索已经滑落了，它曾经引领“圣·约翰”号这艘英国双桅横帆船前行在大西洋上。沿着海岸再稍远一点的地方，我们看见岩石上有一件男人的衣服；再远点，还能看到一条女人的围巾、一件长袍、一顶草帽和船上的厨具，还有一根断了好几截的桅杆躺在岩石高处。在另一个满是礁石的小海湾里，我们发现船的一侧距海水几杆远，仍然是完整的，位于几块 20 英尺高的岩石后面，大约有 40 英尺长、14 英尺宽。这部分残骸向我们证明了海浪的威力有多么不可思议，这比之前看到的那些小碎片更令人震惊。

任何材料都无法阻挡海浪的威力，最大的船骨和铁支架都被砸碎了；在巨大的风浪面前，钢铁也会被撕碎，一艘铁船遇上它，就好比鸡蛋碰上石头。小海湾里还有很多木头，我用雨伞就能在上面戳个窟窿——这些木头已经开始腐烂。同时，这些腐烂的木头也在告诉我们，这块残骸挽救了一些人的生命，由此还可以看出海浪是从何处将它抛进这个现在已经干涸的小海湾的。当我明白它是在什么地方通过什么方式被冲进来的时候，我不禁惊讶竟然有人能够依靠它获救。在前面我们看到了“圣·约翰”号的大副，一群人正聚集在那里听他讲述自己的经历。大副是个身材消瘦的年轻人，看上去有些紧张和激动，他管船长叫老爷。他说当他们跳进救生船时，水已经灌了进来，这时大船突然倾斜，小船里水的重量挣断了缆索，他们才脱离了大船，随后获救。这时有个人说：

“虽然我并没有亲眼看见，但我相信他说的都是实话。你们知道，小船里的水太重是可以将缆绳扯断的。一条灌满了水的小船是很重的……”他一边煞有介事地说着，一边走开去了别的地方，似乎他只是在用这些话跟人打赌，而对这件事没有丝毫感情。旁边一个身材高大的人站在一块礁石上凝视着大海，嘴里嚼着大块的烟草，仿佛这是他永远不会改变的习惯。

“喂，走吧。”那个人对自己的同伴说，“反正都已经看过了，接下来就是葬礼了，我们没必要参加。”

我们从这群人身边走过，前面有一个穿着短上衣和灰色裤子的人站在礁石上，听周围的人说他是这次海难的幸存者。他双手插在口袋里，表情凝重地站着。我走过去问了他几个问题，能看出他不太愿意提起这件事，但还是一一回答了我的问题才独自走开。他旁边还有一个刚从救生船上下来的人，穿着油布短上衣，他向我们讲述了他刚刚参与救援那艘英国双桅横帆船的过程。因为风浪太大，当他们在海上看到"圣·约翰"号的那条小船时，以为所有船员都在小船上，所以并没有立刻看到大船上还有人，倘若知道那里还有人，他们会尽可能多地救一些人出来的。再往前走，我们看到了被铺在岩石上晾干的"圣·约翰"号船旗，四角都被石头压着。这面弱不禁风的旗帜现在是"圣·约翰"号极为重要的一部分，在海浪和风暴中飘荡了很久之后，终于可以在岸上休息了。从这片礁石群望去，可以看到一两所房子，有几个幸免于难的人正在里面暂时休息。他们的身心都遭遇了极大的打击，其中有一个人状况很糟，看样子是活不成了。

我们沿着海岸继续前行，一直走到一个名叫怀特·黑德的海岬才停下脚步，以便能看到更多科哈塞特的礁石。走了不到半英里，就到了一个小海湾，一个老人正带着他的儿子在那里收集被那场灾难性的风暴卷上来的海草，旁边停着他们的马车。尽管使"圣·约翰"号遇难的逆戟鲸岩就在不远处，但他们对此无动于衷，依然若无其事地干活，好像海难从未发生过一样。他们当然知道有艘船出事了，老人还知道很多细节，但很显然，他来这儿的原因并不是海难和"圣·约翰"号，那些被海浪卷积过来的草才是他关心的。他把那些杂草叫作岩礁草、海藻和海草，正急着把它们运回自己谷仓前的院子里。对他来说，那些尸体只不过是海潮冲上来的另一种毫无用途的杂草而已。离开老人，再往前走就来到了停泊在港口的救生船前，这艘船正等待着下一次紧急出动。那天下午，我们在远处目送送葬的队伍缓缓走过，走在队伍最前面的是船长和其他幸存者。

我原以为这样的送葬队伍会让我印象深刻，但是并没有，我想，如果我在海滩上某个僻静的地方发现了一具被冲上来的尸体，我所受到的触动会更强烈。由此，我反倒有些同情那些风浪了，仿佛抛掷和撕碎这些可怜的人类的尸体是它们不得不完成的任务。如果这就是自然法则，那么为何还要在哀叹和悲悯中虚度时光？假如世界末日真的来临，我们就不用再牵挂朋友的离别和生命的死亡了。我看到尸体越来越多，好像这个海滩是一处战场，以至到后来我们已经能够自然面对，而不是把他们看作是我们共同命运中的一种例外。坟墓比活着的人多，但需要我们同情的却不是占多数的坟墓，而是那些活着的少数人。一个人或许一生只参加过一次葬礼，精神也只能经受住一具尸体。但你会发现，住在海边的人对这种事已经习以为常，他们偶尔会一连几天不分日夜地等待着大海把死者送上岸来。他们甚至经常在此哀悼，以此来代替那些远在他方还不知道这次海难的家属。甚至许多天后，还有尸体漂浮过来。发现的人正在海滩散步，看见海上漂浮着一个白色的物体。有人驾着小船驶近一看，原来那是一具女尸。尸体竖立在海面上，白色的帽子挂在脑后。我看到这种海难漂浮物竟为海滨增添了色彩，似乎它的美并没有被毁掉，而且更加珍奇，更加醇美了。

为什么要关心这些只能和小虫或鱼虾一起的尸体呢？这些躯体的主人曾经想要与哥伦布和那些清教徒移民一样到达新大陆，他们距离新大陆只有1英里远了。然后就在这1英里远的地方，移居到了一个连哥伦布也没见过的更新的世界去了。虽然科学家也不能证明那个世界真的存在，但我们仍认为那个世界的存在比新大陆更让人信服。那里不仅有航海者传说的故事和某些微小的浮木、海草，更有那永不间断地朝着海岸漂流的本能。我们看见的只是他们漂向陆地的变得空虚的身体，而他们的灵魂已经漂向了西方某个更遥远的海岸。我们都在朝那个海岸走去，也最终都将到达那里。当然，也有可能和他们一样，被风暴或者黑暗送到那里。毫无疑问，我们都应该感谢上帝，因为他没有让“海难重演”。这些遇难的人到达了天堂——最安全的港口，或者我们这个世界的人觉得他们是不幸的，因为波士顿港才是该去的好地方。在我们看不到的世界，其实有一位技艺高超的领航员来接他们，温暖和缓的海风从岸上吹过，他们乘坐的那艘船在一个风平浪静的日子里靠岸了。他们疯狂地庆祝着，亲吻着海岸线，而留在这个世界的躯壳却在翻腾的海浪中消失了。对于一个人来说，和躯体的分离是艰难的，而一旦脱离了它却十分轻松自在。那时，你一切想要达成的愿望都消失了！多少婴儿在大西洋巨浪的摇篮中触礁！不！不是的！“圣·约翰”号如果没有在此处抵港，就一定是被召到那边去了。就算是海边最强劲的风也无法吹走灵魂，一个人正直的意志是不会被逆戟鲸岩或其他有形的礁石摧毁的，相反，意志能够击碎任何一块礁石。稍加改动，为哥伦布的逝世而写的诗句便可以献给“圣·约翰”号上的乘客——

他们的一切就要结束，
航行马上开始，
载着他们去探索，
那遥远未知的土地。
我们只能独自前往，
注定没有音信；
因为没有人在远航之后，
能够再回归。
没有枯木和断枝，
从遥远荒芜的地方漂来；
大洋彼岸的起航人，
不曾遇见灵魂升天者的躯体。
不要惊慌，高贵的远航者，
扬起你们的风帆吧；
灵魂！很快将在那浩瀚的大海上
宁静漂流！
铅锤也无法测量的深度，
那里不必惧怕暗礁，
挥动翅膀的天使，
载着你的小船升入云霄。
去吧，现在，鼓足勇气和心智，
这些凶险的海岸，他们远离尘世；
涌现出祥云的地方，
幸福之岛必会出现。

海难发生后的一个夏日，我从波士顿出发，沿着绵长的海岸步行至此。那时天气非常炎热，有些马儿竟然爬上了赫尔的古堡垒墙头，只为了享受清凉的海风，尽管那上面几乎无法转身。海滩上到处盛开着曼陀罗。看到这位植物界的库克船长[1]被空船载往世界各地，四海为家，我便感觉自己仿佛也正走在一条通往世界各国的大道上。更确切地说，它们并不是单纯的植物，而是维京人[2]，是北欧海盗，海湾之王。看到它们，不禁让人想到海上的商贸，以及与它们有关的各种罪恶——海盗习惯用这种植物的纤维来纺线。这时，我听到有人在大声呼喊，声音是从一艘离岸半英里远的船里传过来的，因为在几艘帆船之间，他的呼喊声听起来好像是来自乡间的谷仓，有着乡野之音的纯粹。当我看过去时，远处的岛屿在我眼中迅速地缩小，好像大海正在贪婪地啃噬着陆地；一座耸立的拱形小山突然断开了——这种被植物学家称为"啮蚀状"的现象，在阿尔德顿角也曾出现过。通过天空的映衬，可以推测出小山过去所占的空间，但如今那里只剩下水了。另一面，这些残存的小岛连在一起正在形成一片新的形状奇特的海岸，赫尔湾内的霍格岛就是这样形成的，属于那里的一切都在逐渐远去，似乎正在融入未来之中。这个小岛已经和一片荡漾的微波完全融为一体了。我想，岛上的植物应该把这微波的纹路作为它们保护层上的图案，夹杂着曼陀罗的海浪越过他们，又在边缘处折回去。据说，曼陀罗有特殊的作用——使人长时间精神异常，却又对身体健康没有影响。"詹姆斯镇草，又名曼陀罗。这是一种远古植物，最初发现这种植物的特殊作用，是因为被派往弗吉尼亚镇压培根领导的叛乱的士兵们用它的幼苗制作沙拉。一些士兵因为吃多了这种沙拉，发生了搞笑的事情：这些人一连几天都变成了彻头彻尾的傻瓜。一个士兵将一根羽毛吹向空中，另一个则拿起麦秆当飞镖投向那根羽毛；第三个士兵则把自己想象成了一只猴子，一丝不挂地坐在角落里朝其他人龇牙咧嘴地做鬼脸；第四个士兵则见到战友就跑过去又是亲吻又是抚摸，然后再当面嘲笑他们，看起来比荷兰式滑稽还要可笑。一看就知道这些人完全精神错乱了，做出的都是无意识的行为。为了防止他们做更加愚蠢的事，他们被关了起来，直到十一天后陆续恢复正常。他们搞出了无数傻瓜式的恶作剧，而康复之后，他们对于发生过的事却完全没有印象。"而我听到的最有趣的事儿是说有一处永不枯竭的泉水，就在赫尔镇上。我沿海岸散步的时候，曾有人告诉我

① 詹姆斯·库克（1728—1779），人称库克船长，是英国皇家海军军官、航海家、探险家和制图师，曾三次奉命前往太平洋，带领船员成为首批登陆澳大利亚东岸和夏威夷群岛的欧洲人，还曾两次环游世界。

② 维京人，泛指北欧海盗，他们从公元8世纪到11世纪一直侵扰欧洲沿海和英国岛屿。

泉水的位置——就在远处的小山坡那里，只是我并没有一探究竟的兴致。如果能够走遍罗马，或许我印象最深的会是卡比托利欧山[①]上的一处泉水。实际上，我对古老的法国堡垒中的一口有 90 英尺深的井更感兴趣，据说它的井底还有一门大炮。走到南塔斯克特海滩，我数了一下，酒店前面有 12 辆轻便马车，还有很多骑马的游人前往海边，那里有更凉爽的微风。于是我明白了对于城市而言海滩的价值所在——给城市带来海风，提供浴场。

到达耶路撒冷村的时候，感觉一场雷雨马上就要到来。村民们正忙着把晾晒的菜收起来。可是雷雨最后只是从村子的一边经过，我身上只落了几滴雨点儿。雨后的空气并没有凉爽下来，我感觉吹过面颊的只是一股微风，却发现前方港湾里泊着的一艘船都被这股风吹得倾斜了，另外几艘船也被吹得拖着锚靠向岸边。在科哈塞特礁，我见到了以前从未见过的、无比纯净的、清澈的海水，几乎看不到淤泥和杂质。在这里洗海水浴的感觉真是太棒了。海底全都是细沙，甚至能看到鲈鱼在水里游过。那里还有很多形状怪异的礁石，被海浪冲刷得十分光滑。一些干净的头发一样的岩礁草紧紧地缠着礁石生长，在海水浴的时候，这些岩礁草就会随着海水轻轻拂过你的身体，你甚至可以拽着它们从水中向上升起。这都是在这里洗海水浴获得的额外的乐趣。这里还生长着一些藤壶，它们就像是马甲上的纽扣，顺着礁石的缝隙不断生长。紧靠海藻上方的一些藤壶的花纹让我想到了其他的东西，比如花蕾、花瓣和花种的皮。我以为那天是一年中最热的日子之一，但海水却依然异常冰冷，以至于我只游了一两下就忍受不了了。冰冷的海水让我认为，海难的时候，掉进水中的人被冻死的可能远远多于被淹死的。只要沉入水中一次，就足以让你忘记刚刚的炎热——即便在最热的日子里。我还发现了一些茶色的礁石，外形就像一群俯卧的狮子，昂着头，静静地看着海浪夹杂着大量砂砾不停地冲击过来。退潮时，礁石上的小坑显露出来，里面的积水清澈透明，我甚至无法相信它是咸的，真想尝上一口。再往高处走是雨后留下的一池池淡水，深浅不一，水温也各不相同，可以进行不同类型的水浴。还有一些光滑的礁石上不知什么时候形成了比较大的凹陷，那是浴场的天然休息区和更衣室。所以说，科哈塞特礁是我见过的最特别的海滨浴场。

① 卡比托利欧山，罗马七座山丘之一，也是最高的一座，是罗马建城之初的重要宗教与政治中心。

在科哈塞特，我还看到了一个非常美丽的湖，面积大约400英亩，隔着一条狭窄的海滩就是大海。湖很浅，春天时的一场大风暴曾使海水漫过海滩，湖和海就此联通了。这使许多鲱鱼涌进了湖中，堵住了湖的出口。如今这些鲱鱼正在死去，附近的居民开始担心炎热的夏季使湖里的水全部蒸发后会引起瘟疫。这个湖中，还有五座岩石小岛。

有些地图习惯把这片满布礁石的海岸称为普莱森特湾，而在科哈塞特的地图上，这个地名则专指我看见“圣·约翰”号残骸的那个小海湾。这片海域现在完全看不出曾经沉船的痕迹，更难以想象它的海沙下掩埋着许多遇难者。这里并不宏伟、壮阔，反倒像湖泊一样宁静。我们将从这里继续我们在科德角的第一次旅行。

乘马车观光

我们的第二站是布里奇沃特，实际上我们只在那里过了一夜，第二天早晨捡了几个箭头之后，便搭火车前往桑威奇，并在当天中午到达那里。桑威奇是“科德角铁路”的终点站，也是这个海岬的起点。下火车后，因为雨势太大，雾气弥漫，又看不到任何停歇的迹象，为了继续前行，我们只好选择乘坐公共马车——一种几乎废弃的交通工具，并且叮嘱马车夫“当天能走多远就走多远”。我们完全忘记了一辆马车一天能行驶多远的路程，但有人提醒我们，科德角的路都是沙质道路，下雨反而会让路况变好，否则会更难行。虽然我们乘坐的这辆马车非常窄，但每个座位上坐两个人竟然还能余出一小块空间，因此车夫一直等到上来九名乘客才关门，他完全没考虑乘客的尺寸问题，用力关了两三次门都没有关上，他以为问题都出在铰链和门闩上。最后在我们的助威声中，车夫终于成功地关上了车门。

现在，我们真的在科德角了。这个海岬以桑威奇为起点，向东延伸 35 英里，再从那里向北和西北延伸 30 英里，总长 65 英里，平均宽度约为 5 英里，海岬中心位置的地势逐渐上升到海拔 200 英尺，有些地方甚至达到 300 英尺。根据马萨诸塞州地质学家希区柯克[①]的推测，海岬的地表下面可能有岩核，但他相信除了海岬末端的一小部分和海岸的一些地方属于冲基层，其他大部分都属于洪积层。也就是说，这个海岬几乎全部是沙质的，即使有些深达 300 英尺的地方。海岬的前半部分，沙层中随处可见大块的岩石，但海岬最里面的 30 英里却很少见到大石头，甚至连砂砾都少有。希区柯克推测，在过去的漫长岁月里，海洋不断侵蚀大陆，随着时间的推移，逐渐出现了波士顿湾和其他海湾，同时，流动的海水将那

① 爱德华·希区柯克（1793—1864），马萨诸塞州的一位传教士兼地质学家。

些微小的碎片带到了远离海岸的地方沉积下来，日积月累，便逐渐形成了这个沙洲。如果对表层沙土进行农业测试的话，就会发现在沙质土的上面覆盖着一层很薄的土壤，就像给海岬穿了一件薄薄的外衣，只是这件外衣经过风吹雨打，已经破烂不堪，无法修补了，从巴恩斯特布尔到特鲁罗，这层土壤逐渐变薄，直到完全消失。于是海岬只好赤裸着肌肤示人，到末端甚至彻底光秃了。

这次旅行，我随身带着一本 1802 年出版的《马萨诸塞州历史社会文集·第八卷》，里面有一些对科德角的城镇的简介。我在前往桑威奇的火车上就已经开始阅读了，但是我的阅读速度远不及火车奔跑的速度，因此还有一部分没有读完，于是我立刻拿出这本书接着往下读。关于那些从普利茅斯那一带来的人，书中也有描述："当旅行者骑马穿过一片方圆 12 英里、其间还零星散布着几座房子的树林后，桑威奇定居地便跃然眼前，这个定居地比刚刚经过的那片树林更让人感到满意。"还有一位作家把这里称为一个"美丽"的村庄。可我却认为，我们的村庄只能在彼此间相互比较，在大自然面前，它们都会失去光彩。所以我对这位作家的观点并不赞同，他竟然如此随意地给村庄命名为"美丽"，偶尔还有"漂洗机""美丽的学院""礼拜堂"，以及"许多家出售琳琅满目工艺品的商店"等词语出现。村民们的房子都是绿白相间的，整齐地排列在街道两旁，很难说清那街道到底是像一片荒漠，还是像一座长条形的马厩小院。对于疲倦的旅人或者久未归家的人来说，这里可能是美丽的，因为浪子回头的缘故吧。假如一个人刚刚走出森林，走过一条荒芜的小路，再经过一片稀稀落落的住宅，甚至都分不清哪所房子是救济院，然后在他面前出现了这样一个村庄，但只要他的感官还正常，一定会否定"美丽村庄"这一说法的。然而对于桑威奇，我却有些不知怎么定义，因为我们只看到了桑威奇的一半，而且还是一直处于赞誉声中的那一半。我认为，对于一个小镇来说，这里的房屋建造得过于密集，房子装饰了玻璃，街道过于狭窄，以至于我们在里面绕来绕去，完全分不清要走的路。又碰到下雨，先是在这边下，然后另一边又下，这种天气，我觉得待在屋子里要比坐在马车里更舒服。我随身携带的那本书还说："这里的居民大多都是富裕的。"我认为，这句话的意思是，他们的生活并不像哲人。因为马车并没有在那里停留很久，所以我们没能在那里用饭，也就没有机会去验证这一说法的真伪了。不过，这句话也有可能指的是"他们能生产大量的鱼油"。书中还提到："桑威奇的居民大多喜欢并忠诚于那些体现着先辈性格的礼貌、职业和生活方式。”这让我不禁想到，他们毕竟与世人毫无差异。后面还进一步补充道：“这种与先辈的相似性，如今已经成为他们无可挑剔的美德和品味。”在我看来，这句话很好地证明了这位作者曾经与他们是一类人。谁都不能在对祖先的咒骂声中延续自己的生活，哪怕他们的祖先使他们遭受了巨大的苦难。但不得不承认，这本书的内容已然陈旧，他们现在可能已经将一切都改变了。

我们的路线是沿着海湾前行，经过巴恩斯特布尔、雅默斯、丹尼斯和布鲁斯特，最后到达奥尔良。虽然天气并不适合欣赏沿途的风景，但我们仍然尽量透过雨雾粗略地观看着陆地和海洋。我们的右手边，是沿着海岬起伏的丘陵地带。这一地区大部分都很荒凉，几乎是寸草不生，只有几棵矮小的树矗立在山上。如果我没记错的话，在雅默斯，还有丹尼斯，我们看到了四五年前种下的大片大片的北美油松。当马车经过松林时，我们看到了一排排长势良好的树木，只可惜还有大片的空地。据说，这么大片的空地只有一种用途——每一处高地上都竖着一根长杆，上面绑着陈旧的风雪大衣或旧船帆作为信号，这样，科德角南边的那些人就可以知道波士顿的班船什么时候到达北面了。只是这种用途难免要用去科德角的大部分旧衣服，看来废品收购者只能得到些碎布片了。对于一个内陆人而言，山丘上那些饱经风霜的大型八角形风车和分散在海岸上的制盐厂，以及盐场中那一排排被一起推入湿地的大桶、像海龟一样低矮的屋顶和那些小型风车，都是非常新奇、有趣的东西。路边的沙地上，偶尔能够看到一团团苔藓似的植物，那是哈得孙石南，马车上的一个女人管它叫“贫穷草”，因为它能在这种几乎寸草不生的地方生长。

马车厢内，一种令人愉快的平等气氛弥漫在旅伴之间，他们表露出来的好心情让我印象深刻。他们就像那些终于懂得了如何生活的人一样，和蔼可亲，相处融洽。更确切地说，他们似乎一见如故，并且相处得异常和谐。他们彼此之间不用相互提防，也不会因为身份关系而耻于与对方交往，这种融洽的旅伴关系使他们感到满足。在新英格兰的许多地方，有些人认为自己有钱有势就应当受人尊敬——很明显，在这里看不到这种荒唐事。不过，在我们所经过的一些村镇里，也有一些人被尊称为“一流人物”。这些人中有生活富裕的退休船长，热衷的事情却是谈论农业——这是所有船长的习惯；有经验丰富的水手，他们腰板挺直，举止文雅，看上去很忠厚，颇有些社会精英的气质；有一位彬彬有礼的绅士，当年可能曾当选过州议会的议员；有一位性格开朗、面色红润的科德角人，他阅历丰富，对待任何事都能泰然处之；还有一位渔民的妻子，她原本在波士顿等一艘沿海贸易船，可是等了一周船也没到，最后只好改乘火车。

实事求是地说，那天我们所见到的那几位女士看上去都极为消瘦，都是下巴尖瘦，鼻梁高挺，牙齿更是全都脱落了，他们的样貌看上去就像个轮廓分明的大写字母 W。她们没有自己的丈夫保养得那么好，又或许她们是按照制作干标本的方法保养的（而她们的丈夫却是按腌制法保养的）。尽管如此，我们依然尊重她们，因为我们自己的牙齿也是不完美的。

我们在雨中继续前行，邮局是我们能够停靠的唯一"驿站"。我们认为，在这样的天气里，科德角居民的主要活动就是写信和根据我们到达的时间分拣信件，以便公共马车及时收付。邮局看起来是这里唯一的公共机构。公共马车会不时地在某个低矮的店铺或者住宅门前停下，这时便会有穿着衬衫、围着皮围裙、刚刚戴上眼镜的车匠或鞋匠走出来，手里举着山姆大叔[①]为旅客们准备的袋子，好像那是一块家里自制的蛋糕一样。他们通常会和车夫随意聊些家长里短，完全无视旅客的存在，仿佛坐在车厢里的不是有血有肉的人，而是没有感情的行李物品。我们从其中一次谈话中得知，邮局局长是一位女士，并且是这条路上最优秀的局长。我们猜想，那些信件一定会遭到她的严格审查。当我们乘坐的马车在丹尼斯收付邮件时，我们冒险将头伸出车窗外，想看看前进的方向，却发现我们面前屹立着长满"贫穷草"的荒山秃岭，因为雨雾的关系，它们时隐时现，像是在遥远的地平线上，但实际上它们与我们近在咫尺。这让我们觉得，我们似乎已经到了陆地的尽头，但马儿却仍在向前奔去。我们看到的这部分丹尼斯地区确实是非常贫瘠、荒凉的，我甚至无法找到合适的词语来描述它的特征。那种像前天刚被烤干成陆地的海底一样的地表，遍地都是"贫穷草"，却没有一棵树，只有零零落落的几座矮小平房，冷冷清清、毫无生气地立在那里，房子已经因为风吹雨打而褪色，但红色的房顶尤其显眼，我们猜想房顶经常被粉刷，其他部分则没有。不过，房子的地基很宽阔，所以房内一定很舒适。我们随身携带的一本《地区指南》中写到："1837 年，这个镇有 150 位商船船主从美国的各个港口出航。"据此我们判断，在

① 山姆大叔，指美国政府。

镇子的南部一定有更多的房子，不然我们真难以想象那些船主回家时都住在哪里。事实是，他们的房子是不固定的，因为他们的家在大海上。在丹尼斯的这片地区，我们几乎没有看到树，我也无从知晓这里的人是否有过种树的意愿。这里只在一块凹陷的正方形土地上，有一座礼拜堂，那里四周确实种植着一排排笔直的钻天杨，转角处都排成了直角，很像建筑物的支柱；遗憾的是，那些树全都已经死了。我不禁想到，他们这里也许需要一次复兴。那本《地区指南》上还提到：1795年，在丹尼斯建造了"一座典雅的礼拜堂，屋顶还有尖塔"。这也许就是那座礼拜堂。不过对于它是否有尖塔，以及它是不是已经随着钻天杨的死亡而消失，我已经记不清了。这本书里还形容镇上的另一座礼拜堂是一座"极好的建筑物"，而邻镇查塔姆当时只有一座礼拜堂，因此书上只说它"保护得很好"，除此之外再没有其他评价。我相信上述对两座教堂的描述，既可以理解为对其建筑实体的概括，也可以用于精神层面。只是在我看来，这里推崇的"典雅的礼拜堂"，无论是百老汇那种三位一体式的，还是诺布斯卡塞特这种风格的，都和"美丽的村庄"没有区别。也可以说，我从未见过一座真正意义上的"典雅的礼拜堂"。我们不知道在温暖的天气里，他们靠什么来遮阳。但是书中写到："查塔姆是全国雾最多的地方，在夏天，为房屋遮挡太阳、使人们免受炙烤的是雾而非太阳。对于那些喜欢极目远眺的人来说……"不知这是否在暗示查塔姆的居民不喜欢远眺——"雾令人不悦，对健康却并无害处。"海风在这里没有任何阻碍，一路顺畅地拂过，或许和扇子的作用相似。查塔姆的历史学家还说："在这里，许多家庭的早餐和晚餐都有奶酪、蛋糕和馅饼，可以说没有什么区别。"不过，这样的表述还是有些模棱两可，让我们拿不准早餐和晚餐中的这些东西是不是完全一样。

因为临近丘陵，我们走的这条路非常难行，一面邻近海湾，另一面是"高低起伏的斯卡戈山"，此山据说是科德角的最高点。《地区指南》上说，站在这座山的峰顶，海景可以一览无余，"景色算不上很美，却让人感觉非常壮观"。这正是我们想体会的那种感觉。我们经过了丹尼斯的休伊特村，它就坐落在休伊特和基伟特岩颈上。据说，"与诺布斯卡塞特相比"——我们模糊地记得我们曾经路过或是接近过这个村子——"休伊特称得上是个惹人喜爱的村庄，但与桑威奇相比，它就几乎不能用'美'这个字眼来形容了"。但是不论怎样，在我们所见过的科德角的所有村镇中，丹尼斯给我们留下的印象最深刻，它是那样新奇，而且在那天的暴雨中，它显得如此崇高而深沉。

1776年，因为战争导致盐价上涨，而且非常紧缺。在这种情况下，美国休伊特的约翰·西尔斯船长第一个提出利用阳光暴晒蒸发海水提取纯海盐的方法。其实，在法国沿海和其他地方早就有人使用类似的方法了。关于约翰·西尔斯的实验，《史料汇编》中有一段有趣的记载，我们读到这段内容的时候，正好从马车里看到盐场的屋顶。巴恩斯特布尔是北部沿海地区最适合开设盐厂的地方，因为这里只有很少的淡水注入海洋。这一地区在这个行业上投入了两百万美元。但是现在，科德角已经无法与进口盐商和西部的海盐厂主竞争了。因此，更多的人转向了渔业，这里的制盐厂越来越少。《地区指南》里对每个地方的介绍几乎都差不多：这里有多少人捕鱼，捕获的鱼及生产的鱼油能够获利多少，生产和消费了多少盐，多少人从事沿海贸易，多少人从事棕榈叶帽子、皮革、靴子、鞋类和锡器等制造业。然后就结束了，想要了解更实际的本地制造业情况就需要依靠你丰富的想象力了，因为这类制造业在全世界几乎都一样。

傍晚时分，我们的马车经过了布鲁斯特。顾名思义，这个地方是以老布鲁斯特[①]的名字命名的，好像不这样他就会被世人遗忘似的。谁没听说过布鲁斯特？然而谁又知道他是什么人呢？这个小镇上的建筑和整个科德角地区比，是属于比较现代化的，很多退休的老船长都在此安家落户。据说“生活在这个地方的曾经在国外远航的船长和大副比全国任何城镇的都多”。这里的沙滩上竖立着许多现代的美国式房子，就像他们是从剑桥港搬来的一样，你甚至可能会认为它们是沿着查尔斯河漂过海湾来到此地的。虽然我称这些房子是美国式的——因为从投资到建造都是由美国人完成的，但它们用的木材基本没有经过加工，只不过用白漆稍做粉饰而已，这种明显的东部风格在我看来简直相当于那些最无聊的漂木。我们或许应该为我们的造船技术感到骄傲，因为这样才能让我们不必向希腊人、哥特人或是意大利人讨要船只模型。船长们也绝对不会雇佣剑桥港的木匠来为他们建造漂流的房子，因为他们的房子是在岸上的。如果他们建造房屋的时候一定要找一个模型作为参照，不如让他们用努米底亚人的方式把一艘船朝上翻过来，这样也许更令人愉悦些。我们还在书中读到：“在某些季节，太阳照射在韦尔弗利

① 威廉·布鲁斯特（1567—1644），英国清教徒，1620年随首批英国清教徒乘坐“五月花”号移居美洲，成为新英格兰普利茅斯殖民地的宗教领袖。

特和特鲁罗（越过科德角的“肘部”内侧）房子的窗户上，窗户玻璃反射出来的光远在18英里外的乡村路上都能看到。”对此，我们乐于发挥想象力，因为我们已经有24小时没有享受过阳光的照耀了。

约翰·辛普金斯牧师很久以前曾说起过这里的居民：“这里的人似乎都不是特别喜欢社交圈子和娱乐活动。除了公众聚会，他们似乎没有出入酒馆的习惯。我没听说这里有真正游手好闲的人或是长时间泡在酒馆里的酒鬼。”这些行为可比我家乡的人好得多啊。

这天的最后一站是奥尔良的希金斯客栈，我们停下来准备过夜了。在这里，我们感觉就像是来到了大海中的一片沙洲，我们甚至怀疑雾散了以后前方看到的是陆地还是海洋。在这里，我们遇到了两个背着风琴的意大利男孩，他们沿着海岬一路跋涉过来，准备前往普罗温斯顿。我们想，如果普罗温斯顿的人们不欢迎他们的到来，结果可就惨极了！接下来他们要投奔谁家呢？不过，我认为他们到这里来是很明智的选择，因为这里除了浪涛拍岸的声音，想听到其他音乐几乎是一种奢侈的愿望。在新大陆，最初在每一处海岬和灯塔处留下足迹的是人口普查员，不过，伟大的教化者迟早会派使者紧随他们的脚步，去播撒文明的种子。

瑙塞特平原

第二天一早，也就是10月11日，星期四，雨还是一如既往地下着，尽管如此，我们还是决定继续冒雨前行。出发前，我们先咨询了一下如果沿着海岸徒步去普罗温斯顿是否可行，以及沿路是否会遇到小溪或者沼泽一类的阻碍。希金斯说没有什么障碍，沿着海岸过去比起走大路并不会远很多，不过他觉得由于下雨，大路的状况就已经很恶劣了，更何况是沙地，马蹄可能会陷进沙里。但是，客栈里有个人刚从那里经过，他说我们能够顺利通行，只是如果遇到涨潮和东风，沙滩可能会塌陷，在海岸下面行走就会很麻烦，甚至可能会有危险，所以要特别注意安全。起初我们沿大路走了大概四五英里，这部分也是科德角的肘部——海岬最狭窄的地方，从这里向北拐，我们就可以绕过一个小海湾，这个小海湾在我们的右侧，是奥尔良瑙塞特港的一部分。我们渐渐发现，虽然对马匹来说路中间有些“泥泞难行”，但对行人来说路两侧却非常容易走。天气一直没有好转，和昨天一样风雨交加，雾气弥漫，我们把雨伞放在背后，大风就会从后面推着我们飞快地穿越沙地了。然后，我们来到了一处没见过的海岸。一条蜿蜒曲折的小路随着高低起伏、荒凉贫瘠的土地向远处延伸，零星坐落着几座矮小破败的房子，一眼望去保养得似乎不错，庭院也很干净——实际上就是没有围栏的海岬，我们猜测，似乎是风把房子周围的地面吹干净的。因为这里缺乏树木，所以也基本上看不到木料堆和其他木制品。那些房子就像是刚上岸的水手，为了能享受片刻的安宁，全然不顾坐姿和装束是否得体了。在他们眼中，这里只是土地——坚实的熟悉的土地，既不够肥沃，也没有活力。而在我看来，一切暗淡的景色都有一种独特的美。就像这里，现在，因为阴晦的天气才使这景色的永恒性得以加强和延展。虽然我们还没有看到大海的波澜壮阔，也没有听到大海的咆哮声，但这里的一切已经在向我们讲述着并让我们感受到大海了。这里的鸟儿是海鸥，田里有马车，小船底朝天地躺在屋子周围，偶尔还能看见用鲸鱼肋骨编成的栅栏三三两两地竖在路边。只是这里几乎没有树，可以说这里的树木甚至比房屋更罕见，除了苹果树——在低洼地里有一个小果园。这些果树长得差异很大，要么长得又高又细，顶部平平，没有旁枝，好像开阔土地上野生的大洋李一样；要么长得十分矮小，就像榅桲树一样，刚出地面就分叉了。后来我发现，在科德角，许多苹果树都只能长到一人来高，甚至站在地上就能采摘整个苹果园的苹果，却几乎无法从树下钻过。可见，这些苹果树完全体现出了在什么样的生长环境里，树木就会有什么样的生长习性。果园的主人告诉我们，有些果树的树龄已经有20年，却只有3.5英尺高，一般这些树长到离地面6英寸的时候就开始分叉，却可以向四周伸展至5英尺。为了捕捉尺蠖，树上还挂了一圈装着柏油的盒子。这些树看上去更像是一些盆栽，到了冬天就可以把它们搬进屋里似的。在另一个地方，我还看到了一排醋栗大小的苹果树，要是把这些树紧挨着放在一起的话，我想我能一下子跳过去，但果园主人告诉我，那年秋天这些果树结出了一桶半苹果。我还曾测量过一些苹果树的高度，就在特鲁罗的高地灯塔附近。那些树都是在还是幼苗的时候从周围的灌木林里被移栽或嫁接过来的。有一颗已经被移植了10年的苹果树，却只有18英寸高，但树顶枝杈向外延伸的范围足足有9英尺，两年前曾经结过1蒲式耳[①]的苹果。还有一棵树，从萌芽时算起，大概有20年树龄了，却只有5英尺高，但它的枝杈伸展长达18英尺，也和其他苹果树一样，在地面上就开始分叉了，因此你根本无法从树下钻过。这棵树两年前结了一桶苹果。果园主人常常用人称代词来代指这些树，例如“我把它从树林里移植回来，可它却不结果实”。在那附近，我看到了那里最大的一棵苹果树，从根部到顶端的叶子共有9英尺，从地面开始向5个方向分叉，伸展范围达33英尺。

在其中一个院子里，我看到了一棵看起来非常茁壮的树，而其余的树已经枯死或是奄奄一息。树的主人说，他的父亲曾用刚产完卵的鲑鱼给这些树当肥料，除了那一棵树之外。

毫无疑问，某些基督教科学派信仰疗法术士曾建议应毫无疑问地促进苹果

① 计量体积的单位，在美国，1蒲式耳约相当于35.24升。

树的这种生长习性，并认为不要给它们剪枝。1802年，在南部奥尔良的邻镇查塔姆，一棵果树都没有。在奥尔良还流传着一种古老的说法：“海边1英里范围内，是种不出果树的。即使将果树种在更远的地方，也依然会被东风侵害。在春天的大风暴过后，连树皮上都会留下咸味。”我们注意到，树皮上常常覆盖着一层铁锈般的黄色苔藓——石黄衣。

对于一个生活在内陆的人来说，在科德角旅行途中见到的最陌生、最奇特的建筑物，应该就是风车房了。它们都是灰蒙蒙的八角形塔楼，后面插着一根斜向地面的长长的圆木，圆木的一端倾斜向下安装在车轮上，风车的叶子可以通过车轮带动转向迎风的一面。这些装置还能多少起到一些支撑作用，尤其是在狂风肆虐的时候。经过日复一日的摩擦，车轮在建筑物的周围留下了一个很大的圆形车辙。附近的居民有时会助风车一臂之力——他们似乎不需要风向标就能知道风往哪个方向吹，然后合力把风车转向迎风面。只是，那些粪车看上去不是很牢固，晃晃悠悠，就像翅膀或者腿受了伤的大鸟，这些不禁使人联想起“风车王国”荷兰的美景。这些风车都建在高处，而且自身也很高，因此便起到了地标的作用。因为这里通常没有高大的树木或是其他能在远处看见的东西。不过，那里的陆地的轮廓其实已经足够清晰了，即使一个不起眼的小隆起，或者是沙崖，在远方的海面上也能够望见。在海上航行的人，通常根据风车或者礼拜堂的位置来判断靠岸的方向。在乡下没有风车，我们只能依靠礼拜堂判断方向。然而，礼拜堂是一种7天才转一次的风车，它要么靠教义或舆论的压力推动，要么靠上帝的力量推动，而后者情况比较少见。礼拜堂那座风车下磨出来的是另一种面粉，如果不全是麦麸或已发霉的东西，如果也不是石灰，那么我相信它是可以制作生活中的面包的。

奥尔良以盛产贝类著称，特别是蛤蜊。或者就像我们随身带的那本书里提到的：“对他们来说，可能软体虫是个更适合的名字。”这里的田里也到处都是一堆一堆的贝壳，里面的蛤蜊已经被取出来了。与少雨的干旱地区比，沿海地带要富饶得多。居民们的收成，不只是通过那些以蒲式耳计算的谷物来衡量，还包括那些用桶计量的蛤蜊。要知道，1000桶蛤蜊肉相当于6000至8000蒲式耳印第安玉米的价值。而且在过去，挖蛤蜊并不需要付出很多的劳力和成本——人们认为海滩上的蛤蜊是取之不尽、用之不竭的。那本书上对此也有着具体的描述：“就算一片海滩上的蛤蜊几乎全被挖光，只要过两年，蛤蜊就又会像以前一样多。有些人甚至还认为，就像马铃薯需要锄地才能丰收一样，蛤蜊滩也需要经常翻一翻沙。如果不这样做，蛤蜊就会因挤得太紧而没法长个儿。”但我们却听说，这片海滩的幼体蛤蜊已经在减少了，可能是因为蛤蜊滩翻沙翻得太频繁了。尽管如此，有个人却告诉我说，他有一年冬天在特鲁罗挖出了一个价值 126 美元的蛤蜊；并且他对有些人用蛤蜊肉喂猪的做法非常不满，认为正是这个原因才使得蛤蜊越来越少。

我们在奥尔良和伊斯特姆之间，越过了一条大概 14 竿长的小溪，这条小溪叫作杰里迈亚沟。据说，大西洋与科德角湾有时在这里交汇，将科德角北部隔断开。因为海岬上没有适合溪流流淌的地方，这些小溪被迫变成非常细小的水流，还要多绕几个弯才能流入大海。我们还发现，这里的沙滩虽然很宽阔，但想要在上面行走可谓举步维艰。因此，能在这里形成溪流，即使是最小的水沟，只要其中还有一点水在流淌，或者是可能还有水流淌，就很了不起，就值得拥有一个名字。《地区指南》告诉我们：临镇查塔姆就没有活水。这片土地的贫瘠和荒凉，即便是描述得出来，也很难令人相信。即使只是从外观上看，这样的土地，也算不上是耕地，只能称之为陆地，内陆的农民是不会在这样的土地上耕种的，甚至筑围栏圈养家畜都不会考虑。科德角的耕地一般来说，都像是混在一起的盐和玉米粉一样，黄白掺半的，这样的土地哪能叫土壤呢？一个内陆人，只要到过这样的地方一次，他以前对于土壤和肥沃的概念都将被改变，而且在接下来的一段时间，他将分不清什么是土，什么是沙。查塔姆的历史学家说，这个镇子的一部分源自大海：“一种土壤在最初的形成阶段，外表是不容易看清的，因为并不是所有人都看到过这种土壤形成的过程，也许还会否认它是土壤。”对科德角的大部分地方而言，我们认为这倒不失为一个恰当的描述。第二年夏天我们曾经路过伊斯特姆西面的一片“海滩”，那里它有半英里宽，一直延伸到镇子的东面，面积有 1700 英亩，虽然以前那里曾经出产过小麦，但现在那里已经一点腐质土壤都没有了。在这里，所有起伏不平的沙地都统一被称为“海滩”，无论是被海浪还是被气流冲击而成的，因为它们最初都是海岸。伊斯特姆的历史学家记录着：“在一些地方，沙子的不停堆积已经形成了 50 英尺高的小山，而在 25 年前，那些地方是没有山的。在另外一些地方，不断吹来的沙子填平了溪谷和沼泽。在灌木丛扎根牢固的地方，沙和土堆在灌木的周围形成了一座座小堡垒，风景非常独特。有几个原本覆盖着土壤的地方，如今连地下的岩石都裸露了出来，被风沙打磨得像是刚从采石场中挖出来的一样。”

尽管伊斯特姆的土地如此贫瘠，但当地据说还种植了许多玉米，这让我们万万没想到。在奥尔良住宿时的房东告诉我们，他每年都会种植三四百蒲式耳玉米，还饲养了很多头猪。在尚普兰[①]的《航海记》一书中，用一整版的插图描绘了1605年印第安人在这一带开垦玉米地的景象，图中还画着他们的棚屋。1622年，早期的清教徒移民在这里登岸，用他们自己的话说，就是因为向瑙塞特的印第安人“买了八到十桶玉米和豌豆”，才使他们不至于饿死。后来他们停靠在一个叫玛塔奇斯特的地方，在那里又买了些玉米，他们的船却被风暴刮走了，总督只好步行50英里穿过树林，回到普利茅斯。根据《莫特的报告》记述：“他平安到家，但筋疲力尽而且脚很疼。”“1667年，伊斯特姆镇通过投票决定，每一位家庭主妇都要消灭12只乌鸫或3只乌鸦，因为这些鸟糟蹋了许多谷物，这个决议被执行了许多年。”1695年镇上又通过了一项法令，内容是：“镇上的每个未婚男子在单身期间必须消灭6只乌鸫或3只乌鸦，违抗者将不被允许结婚，直到遵守这条法令为止。”然而，这些规定仍旧没有杜绝乌鸫糟蹋玉米的事件。第二年夏天，我就亲眼目睹了做这种事的乌鸫，田地里那些经常被我误认成人的稻草人并没能吓住它们。我由此得出这样一个结论，要么是许多男人还没有结婚，要么是许多乌鸦已经结婚了。1802年出版的《史料汇编》一书中，对伊斯特姆的介绍是这样的：“这里出产的玉米超过当地居民的消耗，每年约有1000蒲式耳的玉米被送往市场销售。这里的土壤里没有石头，且很松软，非常适宜耕种。玉米出苗后，在两个年轻人的帮助下，一匹仅比山羊略大点的科德角马一天可以轻轻松松地耕三四英亩地。通常，农民每年能收获500蒲式耳作物，不久前有一位农民在60英亩的土地上收获了800蒲式耳作物。”现在仍有着类似的记载。不过，最近的一些记载中有些情况却让人怀疑是在照搬已有的资料，而且我相信，他们的记述常常建立在以特例为规律的基础上。而实际上，到目前为止，贫瘠的土地仍占大多数。不过竟然能在这种土地上种出庄稼，这本身就已经很不同寻常了。正如有人认为的那样，这也许是因为这里空气非常湿润，沙土温暖又很少发生霜冻。一位磨坊主一边磨

① 萨缪尔·德·尚普兰（1567—1635），法国探险家、地理学家、魁北克城的建立者，也是法国同北美贸易，特别是皮毛贸易的开拓者。

他的磨盘齿，一边跟我闲聊，他说：40年前，他曾在这里做过剥玉米的工作，一个晚上就能剥500蒲式耳，中间的玉米堆得有6英尺那么高，而现在，1英亩地平均产量只有15到18蒲式耳。我以前从我见过类似这个镇的田里长出来的玉米——又细又小，看起来不太健康的样子。大概这个镇上的居民并不在意玉米的收成吧。就算是最肥沃的土地也未必能获得最大的收益，反而在这里，耕种沙地也许会获得和西部肥沃的低洼地相同的回报。而且，据说在沙地上种出的瓜果蔬菜，就算没有肥料，味道也会非常甜美可口，尤其是南瓜；不过，如果把这里的种子撒在内陆的土壤里，它们很快就会退化。我可以证明，这里的蔬菜成熟时，看上去非常青翠、健康，虽然这不排除是与沙地对照的结果。不过，科德角镇上居民的园子通常都是在湿地和沼泽边缘开垦出来的一小块，所以一般他们自己不种粮食或者养猪。

整个上午，我们都能听到东面几英里外的海岸上传来的大海的咆哮声，那场使"圣·约翰"号遇难的风暴仍然没有彻底离开。我们意外碰到一个小男孩，很显然他无法理解我们的感受，他的耳朵已经习惯大海的这种咆哮了，他用贝壳能够更清楚地听见这种声音。空气中都充斥着海浪拍击沿岸的声音，即使在离海岸几英里远的地方都能清楚地听见，在这种声音的陪伴下前进，使得精神倍感振奋。这是大西洋对整个科德角的咆哮，而不是一条狗在你的门前狂吠！总之，我们对暴风雨的到来感到兴奋不已，是它让我们看到了最愤怒的大海。查尔斯·达尔文曾信誓旦旦地说过，如果在夜间，一阵大风过后，智鲁岛海岸夜间的浪涛声可以一直传到"21英里以内的山林地带"。刚才提到的那个男孩，大概有8岁了，我们让他躲到我们的伞下，这样就可以和他边走边聊了。我们认为，了解孩子眼中的科德角的生活是什么样的，和了解这种生活对于一个成人的意义同样重要。他告诉了我们，这一带长得最好的葡萄在哪里。他手里提着一个小桶，里面装着午饭，我们没有贸然询问他带了什么吃的，但最终还是看到了他的食物。对于好奇的人来说，最简单的事总是最容易被接受的。最后，在到达伊斯特姆的礼拜堂之前，我们离开了大道，准备在那里穿越田野，向瑙塞特灯塔所在的海岸走去，那里距离我们两三英里远，有紧挨着的三座灯塔。如此多的灯塔在一起，使它们显得别具风格。只是通过这种与众不同的方法实现目的似乎显得有些无能，而且成本太高。我们很快走到了一望无际的平原，这里除了一两处地方有个房子，既没有树木也没有围栏，真可以说是什么都没有。泥土堆成的小田埂取代了围栏。我的同伴觉得这里可以和伊利诺伊州风中起伏的大草原相比。我们穿过这片平原时，正好遇到狂风暴雨，这无疑使它显得更加辽阔、荒凉。这里周围没有山丘，只有一块块已经干涸的洼地，远方的地平线又被雾气笼罩着，因此我们不知道这里是高是低。只是隐约看到前方有一位孤独的旅人正在漫步前行，在这荒原上，他的背影看起来像个巨人，只是走起路来无精打采的，仿佛空中有个皮带穿过腋下吊着他，又好像下面的平原向上托着他。没有参照物，只要稍远一点儿，就无法区分是大人还是小孩了。其实，对于生活在内陆的人来说，科德角的景色永远都是海市蜃楼。这样的荒野方圆可达一两英里，被称作“瑙塞特大平原”。这里曾经被森林覆盖着，冬天狂风大作，纷飞的雪花欢快地迎面扑向行人。我很高兴已经走出了城镇，因为在城里我总有一种难以形容的羞愧感和羞耻感——我暂时忘却了马萨诸塞州的酒吧，在那里，成年人那粗鲁、恶俗的陋习永远无法改变，只是我依然抽雪茄。虽然现在所处的外部环境很阴郁，但是我的心情十分美好。城镇需要新鲜空气吹散污浊的烟尘，诸神看到自己的圣坛上那纯洁的火焰，也会感到高兴的。雪茄的烟雾无法真正满足他们。

在到达普罗温斯敦之前，我们没再进入任何村庄，都是一边从村庄旁边绕过，一边在雨伞下翻阅这些村庄的历史资料，加之这种天气，让我们很少遇到什么行人。这些古老的记述中有着最为丰富多彩的对地形的描绘，而这恰恰也正是我们最想知道的。我发现，实际上这本书中记录的关于这些村庄的其他方面的事情，有意义的部分大都是引用一些已经得到公认或是未被认可的前人的描述，令人兴味索然。村镇的历史最终全都变成了当地教会的发展史，因为他们只有这方面的事情可以记述，而且这类历史都是引用古代牧师的拉丁文墓志铭作为结束语，那些墓志铭写于拉丁文和希腊文鼎盛的时期。这些史料甚至对每一位牧师的圣职授任仪式都有详细记载，十分尊重史实地告诉你是何人做的开场祷告，何人进行的布道，何人做的授任祷告，何人授予的圣职，何人伸出了右手以示伙伴关系，以及何人宣布仪式结束；甚至曾经为调查某一牧师的正统性而经常召开的神职会议一共召开了多少次，以及所有的与会人员姓名都有记载。需要花费一个小时才能走完这片景色独特却单调的平原，我便决定利用这段时间来熟悉一下伊斯特姆的历史。

原本这块在伊斯特姆的领地是属于印第安人的，一个从普利茅斯来的委员会买下了它。委员会追问："谁曾提出过要获得比林斯盖特的所有权？"——比林斯盖特就是指他们所买的那块地北面的海岬。回答是，它不属于任何人。"那么，"委员会说，"这块地就属于我们了。"印第安人回答说："就这样吧。"这样的要求和认同真是与众不同。这件事可以证明，清教徒早期移民认为自己有权做"无主之地"的代表。也许这开创了以温和的方式"占有"一块未被占领的土地的先河。或者可以说，至少这种方式没有得到应有的改进，因为直到现在他们的后代仍在广泛使用。似乎在美国人之前，还没有任何人成为整个美洲的唯一拥有者。然而史书上说，在很多年前，清教徒早期移民就已经拥有比林斯盖特这片土地的所有权了，最后却"冒出个自称安东尼中尉的印第安人"，声称这片土地都是属于他的，于是他们向他买下了这块地。不知道会不会有另外一个安东尼中尉某一天突然来敲白宫的大门，声称有一块土地属于他？至少我知道，如果你以不正当的手段占据了一件东西，一定会有许多麻烦事随之而来。

托马斯·普林斯，一位曾经数度连任普利茅斯殖民地的总督，也是开拓伊斯特姆殖民地的首领。在镇上有个曾经属于他的农场，那里有一棵据说是他在大约两百年前从英格兰带来并亲手种下的梨树。在我们到达那里的几个月前，那棵梨树被大风刮倒了。书中还有一段记述说这棵树生长得如何茁壮，结的果子虽然小但品质极好，产量可达15蒲式耳，算是中等水平。还有位赫门·多恩先生专门为这棵梨树写了一些很相称的诗，我在此摘录几句，这些诗确实是我读过的有关科德角的诗中最具代表性的作品，而且这些诗写得还不错：

自你远离故乡，远涉重洋，
到达这异国他乡，
老树啊！两百年悲欢离合，
已在岁月中流逝。

☆ ☆ ☆ ☆ ☆

（这些星号代表宗教色彩更强烈的诗句，还有那些已经遗失的诗句。）

光荣的先辈，

从普利茅斯来到此处，
那些背井离乡的人们早已逝去，
老树！你却依然挺立
在普林斯亲手栽下你的地方——
无意中成为民族与时代的丰碑，祖先的纪念，
多恩、希金斯、斯诺和其他杰出人物，
他们的后代将心怀敬意
永远铭记他们的名字。

☆ ☆ ☆ ☆ ☆

移民的先驱，古老的梨树！
时光让你的枝条稀疏，岁月让你的腰身弯曲，
但我们看到你饱经风霜的花朵，
年复一年依旧果实累累。

还有几句诗我觉得影响整体内容，所以删掉了。那大概是作者为了押韵而写的一些毫不相干的东西。就好比同轭上的两头牛，当一头牛要躺下时，站着的那一头就无法保持平衡了。

在伊斯特姆的第一批移民中有一位传奇人物——基督教新教的执事约翰·多恩，他死于1707年，享年110岁。传说他生命的最后几年是在摇篮里度过的——这肯定不是阿喀琉斯[①]式的生活，多恩的母亲为了使他不受伤害而将他浸入水中的时候，肯定是失手将他滑落了，以致他连脚踵在内的整个人全都泡进去了。至今，在那里还能看到当年他为自己农场树立的界碑，有一些上面刻着他姓名的首字母。

这个小镇的教会史稍稍引起了我们的兴趣。那上面说："起初，他们建了一座面积只有20平方英尺的小礼拜堂，屋顶都是用茅草铺的，可以在那里朝外面放枪。"显然，这是用来对付魔鬼的。"1662年，镇上发布新规定：凡是被冲上岸的鲸鱼，都需要划拨一部分供牧师享用。"无疑这种让牧师领取上帝的资助的方法

① 阿喀琉斯，希腊神话中的英雄，出生后被母亲海洋女神忒提斯握着脚踵倒浸在冥河水中，因此除未浸水的脚踵之外，浑身刀枪不入。

是合理的，因为牧师是上帝的仆从，而只有上帝才能控制风暴。如果冲上岸的鲸鱼数量很少，牧师们就会怀疑上帝不接受他们的膜拜。每当风暴来临，牧师们都会坐在悬崖上，忐忑不安地注视着海岸。

假如我是一位牧师，我想比起寄希望于我所知道的那些乡村教区的教徒给予我的善心和捐赠，我宁愿祈祷海浪会大发善心，在科德角的背面给我冲上来一条鲸鱼。正常情况下，一位乡村牧师的薪水不能与一头鲸鱼相提并论。因此那些需要依靠冲上岸的鲸鱼为生的牧师，日子一定很不好过。我宁可自己带着鱼叉到福克兰群岛捕猎鲸鱼。试想一下，牧师们能够从教徒们为了资助他而把一条被风暴摧残得奄奄一息的鲸鱼拖过沙洲和水坑的行为中获得怎样的慰藉！我就听说过一位原本是渔民的牧师，在布里奇沃特居住了很长时间，因此能够轻松分辨出鳕鱼和黑线鳕。福音传教士当渔夫已经由来已久，因此，虽然牧师的后备人才看起来充足，但大多数乡村布道坛很快就会找不到牧师。此外，为了支持办免费学校，这里对捕鲸鱼的人也征税，也就是孩子们能够免费上学，要依靠靠征收鲸鱼的税款来维持。“1665 年，立法会议规定，凡是居住于本辖区内的居民，不信《圣经》的都将被施以肉刑。”我们可以想象：在一个阳光明媚的清晨，一个人被不停鞭打，直到他承认《圣经》中所说的全是真理！“该镇还通过投票的方式决定，做礼拜时，所有站在礼拜堂外面的人都将被戴上枷锁。”生活在这样的城镇里，必须让坐在礼拜堂里面的人看到他们比戴着枷锁的人有着更好的待遇，以免守法的人比不守法的人承受更大的痛苦。

近年来，伊斯特姆镇因举行信徒的野营布道会而远近闻名。举行布道会的地点就在附近的树林里，每到那时数千人从海湾各地成群结队而来。这种宗教情感的发展即便谈不上不健康，至少也是不正常的，而造成这种现象的原因，我们猜想和这里的女性人口比例比较大有关。她们的丈夫或儿子不是正在海上就是已经葬身大海，只有她们和牧师仍坚持留在镇上。对此，我们曾看到过这样的记述：“在奥尔良、伊斯特姆及其以南的许多村镇中，经常会看到这样的情景，尤其是在星期日做礼拜时，经常会有人突然发狂。而且当一个妇女开始发狂时，通常会有五六个妇女受到她的感染，也一同发作起来，整个礼拜堂便会乱成一团。一些老人也许会毫无理智或没有慈悲心地认为发生这种事，与这些人的意志多少有些关系，并且认为嘲笑和恐吓可以帮助制止这种不正常的现象。”现在的情况如何，我们不得而知。不过，就在这里的一所房子里，我们见到了一位很有男子气概的瑙塞特女人。她看起来既不像曾经突然发狂过，也不像是会轻易受别人的感染而一同发狂。否则，对于她来说，很可能生活本身就是一种伴随着艰难困苦的疯狂之事，而且这种困苦显然是男人不曾经历过或想到过的。她是个坚强果敢、精力旺盛的人，有着钢铁般的下颚，轻轻咬一下就能把一枚铁钉咬成两段；她无所畏惧，说起话来就像战舰上穿着裙子的水兵，或是像在隔着浪花对你大喊。困苦不堪的生活让她备受折磨，以至于她看上去冷酷无情，甚至能做出任何暴行。我猜想她是一个曾经杀死婴儿的人，而且没有兄弟姐妹，即使有也是个早夭的，有什么必要留着他？而且她的父亲一定在她出生前就去世了。这个女人告诉我们，因为担心将霍乱疫情传播到这里，去年夏天这里没有举行野营布道会；而今年夏天原计划是要提前举行的，但参加布道会的人都得睡在麦秆堆上，今年黑麦成熟得太晚，那时候尚没有麦秆可用。参加布道会的牧师有时会达到150人！听众则有5000人！集会地点叫米兰涅姆林，属于波士顿的一家公司。在科德角我所见过的地方中，无疑这里是最适合举行布道会的，然而更确切地说，它其实并不适合举办此类布道会。

这块地周围都围上了栅栏，橡树林中到处都是帐篷架。这里有一个炉灶和一台抽水机供他们使用，在会场上的一座房子里还存放着他们的厨具、帐篷和家具等。他们把举行布道会的时间定在月圆的时候，并提前一周指定专人把抽水机清理干净，与此同时，牧师们也一直在清嗓子。只是，比起抽水机流出的水，牧师们滔滔不绝的布道可能不会总是那样清澈纯净。我们在这里的桌子底下还看到了他们去年夏天聚餐过后留下的蛤蜊壳，当然，这肯定是那些还未信仰基督教，或是信仰后又堕落的人和嘲弄基督教的人做出来的。这个野营布道会看起来更像是祈祷与野餐的奇特结合。

1672年，牧师塞缪尔·崔特第一个在此定居，据说这位绅士“有资格列入新英格兰杰出福音传教士的行列”。因为他的布道，不仅许多白人，甚至很多印第安人都纷纷开始信仰基督教。为了更好地传播信仰，他还用瑙塞特语翻译了基督教的信条。对于印第安人信仰基督教的情况，在1674年印第安人的第一位教师理查德·伯恩写给顾金的信中有谈及，理查德·伯恩说他曾经去看望一个生病的印第安教徒，“而从这名教徒的口中说出了非常得体、神圣的天国语言”。当然这是个别现象，更多的印第安教徒则“对于课程非常懈怠，这让我感到十分痛心。”崔特先生被称为最严格和坚定的加尔文教教徒，绝不是那种放弃原则或随意解释，并最终沦为像是被拔掉棘刺的豪猪似的那种人，他能够把他的棘刺射向远方并勇敢地保护自己。他的布道书稿至今还广为流传，“这些手稿看起来是准备出版的。”一位评论家认为。我们随身并没有携带，只能从别人的书里摘引几段崔特先生关于《路加福音》第十六章第二十三节的布道文：

你们即将坠入无底深渊。地狱已经打开通道，准备迎接你们。那里的空间足够你们享受……

仔细想想吧，你们能去的地方是上帝称赞的正义之地，想要到达那里除了磨难，没有别的途径。地狱是上帝打造的教化院，切记上帝像对待他自己一样对待一切事物，为了彰显正义和愤怒的力量，上帝一定要在合适的地方建造地狱……你如果成为目标，你的灵魂一定会遭受苦难……

仔细想想吧，上帝就是让你痛苦的根源……他的气息足以让地狱之火永久燃烧……而且如果他要惩罚你，如果他于狂怒之中见你，如果他将你视作非人，他将给你最为强大的打击。

有些人有着错误的想法，认为罪孽将随肉体生命的结束而结束。其实世人受到永恒律法的裁决，地狱中的罪孽将被加重。说到这一点，也许正合你意。然而请记住，地狱里没有令人感到愉悦的罪孽，没有食物，没有水，没有歌舞，不许轻浮放纵，不能偷喝禁水，唯有被打入地狱的人的罪孽、痛苦：可怕的罪、被折磨激怒之罪、咒骂上帝和亵渎上帝之罪……这些罪行将使你的灵魂不得安宁，并化作一堆堆烧火用的干柴……

罪人啊，我恳求你仔细参透这些道理。切勿心存侥幸，视其为恐吓幼儿之呓语，认为其毫无价值且有损于上帝的仁慈。上帝能够慈悲为怀，尽管他令你遭受痛苦。为了强化正义的力量，上帝将许许多多的罪人罚入地狱，诞生了许多歌颂他这一明智之举的不朽之作，犹如天国之星，明亮璀璨，永远高唱颂歌，感谢上帝的救赎之恩。

评论家继续写道：“虽然他在布道词中应用了大量宣扬恐怖的手段，进而让人产生一种严肃而令人敬畏的雄辩风格（‘Triurnphat ventoso gloriae curru orator, qui pectus angit, irritat, et implet terroribus.’引自伯内特《论死者和死而复生者的状况》，意为‘那洋洋得意的雄辩家坐在高高的天国凯旋战车上，尽其所能煽风点火，令苍生心中充满恐惧。’），以至自然而然地产生了一种他仍然无法获得‘广受欢迎的传教士’这一美誉。他布道时的声音非常大，在离礼拜堂很远的地方都可以听到，甚至当妇女们歇斯底里地狂叫和瑙塞特平原上狂风袭来的时候都能听到；他的布道声与尖叫声和风声混在一起，当然，也并不比那些声音更悦耳。”

据说，“在他任牧师期间，曾多次使那些听众听到他的讲道后觉醒过来”。不过也有一次，一个没什么罪恶的年轻人听了他的布道后被吓得快要精神失常了，以至崔特先生不得不使出浑身解数令他相信地狱对他不会那么残忍。由此我们断定，崔特先生的“态度是积极的，言谈也令人感到愉悦，虽然有时候还喜欢开玩笑，但他从不亵渎神圣。他喜欢时不时加点幽默和小玩笑，并且配上他那持久的哈哈大笑声来证明自己乐于此道”。

他身上还发生过一件众所周知的事，想必不少读者都听说过那件事，我在此贸然重复一下：

崔特先生娶了波士顿南教堂的牧师威拉德先生的女儿，他们结婚后，威拉德先生有时会被邀请崔特先生到他的布道坛去布道。威拉德先生是个很优雅的人，讲道时也一样，并且声音悦耳动听，因此虽然他的“肉体与神性”没有为他赢得声誉，并常常遭到那些读过这篇讲道文章的人讥讽，但他的讲解却很具思想性，语言逻辑有理有据，结果当然是受到了广泛赞赏。有一次，崔特先生为他岳父所属区的教众做了一次出色的讲道，但他像往常一样阴阳怪气，令听众感到厌烦。那些挑剔的教众又有意见了，他们直接请求威拉德先生不要再邀请崔特先生来讲道了，他们不否认崔特先生是一位值得尊敬的虔诚的人，但他确实是一名很糟糕的传道士。威拉德先生对此不置可否，他只是请女婿把讲道的文稿借给他。几个星期后，他用崔特先生当初的原稿对他的会众们宣讲，得到的效果却恰恰相反，人们纷纷向威拉德要求把手稿抄一份拿走传播。他们大声喊道：“看啊，你和你的女婿多么不一样。你们用同样的文本讲道，他讲得那么卑劣，而你却讲得如此精彩。”有一条批注是这样写的：“威拉德按崔特的手稿宣讲后，可能对那些贤明的批评家说了费得鲁斯[①]的一句话——

① 费得鲁斯，古罗马作家，著有《寓言集》5卷。

En bic declarat, quales sitis judices.

可见你们是些什么样的评论家。”

就在那场令人难忘的名为“大雪”的风暴过后不久，崔特先生因中风死于家中。虽然他住宅周围被暴风刮得光秃秃的，但前往住宅路上的积雪却出奇地高。最后，印第安人不得不从积雪中挖出了一条道路，把他的遗体抬到了墓地。

读者可以想象一下我们当时的情景：躲在雨伞下一边前进一边阅读，一路向着偏东北一点的方向行进，穿过辽阔的平原，走向瑙塞特海滩。此时风雨仍未停歇，似乎我们正要赶去参加一场崔特先生的去世周年纪念。我们想起了《光明和阴影下的苏格兰生活》一书中所描述的内容——有人就是在这里葬身于积雪之中。

第二位在这里定居的牧师叫“塞缪尔·奥斯本，他出生在爱尔兰，在都柏林大学接受的教育”。别人评价他是“一个睿智且高尚的人”，曾经传授给他的信徒制作泥炭的技艺，并教会他们使用泥炭。在没有其他燃料可用的当地，这对信徒们来说无疑是一大恩典。此外，他还引进了农业改良方法。尽管他做了许多好事，但因为他信奉反对加尔文派的阿米尼乌斯教派，教区内的一些教徒还是逐渐对他产生了不满。并最终在约瑟夫·多恩、纳撒尼尔·弗里曼两位神学家的强烈要求下，召开了由十名牧师代表各自的会众组成的教会公议会，对他的信仰问题进行了讨论，这一举动自然抹杀了奥斯本做过的所有好事，使他成了无用之徒。教会公议会的报告中说：“根据公议会的了解，奥斯本牧师在讲道时曾对他的会众说，基督的行事和受难并没有减轻我们服从上帝律法的义务，还说基督的受难和顺从都是为了他自己。以上两条，本会认为都是非常错误、并且危险的观点。”“此外，‘据说，奥斯本公开和私下里都曾断言《圣经》中许诺的东西都是有条件的。这绝对是错误的，而且本会肯定，确实有绝对且无条件的许诺，就如许给一颗崭新的心的诺言一样，上帝会把他的律法写在我们的心上。’”“他们还说：‘有人指出，奥斯本先生曾宣称顺从是上帝评判一个人的重要原因，本会认为，这种观点也是很危险的。’”

还有很多例子，都是针对双方存在的观点差异进行的对比。或许在这方面有些读者比我更了解。据一些旅行者说，在遥远的东方，在所谓的魔鬼崇拜者耶西迪人[1]或迦勒底人和其他教派的人中，你依然能够听到这些教义上的精辟辩论。但奥斯本最终还是被解职了，之后他就搬去了波士顿，并在那里办学多年，最后活到了一百来岁。不过在我看来，这也证明他在泥炭草地里的工作完全正确。

第三位在此定居的牧师是本杰明·韦伯，尽管有邻近的神职人员认为他是“他所认识的最好的人和最棒的牧师”，不过我手上这本历史书中对他的评价却说：循规蹈矩而且没有个性，因此人们对他没有过多评论。他纯洁的心地像是刚刚下的雪，盖住了地上的一切污点；他的心胸就像夏季温和的夜晚，明月高照，万里无云。凡是你能说出的美德，他都在努力达到；凡是你能说出的罪恶，他都努力远离。要说他有什么显得与众不同的特殊品质，无疑当属他的礼貌、谦逊和他对上帝不变的爱。在本杰明·韦伯来到此地之前，当地人长期听被称为“恐怖的人”的崔特先生讲道，现在则从这位善于给人温柔劝诫的人身上接受布道。他通过各种方式展示上帝那至高无上的仁慈，对教众循循善诱，让他们逐渐具备美德，在人间这个凄苦之地，他的思想简直达到着天国的状态，这实在难得。虽然他持有和崔特先生一致的宗教情感，然而他的注意力却转向了救世主开始传播的那些巨大的喜悦。我们对于瑙塞特平原上曾经有这样一个人物而感到非常有趣。

接着往后看，我们又看到了一个奥尔良牧师的名字——乔纳森·巴斯康姆，对他的评价是：一位高尚的老人，作家，言行文雅，讲道动听。随后，又出现了丹尼斯的内森·斯通牧师的名字：一位谦逊的人，是对来访者温和亲切的主人；他不贪图世俗的功利，却享受着天国的福音。我认为这种赞美其实很容易获得，因为丹尼斯的居民不会关心他实际的财物，只会把这些财富都看作是天国赐予的。然而，我们认为书中最公正的评价应当属为查塔姆的伊弗雷姆·布里格斯牧师所写的，这句话是用晚期罗马语写的：“Seip, sepoese, sepoemese, wechekum”。这句话现在依然没被翻译过来，我们尚不懂它具体是什么含义，不过我们敢肯定它曾在《圣经》的某个章节里，大概是在《使徒埃利奥特给尼普穆克人的信》中出现过。

我并非不喜欢那些老一代牧师，他们或许的确是那个时代的佼佼者，他们的传记也应该在村镇史中大占篇幅。但假如我能亲耳听到他们讲出的“福音”，我可

① 耶西迪人，阿尔美尼西的库尔德和高加索的一个宗教派别的信徒。

能会花费更多的力气去撰写。

想要让读者认识到那片平原多么辽阔和奇特，穿越它需要花费多少时间和精力，没有比在我的叙述中引用上述那些语句更好的办法了。

海　滩

我们终于来到平原边缘了，这里看似向里缩进似的，之后就是一片干燥的沙洲。从远处看，还以为这片沙洲是一片高地沼泽。上面长满了沙茅草、熊果、杨梅、灌木橡和海滨李，随着靠近海岸，沙洲的地势也逐渐升高。中间，我们穿过了一条寸草不生的沙土地带。到海边后我们发现，那里的海浪声并没有比先前听到的更响，我们甚至以为还要再往前走半英里，但却突然发现自己已经站在了悬崖边上，可以俯瞰大西洋了。在悬崖下很远的地方有一处 6 至 12 杆宽的海滩，长长的一排排碎浪正向那里冲去。海水的颜色很暗，海面上看起来正在酝酿一场风暴。天空阴沉沉的，乌云在上方洒下雨滴，咆哮的狂风似乎不是在激怒已经狂躁不安的大海，倒像是在安抚它。海浪不停地向岸边不远处的沙洲撞去，浪花飞溅，画出一道道绿色或黄色的弧线，一眼望去，就像千百条瀑布从看不见的 10 或 12 英尺高的堤坝上落下来，卷起泡沫，涌向沙地。在我们与欧洲之间，只有这片充满野性的海洋。

从悬崖上下来后，我们经过了瑙塞特灯塔。我们尽可能地靠近水边向前走，因为那里的沙土较为坚硬。我们沿着海滩悠闲地朝西北方向的普罗温斯敦走去，目前距离那里大约 25 英里。我们依然打着伞，借助强劲的“艉部风”向前行进，一边走一边默默赞赏洋流那不同寻常的力量——

克洛诺斯[①]的无比威力。

——《伊利昂纪》

① 克洛诺斯，希腊神话中十二泰坦诸神的老大，大洋河流之神。

浪花带着白色的泡沫冲上海岸，然后又退回到我们视野的尽头。我们想象着，已经退回的和即将涌来的大西洋海浪将退到多么遥远的地方去。浪花有着固定的节奏来来回回，就好像有一个唱诗班的白色指挥棒打着拍子。偶尔，一个高高的巨浪涌来，我们忙不迭躲开，回头一看，海水和泡沫已经冲到我们身后，将刚刚的脚印淹没。浪花像是海神尼普顿[①]驾驭的上千匹野马，它们冲向海岸，白色的泡沫像马鬃一样飘扬，当太阳终于短暂地出现时，那些鬃毛立刻被渲染得五彩缤纷。还有那不时被卷起的长长的海藻，仿佛海牛的尾巴在海中甩动一样。

海上没有船——我们沿着海岸走了一整天，一艘船也没有看到。因为不久前的那场风暴，船只都躲进了港口，还没有再次出航。这几天，我们在海滩上只见到了一两个在寻找浮木和沉船残骸的打捞者。春季，在受到一场东面刮来的风暴过后，这片海滩上有时会到处都是从东面漂来的木头。这些木头一般都是谁打捞的就归谁所有，而科德角的木材资源又极度匮乏，因此这片海滩成了当地居民的宝地。我们很快就遇到了一个这样的打捞者，他是这里的老居民，我们曾经和他交谈过。从他的脸上，我看不到任何明显的特征。那张脸因为风吹日晒而失去了光泽，并且爬满了皱纹，就像一张重新被赋予了生命的旧帆、一座被风雨侵蚀的皮肉形成的悬崖，又像一团掉落在那片沙滩上的黏土。他的头上戴着一顶明显被海水淹过的帽子，上面岩迹斑斑，身上的衣服破破烂烂却五颜六色，只不过以海滩的颜色为主，好像刚从沙地里挖出来一样。我们从他身边走过，再回头看时发现，他那斑驳的背影在我们眼中简直是一幅色彩斑斓的美术作品——他的衣服上有许多块补丁。若不是他的背后带有那么多补丁而身前没什么补丁，很可能就没有那么好看了。看起来他有时也能见到油炸圈饼，但从来不会过分追求这种享受。他神情严肃，毫无笑容，性格坚强，从不落泪，他冷漠得简直与一只蛤蜊没有什么分别，只不过是爬到了海滩上戴着帽子且长了两条腿的蛤蜊。他也许是早期清教徒移民之一，至少和佩里格林·怀特[②]一样，一直住在科德角的另一面，在那里安度时光。他正在努力寻找一切木制品：失事船只的残骸、浸透了水而且被藤壶缠绕的烂木头、小块的木板，甚至碎木片。他把这些东西捡起来拖到远离岸边的地方，然后堆起来晒干。他会把太大无法拖走的木头砍断，或是将它从原地向旁边

① 尼普顿，罗马神话中的海神。

② 佩里格林·怀特，清教徒早期移民中出生的第一个孩子。

移动几英尺，然后把两根木棍插在木头两侧，木棍上方交叉在木头上，以此告诉别人这块木头已经有主人了。在缅因州，这种烂木头遍地都是，被丢到水里都不足为奇，但在这里却被人们如此珍惜地打捞起来晒干，然后保存起来备用。在冬季到来之前，这位打捞者会沿着斜坡上一条长长的小路不停地把这些木头扛到岸上，就算没有路，他也会用锄头在沙土中挖一条路出来。你会看到他那柄带有钩子的尖头杖一直放在岸上，以备不时之需。他是这片海滩的真正君主，他的“权力是无可争议的”，而且他像一只海鸟一样与这片海滩融为了一体。

克兰茨在他对格陵兰的介绍中，引用了达拉根对格陵兰人风俗习惯的描述，他说：“无论你是不是当地人，只要在海滩上找到漂浮过来的木头，或是失事船只上的财物，那些东西就都是你的。前提是，必须要把东西拖到岸上，并且在上面放一块石头作为标记，这块石头可以说是财物安全的保障，因为看到它，其他格陵兰人就会知道这些东西已经有主人了。”生活在北美的印第安人部落天然形成的规则也是这样的。在这里，我们还要引用一段克兰茨关于漂木的记述：“尽管造物主禁止树木在这一坚硬的岩石地区生长，但却让大海将无数木头运送到岸边。大部分漂到岸边的木头还带着冰，还有些卡在了两座小岛中间。对于住在那里的欧洲人来说，要是没有这些木头，他们就没有柴了，而那些可怜的格陵兰人，虽然不用烧柴取暖，而是通过锻炼身体，但没有木头，他们就没办法搭建房顶和帐篷，也不能造船和做箭杆了，虽然那里生长着一些矮小而弯曲的桤木一类的植物，他们也必须靠这些木头来获取食物、衣服、进行锻炼以取暖、照明以及烧饭。这些漂到岸边的木头中，有一些是被连根拔起的大树，一直在海水中被冲来冲去，以至于树枝和树皮都被冰层磨没了，有的还被蛀虫蛀空了。还有一些柳树、桤木和桦树，但比较少，它们来自格陵兰南部的海湾，也有一些从更远的地方漂来的粗大的山杨树干，不过最多的还是松树和冷杉。我们还在其中发现了一种纹理细密、树枝稀少的木头，我认为那是落叶松，这种树喜欢零散地生长在高大的岩石山坡上。还有一种非常坚硬的淡红色木头，它的香味比普通冷杉的味道还要好，而且上面有明显的横纹，我认为这种树与美丽的银杉是同一类。银杉生长在高高的格里森丘陵地带，和雪松的气味相似，瑞士人喜欢用它们做护壁板来装饰房间。”这位打捞者将我们带到一个名叫斯诺谷的小洼地，我们从那里爬上了沙坝，因为如果从别的地方往上爬，虽然也并不算困难，但滑动的沙子会灌进我们的鞋里，这也是很麻烦的。

这个沙坝高出海平面100多英尺，它直接从海滩上升起，是科德角的脊梁。我们第一次站在沙坝上的时候因为自己竟然选择了这么好的一个地方继续步行而激动不已。在我们的右下方是光滑且略倾斜的海滩，有十几杆宽；接着就是一排排白色的浪花；再往远去，浅绿色的海水漫过一片沙洲，这片沙洲横跨科德角的整个“前臂”；沙洲那边就是无边无际的海洋了。我们的左边是一片有30至80杆宽的闪闪发光的沙地，从沙坝边缘伸展出去，远处环绕着几个15至20英尺高的小沙丘，有些地方的沙地一直深入到两座沙丘之间。接下来是一片绿野——灌木林覆盖着的小丘与一片山谷，此刻，在最灿烂的秋色中，它们显得生机勃勃；在这片绿野之外的海湾中还可以看到盈盈碧波。这里是韦尔弗利特的纯沙土高原，水手们把它称作伊斯特姆台地，因为它曾经是伊斯特姆镇的一部分，而且从海上望去，它就像一张台子。这张台子有50杆宽，许多地方还要更宽，有时会足足高出海面150英尺。它从伊斯特姆镇南部边界向北延伸，上面寸草不生。在目光所及的两三英里范围内，它几乎都像台面一样光滑，只有靠近海边的位置略微升高，然后突然下降到海滩，形成一个陡坡，但倾斜度又不足以使沙子向下滑，其精确程度简直可以达到军事工程师的要求。仿佛这里是为一座巨大的堡垒而筑起的一道防御墙，缓冲地带是海滩，战场是大海。从台地上，我们可以俯瞰科德角的大部分地方。总之，我们正在穿越一片沙漠，我们的两侧一边是希望之乡，另一边是汪洋大海，一片罕见的绚丽秋色在眼前展开。因为这里树木稀少，所以几乎没有遮挡，视野开阔，我们视线所及却几乎看不到房子，至少在海滩上一座也没有看到，只有孤寂的大海和荒凉的沙漠融合在一起。多少人曾想打破这种荒凉，最终却像他们的脚印消失在沙漠里一样，消失在这一望无际的景色之中。

整个海岸很少有岩石，我们走了20多英里也只看到一两块。沙坝和海滩一样松软，阳光照在上面时，反射出刺眼的光芒。海岸上一片荒凉，被打捞者不辞辛劳地拖上岸并堆起来晾干的几堆漂木似乎是这荒寂海岸上仅有的东西，远远看上去似乎是很大的一堆，有些甚至像印第安人的棚屋，走到近处才发现，那些其实只是几小堆不起眼的木头。

从瑙塞特灯塔起的16英里范围内，沙坝的高度几乎相同，但往北走就开始崎岖不平了，断断续续地有一些小水洼，中间还穿插着小块土地，上面长满沙茅草和杨梅，一直到沙坝边缘。1802年印发的一篇名为《巴恩斯特布尔县东海岸记事》的文章中记述了人道促进会建造的、被称为“慈善屋”或“人道屋”的地点，“以及其他可供失事船只的海员避难的地方”。这篇文章印制了两千份，分发给经常沿着这片海岸航行的船只。我曾读过这份《失事船只船员手册》，只是阅读时带着些兴致盎然又有些忧郁的情绪，因为耳边就是海浪拍岸的声音，像是大海的呻吟在回响，似乎写这篇文章的人就是某只遇难船只的唯一幸存者。他对这片沙坝的描述是：“这片高地靠近海洋的一面是又高又陡的沙坝，很难从那里攀登上去，尤其是遇到风暴的时候。而涨潮时，在狂风暴雨中翻滚的海水冲击着沙坝底部，这时即使在沙坝与大海之间的海滩上行走也有一定的危险。就算能够成功爬上沙坝，也千万不能向内陆前进，因为房子通常都处在偏僻的地方，在黑夜中是很难找到的。海员应当沿着与沙坝交叉的山谷继续前进。当地居民称这些与海岸形成直角的山谷为洼地，通常在山谷的中间或最底部，会有一条路连着居民的住宅与海边。”当然，这里的“路”可不一定代表一条可以看得见的行车道。

在我们的面前出现了两条完全不同的路，一条是上面的沙坝，一条是下面的海滩。这两条路方向一致，路程相同——都向北延伸28英里，连接着瑙塞特港和雷斯角。上面的沙坝没有一处通往海滩的缺口，下面的海滩几乎是一片荒原。再往前走10至12英里，即使在涨潮时，那里的沙洲水深也不会超过8英尺，甚至可以从那儿涉水穿过瑙塞特港又窄又浅的入口，但这样一来，就会使海滩这条路延长至40英里了。上下两条路都继续延伸，就形成了南塔基特东面的沙坝和海滩。我对此感到非常兴奋，在那里，我就像骑了一匹没有鞍的马，科德角就在我的脚下。在那里与在地图和马车上看到的完全不一样，真实的、巨大的科德角将尽收眼底。不过百闻不如一见，没有什么图片或描述能比事物本身更真实，从图画或记述中看到的、了解到的毕竟有限，而我已不记得我想象中的那个科德角是什么模样了。通常那些有旅馆的海滩才能获得人们的赞美，而不是那些默默无闻只有慈善屋的海滩。而在我想看到的海滩上，人们的慈善是拯救失事的船只。我愿寄宿在真正的“大西洋旅店”，在那里，无论是大海还是陆地，海洋是唯一的主人，想要登陆时也无须码头，支离破碎的陆地是唯一的弱者，或最多不过是一片干旱的土地。对于陆地，你能说的仅此而已。

我们走走停停，悠闲地漫步，一会儿在海滩上，一会儿又走到沙坝上，还坐在一根不知道是枫树还是黄桦的湿木上休息了一会儿。这跟木头一定随着海浪漂流了很久，此刻终于停留在了陆地上。有时，我们会在沙丘的阴凉处停留，坐在那里长久地凝视大海。海岸异常陡峭，绝不存在塌陷的危险，我们坐在海岸的边缘仿佛坐在一条长椅上一样。对于我们这些从内陆来的人来说，眺望海洋时，很难不去想地平线的另一端是哪里。云团低垂，好像就在海面上，这种水天相连的景色在内陆是看不到的，不过可能也是因为在这里我们能看得更远吧。沙地虽然走起来令你感觉很“泥泞”，但也有它的优点，走在上面会感到非常松软舒适；而且，虽然两天来一直在下雨，但因为沙的流动性和渗水性，雨后半小时，沙丘的小坡就可以为你提供干燥的座位了。无论天气是阴是晴，都不影响这片荒漠的美丽。风停雨收后的阳光下，它显得那样纯洁而坦荡，任何微小的高低起伏和痕迹都会显露无遗。你的目光从荒漠上划过，就见到了大海。夏天，这附近的沙丘上都是鲭鸥的巢穴，它们会焦虑不安地追在游人的身后，并不时尖叫着俯冲到游人的头顶；有时，它们也会像燕子般敏捷，到处追逐着乌鸦。在科德角，海滩上随处可见觅食的乌鸦。

尽管我已经有一会儿没有提起咆哮的海浪和无休止起伏的波涛了，但其实它们一直都在，一刻也没间断地奔腾和怒吼着。此刻如果你在这里的话，在这震耳欲聋的轰鸣声中，恐怕根本听不见我的声音。虽然大海没有喧嚣、汹涌，但海浪仍然在咆哮奔腾，因为大海是永不停歇的。我们像克律塞伊丝[①]那样完全被这一壮观而喧闹的景象吸引住了，尽管我们默默地沿着这轰鸣的大海之滨前行时怀着截然不同的心情。

据说，就连那些常到伊斯特姆参加野营布道会的信徒们，也经常将注意力一分为二：一半用来听教徒讲道，一半又在听海浪说教，他们甚至在布道会期间全都拥到了这里。在这种情况下，通常是谁的声音最大谁就能赢得听众。我不由自主地想到，假如大海对着岸上的众人说一声：“我的听众啊！”那该是怎样的震撼！站在那边的人，名叫约翰·马菲特[②]，而这边的牧师就是“喧嚣的大海”[③]。

这里，留在岸上的海藻非常少，因为几乎没有可供它们附着的岩石。只要在

① 克律塞伊丝，希腊神话中阿波罗的情人。
② 约翰·马菲特（1795—1850），爱尔兰裔美国基督教传教士。
③ 引自荷马史诗《奥德赛》。

甲板上走动，你一定见过这种围裙一样大的褐色海藻在碧绿的海水中倾斜着漂动，还用它那怪异的手指抓着一块石头或一个深海贻贝。我还曾见过这种海藻抓着一块有我脑袋一半大小的石头。我们有时发现一大团缆绳似的海藻被浪峰托起来，会聚精会神地看着，兴致勃勃地等着它漂过来，似乎它会带来什么珍宝一样，然而这团吸引我们注意的微不足道的东西带给我们的仅仅是惊讶和失望。我们向海面上望去，就连最小的漂浮物都会被无限放大，海洋的浩瀚深深地震撼了我们，而我们所看到的每样东西又占据着整个海洋的很大部分。可是当这些东西漂浮上岸时，它的大小常常令我们失望——大多是些碎木头或海草，令人哭笑不得，而大海就这样一直携带着它们不停奔腾。我们不得不怀疑，如果大西洋能够上岸，来到我们面前，它能经得住更严格的审视吗？会不会最后发现原来只是个小小的池塘？

这些海藻种类各异，名字也十分有趣——昆布、大曼草、海带、鞋底皮、丝带草——在我们看来，它们就像神话中深藏海底的宝物一样，用来装饰海神尼普顿的战车，或者它们本身就是海神普罗透斯[①]变成的怪物。对于一个内陆居民来说，所有关于海洋的故事都那样令人难以置信，从海草到水手讲述的奇闻逸事，所有海洋的事物都带有一种神话色彩，似乎它们都来自于另一个星球。动物世界与植物王国在海洋这种自然环境中以一种奇妙的方式融合在一起。

伯利·圣·文森特[②]曾描述过一种巨藻，它的茎长达1500英尺，是人类所知的最长的植物；曾经有船员在福克兰群岛发现了被冲上岸的另一种巨藻，竟误把它当成了漂木，结果白白浪费了两天时间去打捞它（见哈维[③]所著的《海藻》)。这种海藻看上去似乎可以食用，至少在饥肠辘辘的时候我会想要尝一尝。一位水手告诉我，奶牛就吃这种海藻。它切起来像奶酪一样，为了证实并更深入地了解它，我特意削了一两英寻[④]，我还想知道它是否容易切割以及里面是不是空心的。它的叶片看起来像一条宽带子，边上呈羽毛状，就像是被捶打后伸展开的一样，而且呈螺旋状弯曲着。由于受到海浪的拍打，叶子的末端通常都破烂不堪。

① 普罗透斯，希腊神话中能随意改变自己外形的海神。
② 伯利·圣·文森特（1778—1846），法国博物学家。
③ 威廉·亨利·哈维（1811—1866），爱尔兰植物学家。
④ 长度单位，1英寻为6英尺，约1.83米。

我将一小段海藻茎带回家，结果一个星期后它就缩小到原来的四分之一大小了，而且上面覆盖了一层霜一样的盐晶。读者们一定会体谅我的经验不足——但也许与读者所缺乏的海洋生活经验不一样——因为我家住在河边，那里不会有这种水草被冲到岸上。当我们想知道它生长在什么样的水草群中，怎样收集、什么样的天气适合收集、什么样的天气适合晾晒的时候，我们会自然而然地获取这些信息。有位擅长预测天气的人[①]曾这样描述这种情形——

春分时节，
大西洋突然狂风暴雨，
风卷巨浪，
夹杂着海草掠过礁石扑向陆地。

从百慕大的暗礁，
从遥远的阳光明媚的亚速尔
水下的岩脊，
从巴哈马和圣萨尔瓦多，
银光闪耀的巨浪
一路横冲直撞。

随着淹没在颤抖浪涛中的
奥克尼碎礁，
与嘶吼的赫布里底群岛的诗声呼应，
还有那雨季凄凉的海面上
沉船的残骸和漂流的圆木，
以及船只。
在那永不平静的流动着的
大海上

① 指亨利·瓦兹沃思·朗费罗（1807–1882），美国诗人。

漂呀，漂呀，漂。

但当他写到下面这些诗句时，却没有想到这里的海滨——

一直漂到盖满沙子的海滩上，
遮风挡雨的港湾里，
全都重新找到安息处。

这些海草象征着尚未进入文学领域避风港的那些怪诞和缥缈的思想——

漂呀，漂呀，漂
随那永不平静的
心潮起伏。
它们虽未被载入史册，
却已家喻户晓，
永不消逝。

海滩上还点缀着一些白色或紫红色的水母，非常美丽，那些打捞者称呼它们为“Sun-squall”，它们是一种最低级的生命，直径有1英尺。最初我以为它们是被风暴或其他天敌从某种海洋怪物身上撕下来的嫩肉。海洋拥有足以击碎最坚韧结构海岸的汹涌风浪，它又是如何孕育出水母和苔藓这种纤弱的生命的呢？它竟然也会去爱抚怀中如此娇嫩的孩子，真是奇怪。其实，这些水母就是我以前在波士顿港湾中随处可见的那种动物，只是我起初并没有认出它们。它们好像是为了迎接太阳，才随着海浪的起伏升到海面上，使大片海水都变了颜色，以至让我感觉似乎是航行在全用太阳鱼做的汤中。这里的人说，当你试图抓起一只的时候，它就会像水银一样从你手中溜走。在从海水中升起并变得干燥之前，大陆还是一片混沌，虽然有一部分会在时起时落的水位线之间偶尔露出，缓缓升高，但整体来说那里仍处于混沌状态，上面只有一些怪异的生物。鲭鸥一直在我们的头顶和碎浪之间来回盘旋，偶尔能看到两只白色的鲭鸥追逐一只黑色的，虽然它们的身体同水母和苔藓一样柔嫩，但面对狂风暴雨丝毫不感到畏惧，依然自由地穿梭其中。在我们看来，与其说是它们的身体适应了环境，倒不如说是它们的精神战胜了环境。它们的天性一定比云雀和旅鸫更具野性，或者说，更缺少人性。它们的叫声仿佛是某种金属振动时发出的声音，与周围的景色和海浪的咆哮声非常和谐，就像有人用力拨动了永远安放在海岸上的里拉[①]琴弦一样，将被支离破碎的海洋乐曲与飞溅的浪花一道抛向空中。不过如果让我说出一种能将海滩的景象清晰地重现在我脑海中的声音，我一定会选择一种单调的啾啾声——那是海滩上经常回荡的笛鸻所发出的声音。在安魂曲中也能听到这种短暂的声部。从海洋被创造出来的那一刻起，海滨便一直回响着为葬身于大海深处的航海者们所演奏的安魂曲。然而，我们似乎从这种单调的声音中，听到了一种具有永恒旋律的纯粹而超然的曲调。同一首乐曲，可能是一家的安魂曲，也可能是另一家欢欣的晨曲，这是亘古不变的真理。

印第安人曾发明了一种奇特的方法来捕捉海鸥，1794 年，在韦尔弗利特曾有人使用过。据说具体的方法是：“建一座‘海鸥屋’并用小钩子固定在海滩上”——横架几根杆做屋顶，用树桩和海草堆成屋子四壁，“在屋顶的横杆上铺满鲸鱼肉。人躲在屋子里，避免被海鸥发现。当那些海鸥抢食鲸鱼肉时，躲在屋里的人就从杆子之间的空隙把它们一只一只地拽进屋里，一直到抓够四五十只才停下来”。因此，当地人形容一个人上当受骗，就会说他“当了海鸥”。我们曾看过这样一段记载：“荷兰人称一种海鸥为‘mallemucke’，意思是‘愚蠢的苍蝇’，因为它们一看到鲸鱼肉，就会像苍蝇一样立刻飞扑上去。不过，确实所有的海鸥都那样愚蠢且鲁莽，想要将它们射下来简直太容易了。挪威人把这种鸟叫作‘havhest’，也就是‘海马’（英语翻译家说，这个词很可能就是我们所谓的‘傻瓜’）。它们非常地贪吃，会吃得非常饱，直到不得不把食物吐出来，但即使这样，它们也会继续吃，直到累得不能动弹才会停止。人们常用的词语‘傻瓜’‘骗子’‘欺骗’，就是从海鸥的这种败家的习性——把吃进肚子里的东西再吐出来给了贼鸥——引申而来的。”我们还了解到，在夜间，小鸥鸟会扑向火光，所以过去他们常用在煎锅里烧猪油的方法吸引栖息在海滩上的小鸥鸟，然后用棍棒将其打下来。而印第安人用

① 里拉，古代希腊民间的一种弹拨乐器。

的大概是松明。我们在近岸发现了一些猎人挖的洞，那是为了躲在里面射杀沿岸盘旋着捕食鱼类的大海鸥准备的，因为他们认为这些海鸥更好吃。

我们找到了一些被风暴从海底卷起抛到岸上来的大蛤蜊。我挑了一只最大的，大约有 6 英寸长，并把它随身带着，想要用它来进行一个实验。不一会儿，我们就遇到了一位打捞者，他正带着一把抓钩和一根绳子寻找落纤布。春天时，一艘叫“富兰克林”号的货船在这里失事，落纤布是那艘船上的货物之一，那场海难死了大概十个人。或许有读者还能想起那场海难：后来，人们在海岸上发现了船长的手提箱，并在箱子里发现了一封指示他在到达美洲之前要把船弄沉的信，于是那件事被立案审判。那位打捞者说，今天这样的暴风雨会把一些落纤布冲上岸来。他看到我手里拿着的那只蛤蜊，告诉我们那是海蛤，或者说是雌性蛤，味道非常好。天气时好时坏，我们在岸边的一座沙丘下午休，那座沙丘上面长满了沙茅草。在一片阴暗的小洼地里，我用刀将从岸边捡来的漂木劈成了薄片，然后用火柴和纸点燃，把我那只大蛤蜊放在余烬中烤熟，一顿美味的午餐就完成了。这次旅途中，通常只有早餐能在旅店里吃。蛤蜊壳一边用来盛肉，另一边用来盛汤。虽然肉质有些硬，但的确非常甜美可口，我全都吃掉了。当然，如果再配上一两块饼干，那将是一顿丰盛的美餐。我的家乡有一种糖锅，和这两片蛤蜊壳的样子非常像。这一带的印第安人过去经常将这种壳绑在棍子上，当锄头用。

下午 3 点左右，海面上出现了两三次彩虹——终于雨过天晴了——但风依然很大，海面上也一样波涛汹涌。我们继续前行，前方不远处有一座慈善屋，我们想去那里了解一下海难中幸存船员的生活状况。一座孤零零的房子立在远处沙洲内那片荒凉的低洼地里，房子建在打入沙中的木桩上，门用细铁钉穿过 U 形钉扣着，只是这种钉子即使是一个冻僵了的人也能把它弄弯。打开房门，地上有一些麦秆，或许是供人躺在上面的，也可能是放在壁炉里烧火取暖用的。或许这座房子最初建造的目的，根本就不是为了那些遭遇海难的船员。房屋的建造者曾许诺每年都会来这里检查一次，确保这里有麦秆和火柴可供使用，以及确认壁板是否挡风，但很显然他并没有履行诺言，他认为风暴和沉船都已成为过去时。一天夜里，一群饥寒交迫的幸存船员找到了这里，用他们那已经麻木的双手打开了房门，可第二天早上，有一半人死在了里面。只要想到那些曾经或永远孤独地住在这种小屋里的人所经历过的苦难，想到他们围在炉火旁熬过漫漫冬夜时的凄惨景象，这给人住的小屋在我眼中就会变得阴森恐怖。它们看起来更像是一辆驶向坟墓的马车。海鸥在房子上空盘旋，不时传来刺耳的叫声，大海在风暴中怒吼，当风浪平息，海面只剩下微波荡漾时，除了偶尔有个难忘的夜晚，只有这些声音年复一年地在黑暗与空虚中回响。这就是那些海难中幸存船员的寄宿处！这算什么"海员之家"？

《巴恩斯特布尔县东海岸记事》一书中有关于这些慈善屋的描述："每间小屋都建在木桩上，长宽都是 8 英尺，高 7 英尺；南面有一扇拉门，西面有一扇滑动的窗，东面有一根高出房顶 15 英尺的杆子。屋里放着麦秆或干草，以及一张长椅。"这种结构至今没变。北面的塞布尔岛和安蒂科斯蒂岛上也有类似的小屋，我不知道沿岸还有多少这样的小屋。这本书中标明了这一带沿海慈善屋或是其他避难所的位置，为可能遭遇海难的船员做了详尽而可靠的指导，以便他们能找到最近的栖身场所，但这读起来却令人伤感。因为正如刚刚看到的伊斯特姆一样，虽然离海岸 1 英里范围内就有几座慈善屋，但"这一带的暴风雪非常猛烈，如果恰好遇到暴风雪，无论是白天还是晚上，找到它们的希望都非常渺茫"。听听他们这想象中的向导是多么的有条不紊且精神振奋地给这支浑身湿透、冻得瑟瑟发抖的队伍下达指示的："在峡谷的入口处是沙堆，因此需要向上爬一段路。在经过几道栅栏之后，继续往前走 0.75 英里，就会在道路的南侧发现一座房子，需要注意的是不要进入右边的树林。帕梅特河就在房子南面的不远处，自东向西流经一片盐沼。"他还告诉在伊斯特姆被冲上岸的人："虽然礼拜堂没有尖塔，但它的两侧是两小片洋槐树林，而且南面的树林比北面树林高 2 倍，因此将其与附近的民宅区分开并不困难。从小屋向西北方走约 1.25 英里就会看见风车的顶部和横杆。"接下来很多页都有这样类似的描写。

我们不知道这些房子是否挽救过海员的生命，不过这位作者提到了建在特鲁罗的斯托特湾前端的一座慈善屋，"里面的烟囱建得不符合标准，而且建房子的地方不长沙茅草，结果大风吹走了地基上的沙，烟囱就将房子压塌了，整座房子成了废墟。这件事发生在今年(1802 年)1 月，六个星期后，'布鲁图'号在附近海域失事。如果那座房子还在的话，那些已经到达它附近的船员可能就会得救"。

那位打捞者把这种房子叫作"慈善屋"，也有人称它为"人道屋"，也就是我们最先来到的那间小屋，没有窗户，没有滑动窗，没有墙板，也没有油漆，只有一枚生锈的铁钉穿过U形钉来锁住房屋。不过，这对我们来说仍是个绝佳的机会——我们很想知道慈善屋里面是什么样子，于是我们轮流把眼睛贴到门上的木节孔向屋里窥视，但里面一片黑暗，什么也没看到。我想如果用信仰的眼睛去看，不知道会在里面看到多少遇难海员的尸骨。我们知道，尽管它并不总是向敲门者敞开，但只要你透过小孔看足够长的时间，终将能看清里面的一切。我们有一些向房屋内窥视的经验：用一只眼看的时候，另一只眼睛一定要闭上，不要让它见光，还要把海洋、陆地、海滩等这些外部世界全都抛诸脑后，注视能够使瞳孔放大，将黑暗中分散的光线聚集起来，只要用信仰和耐心凝视，最终必将战胜黑暗。这样做之后，屋内的事物便会按照我们的想象显现出来了——请谅解我们用“想象”这个词来表达“空荡荡”的概念——而我们便获得了期盼已久的内心顿悟。我们最初认为不可能做到这一点，但在坚持使用这种神赋予的能力几分钟后，我们的眼前豁然开朗，这令我们禁不住与《失乐园》和《复乐园》的作者，那位双目失明的游吟诗人[①]一起大声惊呼——

> 啊！神圣之光！上帝之首创，
> 与永恒共存之光
> 如此表述，愿谅解。

又过了一会儿，烟囱在我们的眼中变成了红色。当我们的视觉已经逐渐适应了黑暗，屋中的景象便清晰起来：地上有一些石块和几团毛线，较远的一边有一个空壁炉，但根本没有火柴、麦秆或干草，而且也可以看到里面没有“提供长椅”。那里面的一切真可谓是和谐之美的残骸。

就这样，我们通过门板上的小孔窥视到了慈善屋里的一切，抛开它的外表，只想看清这种善心的本质。我们还把看到的一块石头当成了面包。所谓的慈善，就像外面海鸥的尖叫声一样，再加上一点点事实真相。不过，我们还是很高兴，能够坐在外面，慈善屋为我们阻挡了刺骨的寒风，我们坐在那里不禁想到：多么冰冷的慈善！多么不人道的人道！这就是慈善极力掩饰的本质！门闩上一枚锈迹

---

① 指英国诗人约翰·弥尔顿（1608—1674），他因过度劳累而双目失明，《失乐园》和《复乐园》是他的代表作。

斑斑的铁钉就使美德远去了，而且再也不能弥补。至于是否有人能成功挣扎着来到这附近的海滩，依然是个未知数。因为进不去屋，我们便在它周围颤抖着徘徊，并不时通过木板上的小孔窥视那片没有星光的黑夜，最终我们得出这样的结论：这根本不是慈善屋，这只是海边的一间小房子，现在大门紧闭。它属于某个黑夜家族或混沌家族，到了夏天，他们会来这里享受海风，而我们不该窥探与他们有关的事物。

我的同伴在此之前就曾斩钉截铁地说我并不是一个多愁善感的人，这使我十分惊讶，但我猜想他是指我的腿恰好在那时不疼了。不过我并非冷血动物，我只是不想让这次旅程变得伤感而已。

韦尔弗利特的采牡蛎者

到达海滩后，我们又走了大约8英里，经过韦尔弗利特和特鲁罗的分界线，开始向内陆进发。一块界碑立在交界处的沙地里——即便是这样的沙滩也要明确所有者，不是这个镇就是那个镇。我们翻过了几座光秃秃的山丘，又越过了几个峡谷便来到内陆了。由于某种原因，身后的大海已经在我们的视野中消失不见了。沿着一片洼地走了半英里，我们发现了两三座简陋的房子，紧挨着东面的海岸。房子的阁楼显然全是卧室，这使得房顶显得高低不平，我们相信那里一定有可以给我们寄宿的地方。海边的房子通常只有一层半高，又矮又宽敞，但如果你只靠数山墙上的窗户来判断的话，你会以为还有好多层，或者至少会以为只有那半层值得描述。在科德角，房子山墙上的窗户都很多，大小和位置也各不相同，这在我们看来赏心悦目，仿佛每个居住者后面都有自己的摇篮一样，哪里需要就在哪里钻个洞，而且完全不用考虑外观，只需按照自己的高矮胖瘦来定。这些窗户有给成年人用的，也有给小孩儿用的，每个房子都有三四个小孩儿用的窗户，就像是有人在谷仓的门上给大猫开个大洞，再给小猫开个小洞一样。有些屋檐下的窗户很低，我认为他们一定在板梁上给另一个房间钻了个洞，还有些窗户是三角形的，这是为了与它所安装的部位更契合。这些房子的山墙就像有好多个子弹膛的左轮手枪一样，如果这里的住户像我们的一些邻居似的，有喜欢从窗口往外张望的习惯，那旅人一定不愿意与他们住在一起。

一般来说，在科德角，那些老式的而且没有粉刷过的房子，不仅看上去比那些装饰过度的现代房子更别致，而且居住起来也更舒适。现代的房子显得与周围的自然景色格格不入，而且房子的地基也不牢固。

这些房子坐落在鲱鱼河源头的湖边，这里是相互连接的七个小湖。鲱鱼河从这里出发，河水蜿蜒流淌，最终注入科德角。在科德角，有许多像鲱鱼河这样的小河，也许不久之后将会比鲱鱼还多。我们来到第一座房子的门前，屋里没人。此时，我们看到隔壁房子里有人从窗口探出头来向我们张望。还没等我们走到那座房子跟前，一个老妇人便走出来把隔墙的门闩上，然后面无表情地转身回屋了。尽管如此，我们还是径直走上前去敲她家的门，这时一个头发灰白的男人走了出来，我们猜测他有六七十岁。他用充满怀疑的语气问我们是从哪儿来的，来做什么，我们简明扼要地回答了他的问题。

"从波士顿到康科德有多远的路程？"他问。

"坐火车20英里。"

"坐火车20英里？"他重复道。

"你听说过关于康科德革命的传闻吗？"

"我怎么可能没听说过康科德！我甚至听到过邦克山那一战的炮火声呢（他们能听见科德角湾另一边的大炮声）。我今年88岁，都快90岁了。康科德打仗的时候我才14岁，那时候你们在哪儿？"

我们只好承认我们没有经历过战争。

"那么，进来吧，把这里的杂事儿交给女人去做。"他说。

于是我们颇感意外地进了屋。我们坐下来后，一个老妇人拿走了我们的帽子和随身的包裹，老先生走到旧式的大壁炉前，继续说道：

"就像《以赛亚书》[①] 中所说的，我已经又老又不中用了。我今年的身体状况很糟糕，家里的事都由我妻子做主。"

这一家有他们老夫妇、一个看上去几乎和母亲一样老的女儿、一个傻儿子（一个长相粗鲁、下颚凸出的中年人，我们进屋时他正站在壁炉旁，但马上就出去了），以及一个10岁的小男孩儿。

当我的同伴与那两个女人聊天时，我继续和老先生交谈。她们说他又老又傻，但显然他比她们更有见识。

他对我说："这两个女人是我的妻子和女儿，都是没用的可怜人。我和妻子是64年前结的婚，她今年84岁，已经什么都听不到了。我女儿也好不到哪里去。"

---

① 《以赛亚书》，《圣经》第23卷，是上帝默示由以赛亚执笔完成的。

他在言谈中对《圣经》备加赞颂，而且看起来他心里也没有否定它，因为像他这个年纪的人不会那样不谨慎。他说他曾在很多年里一直专心阅读《圣经》，甚至其中大部分内容他都能脱口而出。他似乎深刻意识到了自己的渺小，总是说：

“我是个无足轻重的人。从那本《圣经》中我领悟到：人既可怜又没用，一切都按上帝的方式来安排。”

“能知道您的名字吗？”我问道。

“当然可以，”他回答说，“我并不以讲出自己的名字为耻。我叫——我的曾祖父从英格兰来到这里，便在此定居了下来。”

他在韦尔弗利特是一位采牡蛎的名人，在这一行很有资历，他的儿子现在也在从事这行。

我听说，在马萨诸塞州，几乎所有卖牡蛎的店铺和摊位都是韦尔弗利特人负责供货或经营，这个镇上有个地区至今还被称为比林斯盖特，就是因为过去那里曾养殖牡蛎而得名。但据说1770年当地的牡蛎就绝种了。人们因此总结出种种原因，比如地面霜冻，以及不断有刚产完卵的鲑鱼尸体在港湾内腐烂等，但对此最普遍的一种说法是：韦尔弗利特镇与相邻的一些镇子因为采集权问题吵得不可开交，最终激怒了上帝，于是牡蛎的身上出现了黄斑，最后消失殆尽。我发现，关于鱼类为什么消失，几乎所有地方都有某种类似的迷信说法。几年前，这的人每年都会从南方运来60000蒲式耳的牡蛎苗，在韦尔弗利特港湾内养殖，直到它们有了“比林斯盖特特有的味道”；但如今他们通常直接运来长成了的牡蛎，存放在波士顿和其他地方的市场附近，那些地方的近海处有淡水注入，更适合牡蛎生存。据说生意十分火爆。

老人说，如果越往北去，在纬度太高的地方养殖牡蛎，冬天温度低的时候就很容易被冻坏，不过只要天气没有“冷到能使它们的芽眼损伤的程度”，就不会有问题。新不伦瑞克的居民发现，“只有在极度严寒的天气里，牡蛎养殖场才会结冰。所以当港湾封冻时，透过上面还没冻住的水——法国人称之为‘degelee’，会很容易发现牡蛎养殖场”。老人说，他们整个冬天都把牡蛎存放在地窖里。

“什么也不吃，什么也不喝？”我问。

“什么也不吃，什么也不喝。”他回答道。

“牡蛎会动吗？”

“和我的鞋一样，自己不会动。”

不过，当我听到他说牡蛎“平壳的一面朝上，圆壳的一面朝下，自己钻进沙里”时，我告诉他，如果没有我的脚，我的鞋是不能自己钻进沙里的。对于这个问题，他说，牡蛎在生长期只待在一个地方，即使把它们放在广场上也是如此，但是蛤蜊能飞快地移动。后来，我在长岛听那里的牡蛎捕捞者说，他们那里仍然大量出产牡蛎。它们成群地附着在雌牡蛎周围，用它们的小钩子将自己固定在那里。他们说，通过小牡蛎的年龄可以知道它们至少有五六年待在同一个位置。巴克兰[①]在他的《自然史探奇》（第50页）一书中提到：“牡蛎在幼小的时候一旦占据了一个地方并固定下来，就可以永远都不换地方。而那些散布在海底、没有将自己固定下来的牡蛎，仍然可以到处移动；它们能够把壳完全张开，然后突然合拢，这样就可以借助向前排出的水产生一股向后的推力。”格恩西岛的一位渔民告诉过我，他经常看到牡蛎通过这种方式移动。

有人至今仍有这样的疑问：“马萨诸塞港湾的牡蛎到底是不是土生土长的？”或是，“韦尔弗利特港是不是这种水生动物的‘天然港湾’”？尽管有人说那里的牡蛎可能已经灭绝了，但在科德角，到处都是印第安人以前打开过的牡蛎壳，而且牡蛎捕捞者的话也是证明，我觉得他们的话很有说服力。科德角最初的确有着丰富的牡蛎和其他鱼类资源，也因此吸引了大批印第安人到这里定居。在大洼地附近的特鲁罗和东港河附近的海赫德，我们都曾见过印第安人生活过的许多遗迹：牡蛎、蛤蜊、乌蛤以及其他贝类的壳，与鹿或其他四足动物的骨头混合在灰烬中。我捡了6个箭头，如果捡一两个小时，肯定能装满衣服口袋。印第安人最初生活在沼泽的边缘，后来大概是为了寻找隐蔽之处和淡水，他们迁移到了湖的周围。此外，尚普兰在他1613年出版的《航海记》一书中说，他曾经在1606年和普瓦特兰库尔特[②]考察了一个位于北纬42°的港口（或许是巴恩斯特布尔港），位于如今马萨诸塞湾南部约15英里、科德角西面的一个地方。他们在那里发现了许多优质牡蛎，并由此将那里命名为“牡蛎港”。在尚普兰绘制的一幅地图（1632年版）中，“R. aux Escailles”河就是在此处流入海湾的；而在奥格尔比的《美洲史》一书中所绘的“Novi Belgii”地图上，在该处标的地名是“Port aux Huistres”。此外，

① 弗兰克·巴克兰（1826—1880），英国维多利亚时代的博物学者、外科医生。
② 希尔·德·普瓦特兰库尔特（1557–1615），法国探险家。

于 1633 年离开新英格兰的威廉·伍德在他 1634 年出版的《新英格兰的未来》一书中，也提到了两片“大牡蛎滩”，分别在查尔斯河和米斯提克河，这两片牡蛎滩甚至阻碍了河流的通航。他说：“那里的牡蛎都非常大，形似鞋拔子，有的长达 1 英尺。一些在河岸上生长的牡蛎，每年春季涨潮时都脱壳，它们个头非常大，食用时必须切成小块。”那里至今仍能发现牡蛎。（托马斯·莫顿所著《新英格兰的迦南》，第 90 页有相关记述。）

这位老人还告诉我们，很难捕到海蛤，也就是雌蛤蜊。人们常用耙子把它们集中到一起，但在大西洋的这一侧一直耙不到，只有在风暴来临时，少量的雌蛤蜊被冲上岸，才会有收获。渔民有时会走入水中，用一头削尖的棍子插入到水下几英尺深的沙子里。如果用棍子插入蛤蜊的两片贝壳之间，蛤蜊就会用壳夹住棍子，这样拔出棍子就带出蛤蜊了。据说，喜食蛤蜊的黑鸭和水鸭在捕食蛤蜊的时候还曾经被夹住过。后来有一天，我在新贝德福德的亚卡治尼特河岸边观看一群鸭子，碰巧有一个人告诉我，那天早上退潮时，他把一群小鸭子赶到圣彼得草和其他杂草间去觅食，但是有一只鸭子待在杂草中一动不动，好像有什么东西控制住它，使它落后了。他走过去发现，原来这只鸭子的一只脚被一只圆蛤用壳紧紧地夹住了。最后，他把鸭子和圆蛤一起带回家，他的妻子用刀把蛤壳打开，才放出了鸭子，那只圆蛤也被煮了吃了。这位老人说，大蛤蜊味道非常好，只是要记住，烹制前要先把有毒的部分去掉。“人们说那有毒的部分能毒死一只猫。”我没告诉他那天下午我把一只大蛤蜊全都吃了，但我认为自己比一只猫要强壮得多。他说，常有一些沿街叫卖的小贩向这里的妇女们兜售勺子，他告诉那些小贩，这里的女人都是用蛤蜊壳做的勺子，比他卖的勺子更好。还有些地方直接把蛤蜊壳叫“大勺子”，因为蛤蜊壳的形状就像个勺子。他还说水母有毒，不能碰，就连水手们遇到水母，也只是把它们赶走，从来不会碰它们。我告诉他，那天下午我抓了一只水母，但是到现在也没感到不舒服。但他说，水母会让人手发痒，尤其是手上有伤口的地方，而如果你把它放到胸口，很快就会体验到不舒服的感觉了。

他告诉我们，科德角的背面从来不结冰，可以说是百年不遇一次。但是会下小雪，最后不是融化就是被风吹走，或被海浪冲走。潮位低的冬天，海滩上会结冰，科德角背面 30 英里左右的路会变得又硬又滑，非常难走。他小时候的一年冬天，他和父亲“去科德角背面，天还没亮时就出发，走到了普罗温斯敦，直到吃晚饭的时候才回到家”。

当我问他，我看见这里只有几块耕地，那他们是如何利用这片贫瘠的土地时，他说：“没什么用处。”

“那你为什么还用篱笆把地围起来呢？”

“为了防止风把沙全部吹走而掩埋掉所有的地。”

“黄沙里面有生命，”他说，“但白沙里面则很少，或者没有。”

在回答他的问题时，我告诉他我是个勘测员，他说，那些勘测员在测量他的农场时如果遇到凹凸不平的地面，就会按照肘部的高度将测量链拉成弧线以补足差额。他希望我可以告诉他为什么勘测员测量的结果与他的地契不一致，相差有两倍那么多。他似乎更尊敬老一代的勘测员，对此我一点也不稀奇。他说：“国王乔治三世铺了一条4杆宽的路，笔直地贯穿了整个科德角。”但如今那条路在哪里，他却忘得一干二净。

这个关于勘测员的故事让我想起了一个长岛人。有一次，我正打算从他的船头跳到岸上去，他认为我低估了这段距离，会掉进水里。后来我发现，他是以自己的情况来判断我的关节弹性的。当时他告诉我，他准备跳过一条小溪，首先要抬起一条腿，然后顺着抬腿的方向望去，如果他的脚看上去能够遮住对岸的任何地方，他就知道自己能跳过去。我对他说：“唉，别说密西西比河和其他小河小溪了，我的脚连天上的星星都可以遮住，但我可不敢保证能跳那么远。”然后我问他如何知道腿在什么时候应该抬多高，而他认为自己两条腿的精准度不比双脚圆规或普通的直角换向器差，而且他似乎还在绞尽脑汁地回忆他两条腿所画出的每一度每一分的弧形度数。他想让我相信在他的髋关节中有一个专门用来测量的活结。我建议他用一根细绳把两个脚踝连接起来，绳子的长度应当等于弧形的弦，以此来测定他在水平面上的跳跃能力，前提是一条腿垂直于水平面，但在这种情况下，这种假设也许过于大胆了。不过，对于这种双腿几何学，我倒很有兴趣听一听。

老人家很乐意把这一带的池塘名称一一介绍给我们。这些池塘大部分都能透过他们家的窗户看到。他还要我们跟着他重复这些池塘的名称，看看我们说对了没有。最大的一个池塘是高尔池，非常优美，水清而深不见底，绕池走一圈有1英里多；此外还有纽科姆池、斯威特池、斯劳池、豪斯里奇池、朗德池和鲱鱼池。如果我没弄错的话，满潮时这些池子就会连成一片。海岸勘测员曾向他请教过这些池塘的名字，他还告诉他们一个尚未查明的池塘。他说这些池塘已经没有以前那么高了，在他出生前四年左右，那里曾发生过一次地震，震裂了池塘下面的不透水地层，导致池塘下陷了。我不记得我是否看到过有关这一说法的资料。过去有数不清的海鸥经常飞到这里来，但现在，大海鸥已经非常少见了。听他说，这是因为英国人捣毁了它们那些远在北方的用来繁殖后代的窝巢。他依然清晰地记得当年利用海鸥屋捕捉海鸥和夜间用煎锅里的火来诱杀小海鸥的情景。他的父亲还因此损失了一匹名贵的马。当时的情况是这样的：在一个深夜，从韦尔弗利特来的一伙人在比林斯盖特点火诱杀小海鸥，他父亲的20匹马也正在那里放牧，那匹名贵的小马驹也在其中。火光惊到了马群，马匹在一片黑暗中拼命地往海滩跑，想渡过水域逃到小岛上去。当时正值低潮位，中间可以涉水而过，结果马群全部被卷入海中淹死了。我发现，夏天仍有许多马被赶到韦尔弗利特、伊斯特姆和奥尔良的岛屿及海滩上放牧，那些地方被用作公共牧场。他还给我们讲了他小时候在林子里捕杀那种栖息着的他称之为“野鸡”的故事。那种动物可能是“北美草原鸡”。

他喜欢凉拌的海滨山黧豆，也喜欢吃自己种的豆子。他在纽芬兰看见到处都是这种豆子，当地人也吃这种豆子，但他一直没找到可以做种子的成熟山黧豆。我们在查塔姆词条下读到了这样的内容：“在1555年的大饥荒时期，苏塞克斯（英格兰）的牛津附近，人们就是靠吃这种植物的种子而活下来的。在那里的海边，山黧豆长得十分茂盛，它们也是牛、马、绵羊和山羊爱吃的植物。”不过，引用这段内容的作者可能并不知道海滨山黧豆也是巴恩斯特布尔县居民的最爱。

这么说来，他曾经是个航海者？啊，他年轻的时候一定到过很多地方。他曾把自己看作我们国家所有海岸的领航员，可如今，这些地名都已改变，因此他可能也迷惑了。

他让我们品尝了一种被他称为“夏日甜蜜”的苹果，是他自己培育的一种很好吃的苹果。这种苹果需要多次嫁接，他在别的地方志看到过一次，那便是他航海经过纽芬兰，或是沙勒尔湾的时候（我记不清是哪个了），曾在那里看到了三棵这种苹果树。即便隔着很远的距离，他也能一眼认出这种树。

终于，那个傻子回来了，我的伙伴称他为“奇人”。他一进来就嘟嘟囔囔地抱怨着：“可恶的书贩子，我得做点儿什么。真该死！我要一枪崩了他们。还来了个医生。去他的！我要弄把枪干掉他……”他就这样没完没了地一直念叨着书的事儿，始终没有抬头。老人站了起来，开始大声地说话。他似乎习惯于发号施令，现在他又一次厉声喝道：“约翰，坐下！不许多管闲事。这种话你说过多少次了。你不会做出什么事情的，尽管你说得很吓人。”然而约翰并没有听老人的话，依然反反复复地念叨着刚才的那些话，然后在饭桌前坐下，把剩菜剩饭吃了个精光，接着又转向了苹果。他的母亲正在旁边削皮，准备给客人做一些苹果酱当早餐，见他来了立刻挪开了苹果，打发他去做别的事了。

第二年夏天，我又一次来到这里。这座房子与海滨之间有一片荒山，我想要是我出生在这里就好了。我看到那个“奇人”正在山坡上的玉米地里，他依然像以前那样奇怪，以至于我把他看成了一个稻草人。

这是我见过的最风趣、身体最结实的一位老人，他给我留下了最深刻的印象。他谈吐朴实、粗犷且直白，很适合成为拉伯雷[①]作品中的人物，或者成为一个优秀的巴汝奇[②]，更确切地说，他是个清醒的西勒诺斯[③]，我们则是听他讲故事的男孩克罗米斯和纳西鲁斯——

在深沉的宁静中怀着格外崇敬的心情聆听，

既不是色雷斯的游吟诗人在西莫尼丘陵吟唱，

也不是太阳神在品都斯山巅高歌。

他的言论中掺杂着今日和往昔两种痕迹，因为他曾在乔治国王时代生活过，或许他还记得拿破仑和当代人大体的出生日期。他说在殖民地与他的祖国第一次爆发战争的时候，他只有 15 岁，有一天他正从手推车上往下卸干草，一个名叫多恩的老托利党人正在一旁同他的父亲交谈。他的父亲是辉格党忠实的拥护者。多恩对他的父亲说：“嘿，比尔大叔，你为什么不像殖民地争取独立那样，用干草叉把那个池塘叉到海里去呢。”他还清晰地记得华盛顿将军是如何在波士顿大街上骑马而过的，他还站起来给我们表演华盛顿当时的神态。

---

① 拉伯雷，文艺复兴时期法国最杰出的人文主义作家之一，主要著作是长篇小说《巨人传》。

② 巴汝奇，拉伯雷的长篇讽刺小说《巨人传》中的人物。

③ 西勒诺斯，希腊神话中酒神的养育者、教师和信徒，也是森林诸神的领袖。

“他身材高大，样貌庄重，是个很有男子气概的威严军官，他骑在马上，腿非常好看。”“瞧，我告诉你们，华盛顿当时就是这样的。”说着他就再次跳起身来，动作优雅地向左右两边鞠躬，并假装在挥舞帽子，说道：“这就是华盛顿。”

他给我们讲了许多革命时期的奇闻逸事，当我们告诉他我们在史书上也看到过同样的记载，书上写的和他讲的一模一样时，他非常高兴。

“哦，”他说，“我知道！我知道！我那时还只有16岁，我的耳朵渴望聆听任何事情。那个年龄的人非常好奇，这你是知道的，他们什么都爱打听。啊，我什么都知道！”

他还给我们讲了那年春天“富兰克林”号遇难的故事。有个男孩儿一大清早就跑到他家来打听海岸边的那条小船是谁的，因为有艘大船出事了，想借小船一用。那时候他已经老了，他先吃完了早饭，然后走到海边的小山顶上，在一个较为舒适的地方坐了下来，观看遇难的船只。那艘船在沙洲上，离他只有0.25英里。在更近一些的海滩上，有几个人准备了一条小船想过去救援，但海浪太大了，他们无法接近那艘船。遇难的大船船头上挤满了乘客，还有一些人正在从船舱的窗户往外爬，并被甲板上的人拉了上去。

“我看到船长放下了他的救生艇，”他说，“船长只有一条小救生艇，随后乘客们就像箭一样笔直地一个接一个地跳进了救生艇中。我数了一下，一共有9个人。有一个是女人，她和其他人一样非常精准地跳进了救生艇。然后他们把救生艇撑离了沙岸，可是海浪又把他们推了回去，一个浪头盖过了他们，等他们再次浮出水面时，只剩下6个人还紧紧地抓着小艇，我数过了，只有6个。接着，又一个浪头打过来将小艇掀翻，剩下的6个人也全都掉进了海里，没有一个人存活下来。此时，其他的人全都挤在了前甲板上，船身的其余部分都已沉入水中，他们目睹了救生艇上发生的这一切。最后，一个巨浪使船体断裂，前甲板被卷进了一股汹涌的碎浪之中，而救援的小船终于排除万难地到达他们那里，这批人被救了起来，不过有一名妇女失踪了。”

他还告诉我们，在我们到达那里之前几个月，“坎布里亚”号汽船也在这片海滩上搁浅了，船上的英国乘客在他的地界逗留了几日。他说，那些人站在海边的高岗上看风景，觉得这是“他们所见过的最令人心旷神怡的美景”。女乘客们还用他安放在池塘里的捞网来恶作剧。他说起那些钱包里装满几尼[1]的游客时，语气就和我们那些狭隘的前辈提起乔治三世时代的英国纨绔子弟时的口吻一样。

那天夜里，我感到我当天吃下去的蛤蜊起了作用，只好向老人承认我并不比那中毒的猫强壮。可他是那么的心直口快，说这些不过都是他想象出来的。可不管怎么样，对我来说，那吃下去的蛤蜊是一种催吐剂，我一阵一阵地感到恶心想吐，可他却在一旁嘲笑我。后来我有幸在《莫特的故事》中读到关于清教徒早期移民在普罗温斯敦港登陆时的一段话："我们发现了许多大块儿的肉团（那位老编辑说那些肯定是蛤蜊），肉质非常肥美，里面有许多海珍珠，但这种肉不能吃，因为不管是水手还是乘客，只要吃下去就会感到恶心想吐……不过这种症状很快就会消失。"一想到我还有与清教徒早期移民如此相似的一段经历，我便感觉自己与他们更亲近了。此外，这也很有价值地证实了他们故事的真实性，我现在也对《莫特的故事》里的每一句话深信不疑。我还兴奋地发现人与蛤蜊是在以相同的角度互相对峙。然而，我没有注意到海珍珠，我一定是像克娄巴特拉一样把它吞下去了[2]。后来，我在海湾的一处浅滩上挖到过这种蛤蜊，并仔细观察了它。从沙滩上的痕迹来看，在顺风的情况下，它们可以将液体喷到10英尺远的地方。

"现在我想向你咨询一个问题，"这位老人说，"不知道你是否能够回答我，你是个有学问的人。我从来没上过学，只有那些与生俱来的常识。"我们提醒他说他能引用约瑟夫斯[3]的话让我们自叹不如，但似乎毫无作用。他继续说："我一直在想，如果我遇到一个有学问的人，便要向他请教这个问题。你能告诉我'艾克西'怎么拼写吗？它有什么含义？我们这儿有个姑娘叫艾克西。所以，它该怎么写呢？又是什么意思呢？是出自《圣经》吗？我25年来一遍又一遍地阅读《圣经》，可是我从来没见过这个词。"

"你25年来反复读《圣经》就是为了这件事？"我问道。

"嗯，这个词究竟怎么拼写呢？老婆子，你知道怎么拼写吗？"

那个老妇人说："《圣经》里面有这个词，我见过。"

---

① 几尼，英国的旧金币，相当于1.05英镑。

② 埃及艳后克娄巴特拉在一次宴会上，把一颗硕大的珍珠碾碎，融入酒或醋中，喝了下去。

③ 弗拉维奥·约瑟夫斯（37—100），犹太历史学家、军人，代表作《犹太战记》《犹太古史》等。

"那你说，它该怎么拼写？"

"我也说不准。好像是 a-c-h，ach，s-e-h，seh——Achseh。"

"'艾克西'是那样拼写吗？那，你知道它是什么意思吗？"他转过身来问我。

"不知道，"我回答说，"我从没听过这样发音的单词。"

"以前这里有个老师，大家问他那个词是什么意思，他说是指支撑豆子藤蔓的杆子，除此之外没有其他的含义。"

我告诉他，我同意这位老师的见解。我也当过老师，也曾经常遇到这类奇怪的名字。我还听说过有人叫左赫斯、贝里亚、亚玛谢、彼土利和谢尔贾沙布，等等。

这时，坐在壁炉旁的小男孩儿脱掉了自己的鞋袜，这样能使冻得发痛的腿脚舒服一些，然后就去睡觉了。那个傻子也脱掉鞋袜，露出了布满疤痕的双脚，也跟着小男孩儿去睡觉了。最后，老人也光着小腿任我们端详。这是我们第一次见到老人的腿，我们惊讶地发现那双腿竟如婴儿般白胖，他向我们展示他的小腿时也一定很自豪。随后，他一边做着睡前的准备工作，一边以巴汝奇式的坦率跟我们谈论起了老年人的常见病。于他而言，能够遇到我们是他难得的好运。他平时只能跟牧师交谈，而且有时会一次来十个牧师，其实他更喜欢在闲暇时结交一些非宗教的世俗人士。那天晚上他赚足了聊天的时间，但似乎还是意犹未尽。由于我一直都恶心想吐，老妇人问我是不是想睡觉了，对于老年人来说，那个时间已经很晚了，可是老先生还没讲完他的故事，于是他说："你才不在乎呢，对吧？"

"啊，是啊，"我说，"我不急。我相信我已经平安地挺过了蛤蜊这一关。"

"蛤蜊挺好的，"他说，"我真希望现在就能吃到些蛤蜊。"

"我吃蛤蜊从来都没事儿。"老妇人说。

"那是因为你把能毒死猫的那玩意儿去掉了。"我说。

最后，我们打断了他的故事，他要求第二天上午再接着讲。可是两位妇人对我们还是不太信任，她们在深夜走进我们的房间，把嘎吱嘎吱响的壁炉门闩紧，并在出去时把我们的门锁上了。老太太们的疑心天生就比老头儿们的重。那一夜，风在房子周围怒吼着，刮得壁炉门和窗户咔嗒咔嗒响。那天夜里或许到处都在刮风，但我们无法分清哪些是大海的咆哮声，哪些是狂风的怒吼声。

对于生活在海边的人，大海发出的声音一定意味深长，引人关注。第二年夏天，我从这个地方离开海滨，走了 0.25 英里后登上了一座山丘，这时，我们被海上突然传来的一声巨响吓了一跳。那声音就像一艘巨轮在岸边排气，于是我屏住呼吸，感到背后有一丝凉意，我转过身来，本以为会看到一艘远道而来偏离了航道的大西洋轮船，可是什么异常现象也没发现。溪谷入口处有一道低矮的沙坝拦在我和大海之间，因此我猜想，可能是在我登上山丘时升入了另一层空气中，而空气只是给我传送来大海正常的吼声而已。我立即下山查看，却已经听不到那种声音了，无论是在山上还是山下，那声音一两分钟内就消失了，而且一直都没再刮风。老人说，他们管这种现象叫"发情"，是风向改变之前大海发出的一种奇怪的吼声，至于究竟是什么原理，他也无从知晓。他觉得他可以通过大海发出的声音来判断天气情况。

老乔塞林[①]于1638年曾来过新英格兰，他在谈到天气的征兆中说："当海浪拍岸发出巨响时，树林也会随之沙沙作响，虽然看起来无风，但实际上那预示着一场大风将至。"

此后的一天夜里，我在另一处海边听到了1英里外的浪涛拍岸的声音，当地人说这预示着东边一带会刮风，而我们这里会下雨。海水积聚在东边，这种咆哮声似乎是大海正努力保持平衡，起风之前，海浪已经涌至岸边。一艘定期往来于美国和英格兰之间的邮船船长告诉我，在风平浪静的太平洋上，有时会遇到逆风的海浪，这说明远处的风正在从反方向刮来，因为海水的转动速度比风速快，所以才先有海浪波动。水手们说起的"潮激"和"海涌"，在他们看来是由飓风和地震引起的，可以传送几百英里，有时甚至可达两三千英里远。

第二天早上日出之前，他们把我们的房门打开，让我们出来，于是我迫不及待地跑到海边去欣赏海上日出的美景。那位84岁高龄的老妇人已经迎着清晨的寒风出去了，她没有戴帽子，步履如少女般轻盈。她把奶牛赶出来挤奶，并且手脚麻利地准备好了早餐。与此同时，老先生则背靠烟囱站在我们面前，继续讲他没讲完的故事，我们坐着认真地听。他边讲边往身后的炉火中不停地吐烟草色的唾沫，完全不顾那边正有人在准备各色菜肴。我们的早餐有鳗鱼、乳酪蛋糕、前一天的面包、青豆、炸面圈和茶。老人还在滔滔不绝地讲着，他老婆催他该吃早饭了，他说："别催我，我已经这么大岁数了，你催我也不管用。"我吃了些苹果酱和

① 约翰·乔塞林（1638—1675），17世纪的英国旅行家，曾到过新英格兰。

炸面圈，因为我觉得这两种食物当时离老人最远，所遭受的唾沫之灾也最少；不过，我的同伴不吃苹果酱，而是吃了一些热蛋糕和青豆，他认为那两样食品本是位于炉前最安全的位置的。后来我们交换意见时，我告诉他乳酪蛋糕特别暴露，我看见了它是怎样一次又一次地遭到“袭击”的，所以我没有吃，可他却说，即便有这种可能，可由于他目睹了苹果酱受害最严重，所以他不吃苹果酱。吃完早餐，我们看到他家的钟已经坏了，由于没有橄榄油，我们就给它上了一些“雌鱼油”，反正他也在怀疑我们是修理匠或小贩。我们修钟的时候，他讲了一个关于幽灵的故事，他说这个幽灵曾在一天夜里弄坏了钟表的外壳。他对我们的宗教信仰很好奇，说自己年轻时曾在一个月内听了 13 种教派的布道，但却没有加入任何一派。他拍拍手中的《圣经》说，那些教派讲的都与《圣经》里讲的不一样。当我在隔壁房间里刮脸时，我听见他问我的同伴属于哪个教派，同伴回答道：

“我属于‘博爱兄弟会’。”

“那是什么教派？”他问道，“是节欲之子？”

我们再次启程前，往口袋里装满了炸面圈，并付给老先生招待费。他发现“炸面圈”是我们对这种面食的共同称呼，很高兴。最后，他还和我们一起走到门外，希望我们能告诉他，他栽种的那些蔬菜的名称——卷心菜、西兰花和欧芹，那些蔬菜的种子都来自那艘失事的“富兰克林”号——因为我问过他很多东西的名称，礼尚往来，现在他反过来要我说出他园子里所有植物的名称，不管是野生的还是种植的。那是个大约有半英亩大的园子，全都由他自己耕种。除了一般的蔬菜之外，还有酸模、蜜蜂花、牛膝草、欧亚活血丹、山柳菊、卷耳、罗马苦艾、土木香等植物。就在我们站在园子里辨认蔬菜的时候，一只鱼鹰恰好飞向他的池塘抓鱼。

“它抓到了一条鱼。”我对他说。

“哦，”老人什么都没看到，可他还是一直在看，“它没有潜入水中，只是弄湿了爪子而已。”

虽然听说鱼鹰常常潜入水中，但这次确实没有。这次它只是快速向下飞到足够低的地方，用爪子把贴近水面的鱼从水中抓出来而已。可当它抓着它那闪闪发光的猎物飞过灌木丛的时候，猎物却掉到了地上。根据鱼鹰的习惯，它是不会回来捡猎物的，所以我们并没有看见它返回。

就这样，老人光着脑袋站在屋檐下，与我们又聊了一会儿，然后给我们指明继续前行的方向，叫我们“从田野斜穿过去”，于是我们在新的一天，再次走上海滩，只是开启旅程的时候已经快到晌午了。

我们离开那里之后才一两天，普罗温斯敦银行的保险柜就被撬了，钱财全部被盗。我们听说，盗贼是两个从内陆来的男子，以至于热情款待我们的那家人一度怀疑我和同伴就是那两个窃贼。

重临海滩

我们正沿着路向高处的沙坝走去，我之前曾描述过这条沙坝，它一直沿着海岸延伸。和以前一样，我们需要穿过沙地上的一片片杨梅树，才能到达沙坝。除了橡树，杨梅是这一带最常见的树木了。它那散发着诱人清香的树叶，和那去年长出的短枝下挂满的灰色的小浆果，都非常吸引我。我知道康科德只有两片这种灌木林，而且只长雄蕊，不结果实。这里的杨梅结满了果实——那些灰色的小浆果十分珍贵，而且它们闻起来像小糖果店的味道，特别香。罗伯特·贝弗利在他1705年出版的《弗吉尼亚历史》中写道："桃金娘生长在河口、海滨、港湾，以及许多小溪和沼泽附近，人们用它结出的浆果来制造一种又硬又脆的蜡。这种奇特的蜡呈绿色，精炼之后却几乎是透明的。用这种蜡制造出的蜡烛不但一点也不黏，而且在天气最热的时候也不会融化，和那些用动物油脂做的蜡烛比，它的气味闻起来一点儿也不刺鼻。当它被熄灭时不但不难闻，还会使房间内充满香气，甚至有些高雅之士为了闻到它熄灭时的特殊香味，还要故意熄灭烛火。据说，最早发现这种浆果可以做成蜡的是新英格兰的一位外科医生，他还利用这种浆果配制药膏，获得了很好的疗效。"虽然我们在刚刚离开的那所房子里看到了一块蜡，但根据树上的浆果数量来判断，这里的居民并不经常用它们制蜡。在这之后，我曾亲手制作了一些蜡。那是在4月里，我把篮子挂在掉光了叶子的枝头，然后用双手揉搓树枝，不到20分钟就收集了大约1夸脱，最后足足收了3品脱。倘若有一把合适的钉齿耙和一个浅底篮，我一定能更快收集够。这种浆果表面有许多像柑橘皮一样的小块褶皱，这些褶皱和裂痕中有很多油脂，一直渗透到果核里。将它们放到水里煮烂后，这些油脂就会浮上来，看上去就像一锅炖了很久的味道浓郁的肉汤，发出阵阵香脂或草药的味道。等到水温逐渐降下来，把这层表面的油脂提取出来，然后再将其熔化一次，再过滤。我从采集到的那3品脱浆果中熔化出大约0.25磅蜡，还有更多的蜡留在浆果里面并没有被提取出来。一小部分蜡在冷却后形成了玉米粒大小的结晶体，呈扁平的半圆形（我称它们为“天然金块”，并且把它们从浆果中挑了出来）。劳登说：“据说人工种植的树产出的蜡要比野生的树产量高。”如果你的手在松树林中无意沾上了松脂，那么你只要抓一些这种浆果放在两手指尖揉搓，立刻就能去除松脂。尽管制蜡引起了我的兴趣，但眼前的大海才是最壮丽的景物，它让我们把杨梅和人全都抛在了脑后。

今天的空气非常清新，大海也不再沉闷、狂暴，虽然仍有波浪带着白色泡沫涌上海岸，但浪花却闪闪发亮，充满了生命力。那天早晨，我已经观赏了海上日出，曙光仿佛是从大海的怀抱中跳出来的一样：

身穿锦袍的黎明，迅速从大海川流不息的浪涛中升起，

把光明带给众神，也带给世俗的凡人。[①]

太阳从遥远的海面上缓缓升起，起初它被地平线上的云雾遮挡着，然后突然像一支利箭一样冲出海面，赶走云层，高高升起。但是，不仔细看的话，根本看不出它是从海上升起的。所以直到现在，我仍然认为它是从陆地上升起的。此时，海岸线上出现了几艘船，这些船是昨夜绕过海岬的，现在正顺风驶向远方。特鲁罗南部的海滩也再一次出现在我们面前。此刻正值上午的涨潮期，海滩变得狭窄而松软，于是我们在沙洲上漫步向前。这片沙洲非常高，但不像前一天那样平坦了，随处可见许多凹凸不平的地方。《巴恩斯特布尔县东海岸记事》一书的作者说这一带的“海岸地势比较高而且陡峭，西部边缘有一条沙地，大约0.06英里宽，与之紧紧相连的是一片0.25英里宽的低矮的灌木丛，想从那里通过有很大困难。在穿过灌木丛后，我们见到的是一片令人辨不清方向的、没有人烟的密林，连一座房子都找不到。尽管这两片洼地（纽科姆和布拉什洼地）相隔很远，但海员们也不敢贸然进入这片树林，因为如果遇上暴风雪，他们将毫无生还的可能”。这里除了高大的树木几乎别无他物，这段描述至今依然真实。

① 引自荷马史诗《伊利昂纪》中与黎明女神有关的诗句。

海上船只很多，像海鸥一样时而飞速地掠过海面，时而一半没入水中，时而又被抛上浪尖。有一艘三桅帆船与海岸平行顺风航行着，突然在距海岸只有半英里、离我们很近的地方收帆抛锚，在风浪中转了个方向。开始我们没有注意水手们本该熟知的船只失事信号，只是误以为那艘船停下来是因为船长想和我们谈谈，结果船长骂我们是自私的冷眼旁观者，看到遇难信号却不出手相助。几个小时后，我们看见那艘船依然停在原地。我们惊讶之余不禁想到：为何它要在航行中滞留如此长的时间，或许那是一艘寻找偏僻之处卸货的走私船？又或者他们想在这里捕鱼或者重新给船刷漆？又过了一会儿，在猛烈的海风中，其他绕过海岬的三桅帆船、双桅横帆船和多桅纵帆船，一艘接一艘地从这艘船旁边驶过。这时我们才安下心来，不再感觉良心不安。有几艘船落在了后面，其他的都在稳速前进。我们认真地观察了这些船的帆装、船艏三角帆的样式以及它们航行的方式，之所以如此，是因为船和船之间也像其他生物一样，有着很大的差异性。然而，令我们很奇怪的是，它们都把波士顿、纽约和利物浦这些城市记在心中，并在其间往返，似乎担心水手在如此重要的航线上忘了自己的小生意一样。他们有时会从赫布里底群岛运来柑橘，不过橘皮还会被运回去吗？我们还不如把古老的陷阱网运过永恒的海洋。难道这只是与享受天国之福的群岛之间的又一次“贸易高潮”？难道天国就是像利物浦码头这样的港口吗？

我们马不停蹄地继续前进，一路经过内陆的荒野、灌木林、沙漠、高高的沙坝，还有平坦的斜坡后，宽广的白色海滩、飞溅的浪花、沙洲中的绿色以及大西洋便呈现在我们面前。我们兴高采烈地走上一片陌生的海滩，以不久前获得的经验对海马鬃、海牛尾、水母和蛤蜊进行了新的审视。大海的波涛仍像前一天一样波涛汹涌，只是浪头好像越来越小了，不过也许是我们的心理作用罢了。几个小时过去了，我们看到的大海还是一如既往，没有变化。为了保持平衡，我们身边的这片大海只能无休止地摇晃着，每次海浪都在沙滩上留下一片纵横交叉的痕迹和一条水流急速冲击后形成的明显突起的边线。我们并没有急于赶路，而是放慢脚步，因为我们想好好欣赏一下大海。其实，在这松软的沙滩上行走 1 英里差不多相当于在其他地方走了 2 英里，所以别想走得快，何况，在沙滩上行走还得时不时地清理灌进鞋里的沙子。

这天上午，我们在水边漫步，转过身时看到一个很大的黑色物体被海浪冲上了岸，可由于距离太远，我们不能判断那到底是什么。正当我们准备到那个物体跟前去看看时，突然有两个人从沙坝上跑了过来，他们出现前，我们并没有注意到沙坝上有人，他们俩仿佛是从沙里冒出来的一样，想拼命赶在下一个浪头打过来之前把那件物体抢救出来。随着我们离那东西的距离越来越近，一开始觉得它是一条大鱼，然后又觉得是一个被淹死的人，再靠近些又感觉是船帆或者渔网，最后才发现，原来那是一大捆亚麻布——“富兰克林”号上的一部分货物，很快就被那两个人装上一辆手推车推走了。

海滩上出现的东西，不管是什么，形状看上去都非常古怪，而且要比实际更大更夸张。最近，我在一处比这里偏南几度的海滨处看到，有一个貌似悬崖峭壁的东西在我前面大约半英里远的海滩上，那东西有 15 英尺高，在阳光的暴晒和海浪的冲刷下已经变成了白色。但当走近看清之后发现，那其实只是不足 1 英尺高的几堆破布，是一艘沉船的部分货物。还有一次，我想寻找一具残骸，这具残骸在海难发生一个星期后才被冲上岸，已经被鲨鱼咬烂了。灯塔上的人告诉我，那具残骸距离这里一两英里，那里距水边 12 杆，有一个上面裹着一块布，旁边立着一根木棍的就是了。我本以为要寻找到这么小的东西一定非常困难，需要很仔细地查看，实际上，那不起眼的一根小木棍就像被晒白了的圆木一样显眼。这是因为这半英里宽的沙滩上，宽敞平坦没有任何物体遮挡，而且海上的幻象被放大了很多。那具残骸非常显眼，仿佛是躺在那片沙滩上供人们瞻仰似的，又像是一代人辛辛苦苦堆起来的石冢。走到近前却发现那只是上面带着一点皮肉的几根骨头，实际上，在这宽阔的海滩上，它只是略微有些显眼而已。这堆残骸根本没有什么引人关注的地方，它既没有刺鼻的气味，也没有让人惊悚的外形。不过，我站在那里的时间越长，它留给我的印象就越深刻。唯有大海与之相伴，每日听着大海的咆哮声，好像在和他诉说什么一样。我深刻地感受到它与海洋之间似乎存在着一种默契，令我深有感触，可它们却将我冷落在一旁。那具残骸以它独有的某种王者的名义，占据并主宰着这片海滩。

后来，我们又在海滩上看到许多被冲上岸的小块亚麻布。我还听说，直到那年的 11 月底，人们依然能找到完好无损的亚麻布，有时甚至能一次找到 6 匹。

我们急迫地往衣服口袋里塞满又圆又滑的鹅卵石。这种石头很少见，即使在这里，也只有少数散布在沙滩上。有时我们还会把扁平的圆贝壳往口袋里塞，但从资料中我们了解到，这种贝壳干了之后就完全不漂亮了，于是每当我们坐下来休息的时候，就把那些早晚会失去美感的贝壳从口袋里挑出来扔掉，最后留下来的都是精品。海浪把每种东西都冲刷成了卵石形，不仅是各种各样的石头，还有从船上掉下来的硬煤、碎玻璃，人们甚至在海滩上发现了一块变成了卵石状的3英尺长的泥炭，但在几英里范围内并没有看到过类似的东西。人类制造的大量废料，即使不是经常，每年也都至少被排放一次到大河里。这些废料随着河水的流动漂洋过海，到达遥远的海滨。我曾见过非常完美的卵石状砖块，还有一艘沉船上的许多橄榄香皂也被海浪冲刷成了完美的圆柱形，并且留下了红色的螺纹，看上去就像理发店门口的旋转彩柱。由于海浪的冲击，货船上的衣服被冲上岸的时候，衣服上所有的口袋和凹陷处都灌满了沙子。有一次，我看到一件遇难者衣服上的口袋被塞得满满的，就想也许可以通过衣袋里的东西来确定遇难者的身份，结果当打捞者把衣服口袋撕开后，发现里面只有一双装满了沙子的手套，看起来就像里面真的有双手一样。湿衣服很快就会晾干，但沙子却钻进衣服的每一条线缝里，很难清理出来。人们都知道，在海滩上捡到的海绵，无论用什么办法，都不能将里面的沙子弄干净。

我在沙坝顶部发现了一块深灰色的石头，形状和大小都像是一只巨蛤，更奇特的是，它的外层的一半已经剥落，就躺在它的旁边，形状和颜色都与蛤蜊壳一模一样，另一半外层也已松动了，里面只剩下一个颜色更深的硬核。我后来还看到一块很像竹蛏的实心石头。看起来，好像这些石头在形成过程中是以蛤蜊壳为模子一样，或许神奇的大自然不止塑造了蛤蜊，也以同样的方法塑造了石蛤蜊。这种灌满了沙的大蛤蜊壳有很多，被叫作沙蛤。有时候半边大蛤蜊壳都会被沙填平，就像是先堆满沙然后再刮平的一样。在沙坝顶上的许多小石头中，我甚至发现过一个箭头。

除了巨蛤和藤壶外，我们在海滨还发现了一种小蛤，我在沙洲上徒手挖了很多。这种小蛤是这里的居民在找不到砂海螂时候的食物。大部分小蛤的空壳都是被某种危害物穿了孔。除此之外，那里还有——

紫贻贝，生长在为数不多的几块岩石上，被冲到岸上后，它们那细绳般的足丝相互缠绕在一起，四五十只奇妙地连成一串。

扇贝壳，可以用来制作卡片架和针垫。

鸟蛤，或称杜鹃，它们的孵卵处非常特殊，看上去像个没有盖子的石壶顶部，而且有一边裂开了，也像砂纸做的喇叭形衬衫领，被称为“沙环”。

后来，我们在靠近海湾的一侧又看见了一些其他种类的贝壳。古尔德[①]说，科德角“至今仍然是许多种软体动物移栖的障碍”，“共有197个品种（1840年他曾说过这些种类的软体动物都生长在马萨诸塞州），其中83种没有传到南海岸，在科德角北海岸另有尚未被发现的50种”。

上面说的这些都属于甲壳纲动物，此外，还有螃蟹和龙虾（不过它们的壳大多在海滩高处，常常被漂白得厉害），以及沙蚤和马蹄蟹。马蹄蟹也叫美洲鲎，在海湾那里很常见，那里的人通常用它们来喂猪，而印第安人则喜欢用它们的尾巴制作箭头。

属于无脊椎的动物有海刺猬，有的地方叫海胆，通常都没有脊椎骨；有一种扁平的圆形贝壳，它的脊椎是巧克力色的，是一个小突起，但已经被磨平发白了，变成了五个花瓣一样的图案；还有几只海星，也叫海盘车，以及太阳鱼，也叫水母。

还有不止一种海绵。

我在海水的正常高潮线与沙坝底部之间的纯沙质岩处发现了海南芥、欧洲海蓬子、海蚤缀、海牛蒡、海滨大戟，还有沙茅草、海滨黄花和山黧豆等植物。

在海滩漫步时，偶尔我们会上前帮打捞者把一根比一般圆木大得多的圆木移动到预定位置，或者自娱自乐地将石头滚下沙坝，但我们很少能把石头滚到水里，因为海滩太松软也太宽阔了。我们还曾在一个寒冷的刮风天里，跑到小海湾的浅水中洗澡，每当海浪涌来又退去后，我们的身上就会沾满沙子。后来我们听说，那里的海洋并没有什么特别之处，在炎热的天气里，你也只能眼睁睁地看着面前的水，却不能去那里洗澡。因为大西洋的这一侧是不能洗澡的，海水有下层逆流，而且据说此处还曾有鲨鱼出没。第二年，我们遇到了伊斯特姆和特鲁罗的两处灯塔，生活在海岸上这座唯一一所房屋里的人说，无论“给多少钱”，也不会去那片海里洗澡，因为他们偶尔会看到那里有被抛到海岸上的鲨鱼，那一幕每次想起来都不寒而栗。尽管别人对此事大多一笑置之，可他们并不理会，因为他们从不到任何地方去洗澡。有一个上了年纪的打捞者告诉我们，就在我们洗澡的地

① 奥古斯塔斯·古尔德（1805—1866），美国医师、软体动物学家，被认为是美国贝类学的先驱。

方，他曾杀死过一条食人鲨，有14英尺长，中等大小，用牛才把它从水里拖上岸。还有一位打捞者也告诉我们，曾经有一头小鲨鱼在那里搁浅了，被他的父亲抓到。他的父亲把鲨鱼头朝下竖了起来，防止被海浪卷走。在科德角，到处都可以听到关于鲨鱼的可怕故事，比如鲨鱼弄翻了小船，或是将小船撞得粉碎，将船上的人叼走等等。对于这类故事我并不完全相信，但我确信海水下层有逆流，我也确定只要出现过一条鲨鱼就足以使一片100英里长的海滩十几年内声名远播。不过有一点我需要补充：7月间，我们在距离这里0.25英里远的岸边散步时，有一条约6英尺长的鱼，在距离岸边两杆远的水中与我们平行的方向慢慢地游动觅食。我们猜测这可能是条鲨鱼。似乎万物都在暗中帮助这海之骄子，这条浅棕色的鱼在水里时隐时现、模糊不清，偶尔露出水面时，你能看到它们身上有许多条深色的横向条纹或环形纹。不过我们也知道，生活在不同水域的同一种鱼颜色也会不一样。我们看见它游进了我们刚刚洗澡的那个小海湾，那里水深只有四五英尺，或者叫浴盆更合适，那条鲨鱼在那里停留一会儿后就慢慢地游向深处了。不过，我们并没有因为那里有鲨鱼出没就放弃去洗澡，只是下水之前会先在岸上观察一番，看看那里是否已经被其他来客占领了。我们像小鲑鱼一样小心谨慎，即使有遇到鲨鱼的可能，却仍然认为那里的水比科德角湾更加充满生机，就像苏打水一样。

有时候，我们会坐在湿漉漉的海滩上，就为了观看海鸟，这里除了鹬鸟还有其他鸟。它们紧跟着每一次海浪来回飞翔，大海会在一次次浪潮中把它们的早餐冲上岸。一只笛鸻飞快地跑着，然后突然停下，一动不动地站在那里，与海滩景色融为一体。鸟儿们的一部分食物就是活蹦乱跳的小沙蚤，这在潮湿的沙滩上随处可见。海滩上的大部分鸟类都是食腐动物，它们堪称清道夫，数量庞大，在很短的时间内就能把冲上岸的大鱼吃个精光。我们看到一只麻雀一样大的鸟儿，也许是瓣蹼鹬，它像鸭子一样漂浮在五六英尺高、波涛汹涌的浪尖上，每当碎浪涌来，它就振翅腾空飞到几英尺高的空中，躲过浪花四溅的波峰；有时它会安心地随着波涛起伏，在海浪中时隐时现，或许它的本能告诉它这股巨浪不会给它带来危险。

虽然只是一只小鸟，却与海浪完美配合，和谐地嬉戏。那些连成一线的黑鸭，在离海岸几杆远的地方，沿着整个海岬随着波浪起伏。它们就像浮叶和梭鱼草之于池塘的意义一样，成了海洋边界永恒的一部分。在科德角湾内外均可看到虎头海雕，关于这种鸟类，我们曾读到过这样的描写："所有会游泳的鸟类胸部的羽毛都是不透水的，虎头海雕也一样，而不透水的物质最适合从水面获取油脂。当虎头海雕接触水面时，它们胸部的羽毛就会发挥吸油的功能。虽然它们不可能只通过这一途径获取食物，但可以肯定它们由此法获得了大部分食物。它们横冲直撞地飞个不停，直到羽毛上沾满了油，然后直接停在浪尖上，开始一口一口地享用食物。"

我们沿着海岸继续往前走，此处海岸略有些弯曲，放眼望去，可以看到前方两三英里远的地方。这条海滨人行道没有岔路，我们走在道路中间，左右两边分别是印第安人的领地和科德角的沙质峭壁。这天上午，我们看见了一块 15 英尺见方、油漆颜色还很鲜艳的船体残骸，我们猜测这很可能就是"富兰克林"号货轮的一部分。海浪不断地把它冲到靠近岸边的位置，原本我们用一个抓钩和一根绳索就有可能将它打捞起来，但海浪随之又将它卷走带回原处，所以最终我们没能将其打捞上来。如果能将这块残片打捞上来，对于一些贫穷的打捞者来说，可是很难得的收获，因为我曾听说有人只用三四美元就买到了"富兰克林"号残骸的一部分，之后光是上面的铁就转卖了六七十美元。还有一个人带我去参观了他的花园，我之前曾提到过有一个装有重要信件的船长的手提箱，就是这个人捡到的。从沉船中被冲上来许多梨树和李树，都捆绑得很美观，还加了标签。他捡回了许多，种在自己的花园里。他说，当时一位贝尔先生准备在波士顿附近建一个苗圃，正打算进口树苗，如果他将这些树卖给他，就能赚 500 美元。他的芜菁种子也是从那艘沉船上得来的。在他的院子里还有许多来自"富兰克林"号和"卡克特斯"号上的值钱物品，例如圆木。总之，这里的居民经常去海滩查看他们打捞到的东西，就像渔民常去查看他们设置的鱼梁，伐木工人常去查看他的横木一样，科德角就是他们的水中栅栏。据说，有个人最近捞到了 20 桶完好无损的苹果，这大概是某艘船甲板上的一部分货物，不慎被风暴刮入海中漂到了这里。

尽管船只失事后，会在广告上刊登装载的贵重财物，并且有指定的失事船舶货物保管人来照看，但毫无疑问，大部分的值钱物品还是被盗走了。其实，我们都希望成为能够将冲到脚下的财宝据为己有的打捞者。我们也是根据谋生的共同方式来推断这些瑙塞特和巴尼加特的打捞者的习性的。

广阔的大海野性十足，却以这种方式将人类艺术的废物和残骸运送到遥远的海岸，不知道还有什么是它不会吐上来的。它不允许任何东西留在其中，即使是依附在海底的巨蛤也无法逃脱这样的结果。它仍在不断地将“富兰克林”号上的亚麻布抛上岸来，也许今天，我们还能在岸边看到100多年前失事的一艘海盗船的旧残片被冲上来。几年前，在这里失事的一艘船上载着肉豆蔻，那些肉豆蔻经过了很长时间都没有被海水泡烂，最后竟完好无损地被海水带到了岸上。后来，有个渔民抓到了一条鳕鱼，鱼的肚子里全都是肉豆蔻。那么，为什么香料岛上的人不摇晃他们的肉豆蔻树，使其撒到大海里，让它随波浪远去，好让天下所有需要它的人都去捡呢？不过，我发现从“富兰克林”号上得到的肉豆蔻一年后已经失去了原有的硬度。

鱼能吞下的东西真是无奇不有，若是列出一张清单来，你会发现那上面有打开的水手用的折刀、锃亮的锡质鼻烟盒（但不知道里面装的是什么）、水壶、珠宝还有约拿[①]等等。几天前，我还在《登顿（马里兰州）日报》上看到这样一则新闻：

一条有信仰的虔诚的鱼——不久前，我所住的登顿旅馆的老板斯图尔特买了一条重约60磅的岩鱼。他剖开鱼肚子的时候，里面竟然掉出了一份卫理公会会员证书，上面是这样写的：

会员

卫理公会

创建于公元1784年

季度入场券

18

教长

我们这至暂至轻的苦楚，要为我们成就永恒的荣耀——《哥林多后书》第四章第十七节。

主啊，若蒙圣恩

得遇狂喜的圣体显现，

① 约拿，《圣经·旧约》中的先知，被一条大鱼吞噬，三天后被完好无损地吐出。

并拜倒在您的足下，

我在此所受的一切苦楚不值一提。

无疑，这张证书又湿又皱，但晒干并经过熨平之后，上面的字迹内容仍然清晰可辨。

有时，我们自己也会捞起一个箱子或桶之类，算是小有收获，然后把它们竖起来，在旁边插上交叉的木棍，将其据为己有。这样其他打捞者就不会去碰，它们会一直待在那里，除非一场更猛烈的暴风雨将它们卷入大海。对于人们而言，在遇到另一次海难之前，它是真正的消失不见了。我们还捞到了大海正在把玩的一张围网上的一部分，那是一根值钱的绳子和一个浮标，为了得到它们，我们仅仅弄湿了脚而已。如此伟大的大海赠予了我们这份薄礼，若是不收下的确有失礼貌，于是我们把这东西带回了家——用作花园的边界线。我还捡到了一个上面爬满了藤壶的瓶子，这个瓶子一半埋在湿润的沙中，但瓶口依然塞得很紧。瓶子里面装着半瓶散发着杜松子味道的红麦芽酒，我想，在这沉船的遗物中能找到来自喧闹世界的一切。一边是那浩瀚咸涩的大海，一边是这小小的麦芽酒，它们各自保留着自己独特的个性。倘若这瓶麦芽酒能把自己在那无尽风浪中的历险故事讲给我们听，那该多好啊！如果一个人能经历它所经历过的一切，我想就不能用"凡人"称呼他了。当我慢慢地把那半瓶红麦芽酒倒在沙滩上时，我感到人本身似乎就像这麦芽酒一样，时间老人一直在畅饮着，不过暂时把瓶口塞紧了，他便漂流于命运的海洋上，但命中注定它很快又会与周围的浪涛融为一体，或是被洒在遥远海岸的沙滩上。

夏日里，我曾看见两个人因为没有乌贼，于是用牛蛙或穿成串儿的几只小青蛙做鱼饵，在这附近钓鲈鱼。他们紧随在退潮的浪后面，将钓丝在头顶上空旋转甩动，用尽力气将其甩到海里，然后退回到沙滩上坐等鱼儿咬钩。不夸张地说，走下海岸将钓丝甩出后，我想象不出会是什么抓住钓丝的另一端，或许是海神普罗蒂厄斯或者别的什么。不管怎么说，如果遇到你无法把它钓上来的东西，就干脆放弃它吧，至少可以避免自己被拖下去。至于钓到的是银花鲈鱼还是鳕鱼，钓鱼的人凭经验就能知道，因为附近的海水中经常出现这两种鱼。

偶尔我们也会坐在沙丘下乘凉，那里生长着稀疏粗糙的沙茅草，我们在那里欣赏大海或南去的船只，这些当然都是上帝赐福给科德角湾的。环顾四周，除了能看到身后隐约可见的海湾之外，一多半都是海洋。因为大西洋上经常有上百艘船同时从我们面前驶过，所以无论从哪个角度看大海，都不会令人感觉到荒凉或沉闷。在风和日丽、晴空万里的夏日，可以数出来80艘左右的船，领航员有时会坐到沙坝上，等候那些需要他们提供服务的船只。它们是从波士顿港一同起航的，有时也聚集在温亚德湾，这些船一直在等待好天气的到来，所以第一天你可能只看到几艘船，但在第二天就会有一大批船只出现在海面上。装有许多三角帆和支索帆的多桅纵帆船挤满了所有航道，在遥远的地平线上，桅杆很高，船帆又高又宽的横帆船时隐时现。时而还有外国船出现，当它鸣过信号枪，就会有拖着小船的领航船驶过去，枪声回荡在海上，听起来好像海岸崩塌的声音。而此时，我们可以看到一艘正在往回行驶的船，它似乎有话要对领航员讲，领航员也正通过望远镜观察它。航行了数英里后，领航船才与它相遇，那艘船将船帆转到顶风方向停了下来，与领航船并排靠拢，在船长与领航员交谈后，这艘船便驶离了这片海岸。有时，我们还会看到一艘轮船飞速经过这里，它是去救援一艘因故障抛锚的船，如果救援不及时，船上运载的水果可能会腐烂。水手们大多不善言辞，即使在工作中也是沉默寡言，但他们为人们带来了欢乐，人与人之间的珍贵友谊也在他们之间诞生。

今天的大海上有一片片明显的紫色，像是失去光泽的紫葡萄的颜色，此前如果有人说大海是紫色的，我是绝不会同意的。不过，总的来看，海面是五颜六色的。吉尔平[①]曾这样描写过大海的颜色："绚丽的色彩不停地在平静的海面上闪烁着。"而且从岸上遥望，海浪并不汹涌。他说："常被雾霭笼罩的山顶的色彩无疑是极其美丽的，但与海洋的五彩缤纷相比，那只能被称为闪烁的光芒。海洋的色彩千变万化，互相转换后就像彩虹般绚丽夺目，能够覆盖好几英里的海面。"通常在风平浪静的天气里，离岸半英里处的海水都会被海底染成绿色或淡绿色，与池塘的水颜色一样，接着的几英里便是略带紫色的蓝。再往远处，在蓝色的边界有一道银色的明亮条纹，条纹的边缘通常会有一条深蓝色，就像地平线上的山脊一样。这些颜色似乎都是由于空气的渲染。遇到另一种天气时，海面会出现长长的

---

① 威廉·吉尔平（1724—1804），英国博物学家。

波纹，一会儿平静，一会儿荡起涟漪，颜色也深浅不定，就像洪水中的内陆草地一样，随着风向的变化而变化。我们就这样坐在浪花四溅的海岸上，凝视着那紫红色的大海。

云朵倒映在水中，变成海面上随处可见的深色斑点。然而天空却是晴朗的，若不是看到海面上云的倒影，也许你根本不会注意到空中的朵朵白云；而在陆地上，即使是小小的阴影也能立即被发现。这意味着，一天当中，水手通过这种方式能看到远处各个方向的云团或阵雨，虽然他所在的海区不一定也会有降雨。7月里，当鲱鱼成群地游过，我们看到微波荡漾的海面上会出现一块块深蓝色，与云团的倒影混在一起，很难区分。如果鲱鱼的数量非常多，海面上就会到处都是这种一块一块的深蓝色。当这些鲱鱼游近时，可以看见它们的背鳍又长又尖，并且伸出水面两三英寸。有时，我们还能看到鲈鱼在近岸处的海里嬉戏游弋，偶尔展示它们白色的肚皮。

观看那些远方的船只驶向神话般的港口，也是一种美妙的消遣。听起来，那些港口的名字仿佛都被赋予了神奇的乐音，例如法亚尔、巴布厄尔—曼德雷、恰查格雷斯、巴拿马等等，听到这些名字，人们不禁联想到著名的圣弗朗西斯科湾、金色的萨克拉门托河、圣华金河、费瑟河及佛克河，在那里的内陆屹立着萨特堡，洛杉矶市也在那里。对航海没有期望的人是平凡无奇的，缺乏诗意的情怀也不可能达成非凡的成就。凡是英雄人物和猎奇者，所期待的梦想都是超越时代的，甚至超越自我意识，只有这样，他们才能让自己达到更高的境界，领悟真理。在世俗人的眼中，他们的行为会被归结为“疯子”，甚至未开化的人也同样间接地这样臆测过。在谈到哥伦布接近新大陆时，洪堡[①]说：“夜晚的苍穹空灵纯净，繁星满天，柔和的花香随着陆地上习习吹来的凉风飘过，这一切都使他认为（正如埃雷拉在他的《十年》中告诉我们的那样）伊甸园离他越来越近，他正在走向人类始祖的神圣居所。在他看来，奥里诺科河似乎就是古代传说中的四条大河之一，从天堂流入人间，滋润大地并将其分割，使肥沃的土地长出了花草树木。”因此，黄金国[②]

① 亚历山大·冯·洪堡（1769—1859），德国著名博物学家、自然地理学家，19世纪科学界最杰出的人物之一。

② 黄金国，始于一个全身披满金粉的南美部落族长的传说。

和长生不老泉[①]的发现不是补偿性的发现，而是通向真理的发现。

有一次，当我们向前方眺望时，隐约看到似乎有船在那里航行。由于距离太远，我们只能一动不动地盯着那里，才看得见海平面上露出的桅杆顶端。我们太集中注意力了，有时甚至会怀疑是在数自己的眼睫毛。查尔斯·达尔文说他在安第斯山脚下看到了“停泊在至少 26 海里外瓦尔帕莱索湾里的船只的桅杆”。英国海军上将安森对此感到颇为吃惊，有人竟能在相距这么远的海岸上发现他的船队。他并不知道，那其实是因为达尔文所处的位置很高，而且当时空气状况非常好。轮船能够被看到的距离要比帆船远得多，因为，就像一位作家所说的，虽然它们的木质和铁质船体及桅杆落到了地平线以下，但它们的位置仍会因那被烟熏黑了的旗杆和三角旗暴露。这位作家在谈到对战舰来说，烟煤和无烟煤的对比优势时说：“加来港（在法国海岸上）的战舰从开始点火到出海航行的所有行动，都可以通过升到地平线上的烟柱，在拉姆斯盖特（在英国海岸上）清楚地看到；在美国，战舰烧的是含沥青的烟煤，通过烟囱里冒出来的黑烟飘浮在地平线上形成的烟柱，船体在视线中出现之前的 70 英里以外就可以被看到了。”

虽然遥远地平线上的船只不计其数，但其实船与船之间的距离就像是星星与星星之间那样遥远，它们与我们之间的距离也同样遥远，不，它们之间的距离有时是它们同我们的距离的两倍，这真是令人深切地感受到海洋是多么的浩瀚无垠，由此我们也可以看到人类及其活动范围占地球多大的比例。当我们朝远方看去，越远的地方，海水就越暗越深，深得无边无底，深得令我们感到恐慌，似乎与友好的陆地断绝了关系。假如海底是看不见的，而且有两三英里深，那么在你还未到达海底之前就已经被淹死了，所以就算它与你的故土有着相同的构成物质，又有什么意义呢？正如《吠陀经》[②]中所说，大海是“没有支撑，没有依靠，没有攀附”的，在海上，我真切地感受到自己是陆地上的动物。气球上的人通常很快就能降落到地面上，而水手们共同的期望就是能早日抵达远方的海岸。这时我对老

---

① 长生不老泉，传说在西印度群岛和佛罗里达州有一个长生不老泉，饮此泉可祛病消灾，返老还童。

② 《吠陀经》，婆罗门教和现代印度教最重要和最根本的经典，“吠陀”是“知识”“启示”的意思。

航海家汉弗里·吉尔伯特爵士[1]的英雄品质才有了深刻体会。据说在1583年，当他从美洲返航时，在离我们现在所处位置很远的东北方向的海上，一场突如其来的暴风雨袭击了他的船只。他当时正拿着一本书坐在船尾，在即将被海水淹没之前，他对身边的伙伴喊道："我们正在接近天国，从海上过去或者从陆地上过去是没有区别的。"我知道，要领会这其中的道理是很不容易的。

在科德角听说的最东面的第二片陆地是圣乔治海岸（即渔民们常常说起的"乔治""卡舒斯"以及他们常去的其他沉没的陆地）。每个科德角人对圣乔治海岸的描述各不相同，但却都说那里以前曾是一个岛。并且越说越浅，有人说它离海面6英寻，有人说5英寻，还有人说是4英寻、2英寻，甚至有人斩钉截铁地说他曾看见那里有一块露出水面的陆地，有一只燕鸥停在上面。这使我想起了曾发生过多次海难的恶魔岛，那里在新大陆的旧海图上位于这片海岸的外面。我想，从离岸千里的某个沙洲上往海底看，感觉一定很怪异，比想象中的无底深渊更令人毛骨悚然。一块被淹没的陆地，就像一具全身发青、鼻孔淌出白沫的溺亡者的尸体那样恐怖，与其奔向海面，不如沉到深海。

我曾惊奇地发现马萨诸塞湾就非常浅。当时我在一艘轮船上，在距离比林斯盖特角五六英里处，用一根竿子就触到了海底，而且可以看清遍布海中的那些明暗不一的海草。是的，这里就是"科德角浅滩"，但马萨诸塞湾的其他地方也并不比乡村池塘深多少。我们听说莎士比亚崖和法国的格林内兹角之间的英吉利海峡最深的地方有180英尺，吉欧[2]说，"波罗的海在德国与瑞典之间的沿岸水深只有120英尺"，而"亚得里亚海在威尼斯和的里雅斯特之间的水深则只有130英尺"。而在我的家乡，有一个只有半英里长的水塘，水深就达100多英尺。

海洋也是一个湖，只不过更大些而已。仲夏时节，海面上常会出现一条玻璃般光滑的带状水面，有数杆宽、几英里长，仿佛海面上覆盖了一层乡间池塘表面上常见的那种薄薄的油膜。或许你会说，那是两股气流在汇合或分离，这时会出现一种停滞状态（除非水下有平稳无波的一种潜流）。据水手们说，当海风和陆风

① 汉弗里·吉尔伯特（1539—1583），英国航海家。1583年9月，他率领三艘船由纽芬兰向南行驶，在进入大西洋后遇到一场暴风雨，他乘坐的指挥船在亚速尔群岛附近的海域被海浪吞没，船员全部失踪。

② 阿诺德·亨利·吉欧（1807—1884），瑞典裔美籍地质学家和地理学家。

在一艘船的前帆和尾帆之间相会，即使船是满帆，风也会瞬间静止下来。

丹尼尔·韦伯斯特曾在一封信中提到了那种光滑的带状水面，他描述了在玛莎文雅岛[①]沿海捕捉蓝鱼时的情景，渔民和水手将那种带状水面称之为“浮油”。他说：“昨天我们遇到浮油了，一看到浮油我们的船夫立刻把船开了过去。浮油是由于蓝鱼捕食鲱鱼造成的，也就是说，那地方正在进行一场屠杀，由于鲱鱼个头儿太大，蓝鱼没办法一口将其吞下，于是它们只好协力将猎物撕咬成碎块，再一口一口地享用。在猎杀过程中，鲱鱼体内的油脂升到水面上，于是便形成了‘浮油’。”

此刻，平静的海洋和城市的港口一般温和，适合停泊船只或进行贸易，然而这种平静很快就会被暴风雨的突袭打破，瞬间就会变得波涛汹涌，使岸边的洞穴和峭壁间回荡着海浪的轰鸣声。它会残忍地将这些船只抛来掷去，用沙石将它们击得粉碎，并把船上的人纷纷抛入海中送给海怪。它折磨着遇难的船员，就像玩弄海草一样，把他们变得像死去的青蛙那样圆鼓鼓，带着他们到处漂移，并任由各种鱼类撕咬他们。温和的海洋这时变成了疯狂的海牛之父[②]，遇难者尸体上的衣服被他丢来丢去，撕扯得破破烂烂，而遇难者的亲人则连续几个星期都一直在海滩上寻找死者的遗骸。他们哭泣着从某个宁静的小村庄出发，匆匆赶往这个从未听说过的海岸，茫然地站在沙丘间，那里刚刚埋葬了一名水手。

人们通常认为，那些长期生活在海上的人能具备根据某些迹象来推测海洋变化的能力，比如通过大海的怒吼和海鸟的叫声来预知海洋的温和或是狂怒，但这种经验丰富的航海者也许只存在于我们的想象中，至少对于我们所有踏上人生航程的人来说，他们所知的并不比年老的水手多。然而，我们喜欢听的老水手说的谚语和他们对自然现象的解释，却被科学界视为无稽之谈，因为那些解释毫无科学依据。但他们长期对船舷之外的观察也并不是毫无用处的，卡姆就曾多次提到一件事，那是他在费城时，一位叫科克的先生告诉他的。一天，那位科克先生同一位老人一起乘着一艘小游艇去西印度群岛，老人对那一片海域无所不知。“他探

---

① 玛莎文雅岛，位于美国东北部新英格兰地区的马萨诸塞州的一个海岛，在科德角以南。

② 海牛之父，即海神波塞冬，他曾派一头海牛到克里特国王米诺斯那里去献祭，米诺斯拒绝以海牛为祭牲，波塞冬便令海牛发疯大闹克里特国。

测完水的深度后，便叫大副转告科克先生，24 小时内将有飓风到来，并建议立即采取行动：把艇上的所有小船放下水，并在每条船上配备足够的划船人员，以便趁着没有风的时候划着船拖拽游艇，尽快赶到前方的小岛。科克先生问老人为什么做出这样的判断，老人告诉他，自己在探测水深的时候发现海水突然变得更加清澈了，因为探测锤的可见距离比以前深了好几英寻，这是海上飓风即将到来的一个征兆。”这件事的最后是，因为及时发现并采取了良好的应对措施，他们最终赶在飓风达到最猛烈的程度前抵达了一个安全的港湾。只是强烈的飓风将许多船只、房子和他们泊在港湾内的小船都损坏了，以至于他们在岛上滞留了几个星期才得以重新起航。

古希腊人认为，海洋没有孕育的能力，因为海里并不出产小麦。但如果他们能用现代科学的观点来看问题，就不会这么认为了。因为博物学家认为，“生物主要存在于海洋中，而不是陆地上”，只不过海洋不是植物的主要生存地。达尔文也曾说过：“如果将我们所栖身的最茂密的森林，与相同面积的海洋相比较，无疑森林几乎像沙漠一样荒芜。”阿加西[①]和古尔德则告诉我们，“海洋中的动物种类远远超过植物的种类，但深海采捞也让我们知道，海洋深处几乎没有任何生命存活”；用迪索尔[②]的话来概括就是：“因此，现代的调查研究只不过是去验证古代诗人和哲学家们那些模糊而大胆的臆想罢了，即海洋是万物之源。”然而，在生物等级上，海洋生物比陆地生物的级别要低。迪索尔还说：“就目前所知，还没有实例证明一种动物的初级阶段生活在陆地上，而长大后转为水生动物。”反之却不难找到实例，比如蝌蚪。简而言之，陆地本身就是自水下升起并涌出奔向天空的，因为，“依据种种迹象推测，在地质时期，根本不存在陆地，整个地球的表面都被水覆盖”，所以我们可以确认，海洋并非不能孕育，或是毫无益处，它是作为“研究大陆的实验室”存在的。

虽然近来我们一直沉湎于冷静的思考中，但请读者不要忘记，大海的波涛汹涌和怒吼是没有一刻停止的。其实，如果阅读时在耳朵上扣个大海螺壳，也许就能够全神贯注了。不过在我们看来，尽管今天天气寒冷，风力较强，但空气是微咸

---

① 路易斯·阿加西（1807—1873），美籍瑞士博物学家、地质学家。

② 爱德华·迪索尔（1811—1882），瑞士地质学家，曾与阿加西一起研究过古生物学和冰河现象。

的，土壤也是干燥的，所以置身于这种环境中不会引起感冒。可是那本古老的《韦尔弗利特记事》却告诉我们："这里的人比其他地方的人更容易患上口腔和咽喉痛，因为空气中饱含盐分，而且他们大量摄入鱼类而很少喝苹果酒和云杉啤酒。"

横穿海岬

从海边返回时，我们不时地问自己：为什么不用更多的时间来欣赏大海呢？可是没过多久，我们对天空的关注就多过大海了。置身内陆——海洋中升起的沙洲的腹地，放眼望去，几乎全都是未经开垦的土地，那景色实在荒凉至极。我们没看到村落，也没有房屋，房屋和村落一般都建在海湾边上。眼前只能看到连绵不断的丘陵和峡谷，以及灌木丛，现在都已经是一副凄凉秋景。映入眼帘的都是矮小的树木和遍地的熊莓，独特的景色常会令你忘记大海，仿佛自己正置身于山巅。在韦尔弗利特的边缘，是伊斯特姆唯一的一片森林。那里的北美油松最高长到15至18英尺，高大些的树上都长满了青苔，通常挂满长长的灰色松萝。在科德角的“前臂”处一棵五针松都看不到。然而第二年夏天，我们却惊奇地发现了一处颇具乡村特色的地方，简直可以称得上隐居圣地，它就在伊斯特姆西北部的坎普格朗德附近。这是一片平坦的土地，一小片橡树、槐树，以及松林在风中伫立，树叶沙沙低语，仿佛一处小小的人间天堂。房子周围的槐树长势尤胜其他，枝繁叶茂。这里的树木既有移栽过来的，也有自然生长的。还有几片面积很大树木却很稀疏的林地，在距大西洋1英里左右的韦尔弗利特和特鲁罗，大部分地方甚至能透过树林看到遥远的地平线。那里的树木都很矮小，橡树和松树都跟苹果树差不多高，25年树龄的橡树高度只有9至10英尺，人们一伸手就能摸到树尖上的叶子。还有很多林地，虽然也被称为“树林”，但高度其实只有这种橡树林的一半，不过是一小片一小片的橡树丛、杨梅、海滨李子树和野玫瑰，再加上遍地的忍冬。玫瑰花开的时候，沙洲中的这些灌木丛也随之百花齐放，玫瑰的芬芳和杨梅的香气混合在一起，这是意大利或任何地方的人工玫瑰园都无法与之媲美的。这里是完美的乐园，让我对沙漠绿洲的想象变为现实。这里的越橘分布很广，长势茂盛，第二年夏天，这些灌木上就能长出很多五贝子，它们通常被称为“越橘苹果”，是一种形状奇异但非常漂亮的花朵。此外，这种灌木上有时会结满由非常讨厌的寄生虫形成的硬蜱，除非你的手指上有又粗又硬的老茧，否则别想用手指捅碎它。

这些城镇的居民对树木都十分尊重，不过他们衡量一棵树的标准并不是正常的高和大；如果他们跟你说起这里曾生长过大树，你千万不要用其他地方的标准来衡量那些树，它们只不过是比现在这些树高大些罢了。他们会满怀敬意地告诉你那些“极好的老橡树”，都是原始森林的遗迹，树龄已经有100年或150年了，有些甚至已经200年了。但当你看到这些树，就会发现它们矮得出奇，实在令旁观者忍俊不禁。他们会骄傲地带你观赏那些在他们心目中最高大、最神圣的老树，然而，它们的高度最多不过20至25英尺。我尤为感兴趣的是特鲁罗南部那片老橡树林，仿佛小人国一般。不了解情况的人会被广阔的树林面积欺骗，在他们眼中，那些老橡树就像国王陛下的守卫一样，要经过测量才会发现它们几乎和苔藓一样矮小，这些树的全部也不过是一只鹿的一顿早餐而已。然而他们还会告诉你，以前生长在韦尔弗利特的木材还用来制造过大帆船，那些老房子也是用科德角的木材建造的。只不过以前房子在森林里，现在森林已经消失了，周围变成了一片荒原，不过上面覆盖的不是石南而是裂稃草。而现代式的房子都是用缅因州引进的所谓“规格材”建造的，这些木材都是已加工好的材料，因此斧头通常派不上用场。几乎所有用作燃料的木材和煤都是靠船只或海浪从外地运来的。据说，特鲁罗北部地区四分之一的燃料和使用的绝大部分木材都来自于海边的漂浮木，而大部分家庭的燃料全部都从海滩上获得。

这里的许多鸟都是马萨诸塞州内陆地区没有的，至少在我的家乡附近是没见过的。夏天我能听见灌木丛中黑喉鸫在唱歌，山地矶鹬在旷野上鸣叫，它们那颤抖的声音有时会拖得很长，清脆中带着忧伤，有时像鹰的尖叫，能传出很远的距离，有时又像1英里之外传来的叫声，但实际上它可能就在你身旁的田野里。

今天，我们经过了一个叫特鲁罗的小镇，镇上大约有1800人。然后，我们来到了帕梅特河，这条河发源于距大西洋仅有几杆远的一个山谷中，流经这里后最终汇入科德角湾。这里是清教徒早期移民从普罗温斯敦前往科德角去寻找定居点的最后一站。我们从住在帕梅特河源头附近的一位居民那里得知，满潮时海水会渗入山谷中，帕梅特河与大西洋之间的这道屏障受风浪的影响并不大，因此河水能够平稳地向西流到尽头，将源头、河道以及河口处的灯塔连在了一起。

午后不久，我们到达了高地灯塔，耸立在海岸边的那座白色塔楼，我们远在一两英里以外就已清晰地看到了。这座距瑙塞特灯塔14英里的灯塔，建立在一片名为“克莱庞兹”的广阔黏土层上，紧邻大西洋。灯塔看守人告诉我们，这片黏土层贯穿了整个海岬，但这里的部分宽度只有2英里左右。我们立刻发现这里的土壤与别处不同，因为沙漠不见了，我们脚下的土层长满了小片的青草，这是我们这两天以来从未见过的景象。

我们将在灯塔寄宿的相关事宜安排妥当后，便穿过海岬向科德角湾走去。沿途都是荒凉贫瘠的野地，到处都是圆形的山丘和洼地，这种地形被地质学家称之为洪积高地和洪积洼地，曾有人用风起云涌的大海比喻这种景象，不过这种变化确实令人感到出乎意料。希区柯克在《马萨诸塞地质学报告》中对这里的地貌进行了描述，这本书本身在篇幅上就能让人联想到洪积高地。站在灯塔上向南望去，科德角就像是从海洋中升起的一片高出海面150英尺的高原，从大西洋海岸的边缘以规则而平坦的坡度一直向科德角湾倾斜下去。我们穿过这段海岬时发现，一路上有许多溪谷和沟壑。每当海水上涨到这里时，它们就变成了堤岸上的洼地。这些洼地通常都与海岸成直角，并贯穿海岬。然而，也有一些溪谷深达100英尺，并且是圆形的，没有出水口，就像海岬已经沉入那些地方，或那里的沙已全部流失一样。我们经过的谷底散布着几座房屋，多半都非常隐蔽，那里比较避风，而且土壤肥沃，好像它们已经被淹没在泥土中了一样。那个村庄还建有一个礼拜堂，我们才走出一箭地左右，礼拜堂的尖塔连同整个村庄便都沉入了我们身后的地下，我们只能看见高地的表面和两边的大海。原来我们以为是平原上的一座凉亭，等到走近才发现那是一座钟楼。我们开始担心会不会在不知不觉中跌入一个村庄，像掉入一个蚁狮洞一样，被吸进那儿的沙土里再也无法脱身。远方矗立着的一个风车和一个孤寂的礼拜堂是这里最醒目的东西，因为只有它们才不怕被建在这样一个赤裸裸的地方。然而，这个小镇的大部分地区都是贫瘠的荒原，虽然有私人土地占了大约三分之一，但实际上任何人都可以在这里放牧。旧版的《特鲁罗记事》一书中有关于这里土壤的描述：“如果雪能够均匀地覆盖地面，对土壤会起到非常重要的作用，但这里的雪却被大风吹到海洋里去了。”这片独特的旷野，总长有7英里，从南面的帕梅特河延伸至北面的海赫德，从东面的大西洋延伸至西面的科德角湾，其间只零星散布着几片灌木丛。常常有外乡人从这里走过时迷失方向，而且无论天气如何都不可能弄清距离。前面看起来似乎远在地平线那端的一个风车或是一群牛，实际上没走多远就已到达它们身边，有时还会出现其他的错觉或幻象让外地人感到迷惑。夏天的时候，我曾看见正在1英里以外采摘蓝莓的一家人，他们在低矮的灌木丛中来回走动，那些灌木看起来还不及他们的脚踝高，而这一家人在我的视线中至少有20英尺高，仿佛都成了巨人。

一些沙茅草和靛蓝草稀疏地长在濒临大西洋的最高且沙最多的地区。与这块沙地相连的是表层由粗盐一般的白沙和砾石组成的高地，上面几乎没有什么植物生长。我曾在第二年6月，正是草木繁盛的时节，在那里发现了一窝夜鹰蛋，而且我发现在那一地区几乎任意一块1平方杆的范围内，就能找到适合夜鹰下蛋的地方，鸟类学家了解到这种情形，立刻就会知道那里有多么荒凉了。喧鸻也喜欢在这种地方下蛋，并且喜欢在下蛋的时候大声鸣叫。这片高地上还生长着不少其他植物，如石蕊地衣、三芒草、香叶紫菀、山柳菊、熊果等。有几处山坡的草地上长满了香叶紫菀和柔毛山柳菊，据说香叶紫菀开花时非常美丽。三芒草俗称贫穷草，其实应该给这种植物取个更好听的名字，它有哈得孙绒毛草和欧石楠两个品种，有些地方数英里内都是这种植物，它们一簇一簇地呈半圆形或孤岛状，像苔藓一样散布在荒原上，花期一直持续到7月中旬。在海滩附近，这些圆形的草丛像那些蚤缀一样，末梢1英寸以下的地方会全部灌满沙子，像大蚁丘一样坚硬，但周围的沙却很松软。夏天，长在海滨的洼地前部的贫穷草，如果没有任何遮蔽的话，直接遭受劲风吹袭的那一侧有时会变得焦黑直至枯死，就像烤炉刷一样，而相反的那一侧开满黄花。这种现象产生的直接结果就是山坡的一边荒凉衰败，而另一边生机盎然。这种在很多地方用作装饰品的植物，在这里却遭到人们的厌恶，因为它令人联想到土地的荒凉贫瘠。或许，巴恩斯特布尔纹章之所以用这种植物做花纹，并以黑色为底色是有道理的，我应该为它感到骄傲。这里到处生长着沙茅草，还有一些海滨黄花和海边山黧豆夹杂其中，这些植物都在竭力提醒我们，这里是属于海洋的。

我们从书上知道，特鲁罗境内一条小溪都没有，但这里曾出现过鹿，那些鹿一定常常跑得气喘吁吁也找不到一滴水。不过后来，我确定我看见了一条淡水小溪从南面流入帕梅特河，遗憾的是，我没能尝到那溪水。不管怎样，附近的一个小男孩儿告诉我，他曾喝过那条小溪里的水。我们放眼望去，整个高地基本上都是一样平坦的，方圆几英里内看不到一棵树。我们甚至可以从大西洋一侧眺望到科德角湾，还能看到普利茅斯的马诺梅特角。那里位置最高，所以从那边看过来视野一定更佳。这片空旷、平坦的高地，自然景观既奇特又令人心旷神怡，令人感觉犹如置身于一艘巨轮的甲板上。我们还看到了许多南来北往的船只，有向南驶入科德角湾的，也有沿着大西洋海岸北上的，都在顺风顺水地航行。

那条纵贯海岬的道路，有的地方在几乎没有树木的大平原上，有的地方从灌木丛中穿插而过，树枝刮在那些马车车轮上，发出刺耳的响声。这是沙洲中唯一可以行车的道路，两旁没有栅栏为界，这样如果想走到更坚实的道路或避开潮水时就可以随时在路两边转换。不过，当地的居民从不走这条路，他们手拄杖柄行走在荒野中的狭窄小路上，像朝圣者一样。一般这种小路上的沙都已经流失，只剩下光秃秃的土地。每当想起那段生活经历和午后走过的那些荒丘，我们就有些不寒而栗。在那里，每走一步之前，我们都能够俯瞰这即将走出的一步，因此我们只好祈求能有浓雾或大雪来掩盖这可以预知的命运。在那里行走的人，一定很快就会因过度忧虑而身心疲惫。

在镇子的北部，几英里之内的海岸之间没有任何房屋，仿佛过去西部大草原一样荒凉寂静。确实，如果一个人看到过特鲁罗的每一所房子，又听说那里有那么多居民，一定会非常惊讶。不过或许当时小镇上的500个男丁都出海捕鱼去了，只剩下在家中种地或饲养刚产完卵的鲑鱼的少数人。这里的农民不但会耕地还会打鱼，而且他们的捕鱼技巧比耕地技术还要娴熟。他们并没有更多地专注于海滩，尽管小海湾里有丰富的海草，更不用说偶尔还有刚产完卵腐烂在岸上的鲑鱼。在庞德和东港村之间有一片新开垦的北美油松种植园，有二三十英亩，它与我们在马车上看见过的那些种植园很相似。听附近的一位居民说，那片地被两个人以每亩1先令，即25美分的价格买了下来，有些地低廉得甚至没有写一份买卖契约的必要。这片土地，或者说沙地，生长着贫穷草、沙茅草等植物，买地的人每隔大约4英尺犁出一条沟，然后用机器把松树种子播种下去。通常松苗长势都很迅速，第一年就能长到三四英寸高，第二年能长到6英寸高。有些犁沟，刚播种不久就又露出了白沙，无穷无尽的犁沟像漩涡一样，一圈圈绕着深谷的斜坡盘旋，使人产生一种非常奇特的感受，就像是在看一块大盾牌背面的花纹图案。这种尝试对科德角来说至关重要，意义深远，也许有一天，人工油松林会覆盖巴恩斯特布尔县的大部分土地，法国的一些地方已经这样做了。1811 年，法国人在巴约纳附近的一片沙丘上种植了 12500 英亩的油松，他们称这种树为“pignadas”，据劳登说，“当地居民的主要财富就来源于这些油松，而那里以前是一片流沙”。此外，种植这种油松似乎比种植玉米看起来更加高雅。

几年前，在科德角的诸多城镇中，特鲁罗以其饲养的绵羊数量之多闻名遐迩。我听说，如今这个镇上只有两个人还在养羊了，1855 年时，特鲁罗一个 10 岁的男孩儿告诉我，他从没见过绵羊，不知道绵羊长什么样。过去，羊群都随意放牧在没有栅栏的野地和公共用地上，后来羊群主人更注重自己的权益了，因此在牧区建起了围栏——这是一笔不小的开支。建栏杆的材料是缅因州运来的雪松，一般的用途两根栏杆就够了，但羊圈需要四根，这也是人们逐渐放弃养羊的原因。因为建栅栏的材料非常昂贵，所以我们看到有些栅栏只用了一根栏杆，而裂开的地方只是用绳子仔细绑好。第二年夏天，我在一个村庄里看见一根用来拴奶牛的绳子足足有 6 杆长，原来奶牛周围的草又稀少又短，因此拴奶牛的绳子要相对长一些。是的，即使科德角的所有绳索都是 60 杆长，也是合理的。用绳子把牲口拴在沙漠里，以免它闯入“肥沃的阿拉比亚”[①]！曾有一个人让我帮忙称一捆干草的重量，他把干草挂在秤钩上，我只需帮他抓住杆子的一端。他要将这捆干草卖给他的邻居，其实这点儿干草已经是他一半的收成了。可见，这个地区多么贫瘠，以至我甚至不好意思开口向当地居民讨要一根绳子或是一张包东西的纸，以免让他们感觉我在抢劫一样。很明显，不仅这里用的栏杆，就连一根绳子和一张纸也要依靠外地。我在那里从没看到过送报员，不知他们用什么来代替废纸。

我们周围的那些东西，也就是那些渔民在岸上凑合使用的东西，常常使我们俯视脚下，看看自己是否站在地球上。这里每个地方的井都是用滑轮来提水的，而不是用辘轳，而且几乎每座房子旁边都放着从沉船上打捞上来的一根圆木，或是一两块布满钻孔的厚木板。人们用这些材料制成风车的某些部分，还用它们来建造公共桥梁。灯塔看守人的谷仓屋顶就是他自己用木瓦盖的，他无意中告诉我，他用一根船的桅杆做了 3000 块盖谷仓屋顶的木瓦。你有时会看见用旧船桨

① 罗马人将肥沃的阿拉伯半岛分为三个地区，肥沃的阿拉比亚便是其中之一。

做的栏杆，还能看到一些好天气时穿的华丽衣服被钉在茅厕上用来遮风挡雨，那是被暴风从近岸船只上刮下来的。我看见灯塔附近的一座棚屋上钉着一块长长的标志牌，上面有几个镀金大字——“盎格鲁—撒克逊”，仿佛这是船上的一块废物，丢掉也无所谓，要么就是水手们将它与领航员一起赶下了船。不过，令人好奇的是，它好像是“阿尔戈”号[①]上的东西，在通过叙姆普勒加得斯的时候被碰掉了。

对渔民而言，科德角本身就是一艘承载着妇女儿童和老弱病残者的安全而庞大的轮船，上面装满了供应物资。实际上，这里的航海用语与船上的一样，因此以海谋生的人十分适合在这里居住。年迈的北方人习惯称他们那里的多弗拉菲尔德山的山脊为“龙骨”，仿佛陆地是一艘底朝天的船一样。我的脑海中会时常浮现出北方人的形象。科德角的居民通常既是农民又是海盗，不过，他们更像海盗，是海湾之王，因为他们不仅占据海边陆地，还占据着公海。后来，我留宿在韦尔弗利特的一位农民家里，他告诉我他家上一年收获了50蒲式耳的马铃薯，在科德角这可是相当大的一笔收成了，此外，他还拥有一座规模较大的制盐厂。在近处停泊着一艘纵帆船，他说，自己有时会带着帮手和儿子，驾驶着这艘船沿海岸去进行贸易，最远可以航行到弗吉尼亚海角。他还有一辆货车，用来运送农产品，他的雇工们驾驶不够熟练，于是他自己驾着这辆车在田野里往返。

科德角的大部分居民经常驾船奔波于海上的某些航道，他们的一次普通航行经历就足以使“阿尔戈”号的远征相形见绌。我刚听说，一位科德角的船长，原本计划初冬时从西印度群岛返乡，可是过了很久也没有任何消息，人们都认为他可能遇难了，直到后来他的亲人听说他还活着。原来，他当时已经航行到距离科德角灯塔约40英里的海面上，却被9次连续刮来的大风吹回到了佛罗里达与古巴之间的基韦斯特岛，他不得不重新返航，开这样度过了整个冬天。若是在古代，类似这样的历险故事早就被编成神话故事了，但现在，这样的事情数不胜数，在航运新闻栏中像代数公式那样被草草地一笔带过。美国历史学家帕尔弗里在巴恩斯特布尔县演讲时说：“在世界上的任何地方，只要你看到星条旗在飘，那么就大有希望在旗子的下面找到一个人，他能够准确无误地告诉你巴恩斯特布尔、韦尔弗

① 希腊神话中伊阿宋带领50名英雄乘坐大船“阿尔戈”号取来金羊毛。

利特和查塔姆港的水深。”

一天，我在普利茅斯的海滨散步时从比尔大叔（大家都这样叫他）的家门口经过。一艘在泥土中半翻转过来的纵帆船就是他的家。当时正是中午，我们想向他借挖蛤蜊的工具，于是用力地敲击船底，熟睡中的主人被我们叫醒了。第二天早上，我打算去拜访他，可是当我向外望去时，天啊！他已于昨夜去世了。可能是东面刮来的风暴造成了这一悲剧。他曾独自在普利茅斯湾横冲直撞，安然度过了 1851 年春天的那场大风暴。他追逐海藻，运输货物，打捞沉船。我仍能看到他僵卧在淤泥中，无法脱身，想离开只有等到涨潮时，但那时也不一定能成功。这种对潮汐的等待是海滨生活的一个特色，经常可以听到这样的对话：“哦！你还得再等两个小时才能起航。”对于一个从未出过海的人来说，这非常新奇，但他起初并不愿意等待。历史书上说：“最早冒险去福克兰群岛捕杀鲸鱼的，是两个特鲁罗人。他们采纳了英国海军上将蒙塔古的建议，于 1774 年出海进行此次行动并成功返航。”

在庞德村，我们看见了一个 0.375 英里长的池塘，里面密密麻麻地长满了 7 英尺高的香蒲，足够新英格兰所有的制桶工人享用。①

西海岸的沙与东海岸几乎一样多，但这里更加风平浪静，而且海底有些部分生长着像芦笋一样细长的海藻，这种海藻我们在大西洋的那一侧从未见过。几座熬鱼油的简陋小屋散布在这里的海滩上，使海滩显得不再那么荒凉。后来，我们在西海岸的几片沼泽地里发现了圣彼得草、迷迭香，以及我们内陆人从未见过的其他稀奇古怪的植物。

夏季或秋季的一些时候，这里会有几百条身长超过 15 英尺的黑鲸（一种群居鲸鱼，德凯②称之为逆戟鲸，又名黑鲸鱼、虎鲸、大头鲸，等等）被赶上岸。1855 年 7 月我曾目睹过这种情景。一个大清早来灯塔干活的木匠说，他没想到为了来这里干活竟然损失了 50 美元，因为他前往这里时，在海湾一侧听见他们正在把一群黑巨头鲸往岸上拖拽，当时他心里十分矛盾，不知道是否应该加入他们，因为这样就可以分到一份了，但最终他因为要来这里干活放弃了。吃过早饭，我走了大约 2 英里路来到海滩附近，正好碰见几个渔民赶鲸鱼归来。我站在海滩上观

① 香蒲的叶子被放在木桶板之间将桶密封住。
② 詹姆斯·德凯（1792—1851），美国博物学家。

望，在南面约 1 英里左右的沙滩上发现了一团团黑色的东西，旁边还站着人，我想那一定是黑鲸。我快步朝那里走去，一具没有头的黑鲸尸体出现在面前。黑鲸的鲸油早已经在几个星期前就被剥去，在潮水的推动下，尸体散发出难闻的恶臭味，我不得不远远地绕开。当我走到大洼地的时候，那里一个渔民和几个男孩儿正在看守刚刚被宰杀的 30 条黑鲸。这些黑鲸身上都是被捕鲸矛刺的伤，流出的鲜血染红了周围的海水，有一半黑鲸在岸上，一半在水中，都被渔民用绳子拴住了尾部，等待潮水退去再做处理。一艘船的船体被一条黑鲸的尾巴凿出了一个窟窿，停在旁边。这些黑鲸浑身光滑，像天然的橡胶一样闪着黑亮的光泽。它们在海洋中异常灵活，体型结构却很简单，身躯也如此笨重，着实令人惊叹。它们的吻部或者说头部，像鲸鱼一样呈圆弧形，没有丝毫棱角，简单的鳍足看起来非常僵硬。这些黑鲸最长的约有 15 英尺，也有一两条只有 5 英尺长的幼鲸，还没长牙。黑鲸的皮脂大约有 3 英寸厚，这位渔民为了让我见识一下，用他的大折刀在一条黑鲸身上砍了一刀。当我把手指伸进切口中时，手指上沾了厚厚的一层油，看起来非常像猪油。这个渔民告诉我，他们在熬鲸油时，孩子们常常会跑过来拿鲸油搭配面包吃，他们喜欢这样吃，觉得比猪肉的味道还要强。他再往深处切，下层的黑鲸肉看起来很结实，像牛肉一样红。这位渔民也说，他觉得，这肉新鲜的时候比牛肉还好吃。据说，在 1812 年的布列塔尼，穷人们曾用黑鲸来充饥。这些鲸鱼被搁浅在这里，渔民和那几个男孩儿在等待退潮，以便剥掉鲸脂，再用船运到炼油厂去熬鲸油。通常每条鱼可以熬出价值 15 至 20 美元的油。船上有许多捕鲸矛和鱼叉——这些工具比我预计得要细得多。渔民的妻子把会饭装在桶或罐子里，一位老人赶着马车到庞德村逐户收取，然后沿海滩往返给渔民送饭。我猜，这项服务可以使他得到一份鲸油。如果有人认不出自家的桶罐，就随便拿一份走。

正当我站在那里观看时，忽然听见他们大喊："又有一群过来了！"人们可以清楚地看到，在北面约半英里处，露出水面的黑鲸脊背，以及它们鼻孔里喷出的水汽，它们像骏马一样在海上跳跃。有几艘船已经追了过去，试图将鱼群赶往岸边。其他渔民和男孩儿们也立即跑过去跳进船里，并将船撑离岸边，如果我想去的话，可能早已同他们一起走了。很快，追捕黑鲸的船就有 25 至 30 艘了，几艘大船扬起了帆，其他船则紧跟鱼群全力前进。距离鱼群最近的那些船的船员一边敲打船舷，一边吹响号角，驱赶鱼群，这简直就是一场惊心动魄的竞赛。如果他们能够成功地将鱼群赶到岸边，不仅每条船都可以得到一份，还能再按人头进行分配，但如果还没赶到岸边，就必须借助鱼叉，那么鱼就归叉到鱼的那艘船所有。我沿着岸边快步向北走去，而渔民们迅速划船加入到同伴们的行列中，跟我同行的一个小男孩儿正为他父亲的船又叉到了一条鱼而欢呼。我们碰到了一位双目失明的老渔民，他问："那些黑鲸在哪儿呢？快告诉我。他们抓住那些鱼了吗？"此时，鱼群已经掉头北去，那是普罗温斯敦的方向，站在岸边只能偶尔看见一条黑鲸的背部。于是，临近船上的渔民只好用鱼叉来捕捉它们，我们看见有几艘船很快便将各自捕获的黑鲸紧紧地拴住，被捕到的鲸鱼在船前四五杆左右的水里拖着船走，就像赛马一样直奔海滩，一半身体跃出水面，鼻孔喷着血水，身后的海面上留下了一串串血红的泡沫。成功捕到黑鲸的渔船在离我们很远的北面上岸，不过我们依然可以清楚地看见渔民把黑鲸抛到沙滩上，那情景与我看过的捕鲸图片上的画面完全一致，就连这两种过程中的危险程度也差不多。我从一位渔民那里得知，他第一次捕鲸时，由于过于激动，还没取下刀鞘就匆忙向鲸鱼刺去，不过那一刀还是刺得很深。

我听说，就在几天前，在南面不远的伊斯特姆海滩，180 只黑鲸被赶到了岸上，而且听说差不多在同一时刻，比林斯盖特角灯塔处也出现了一大群夜里跑到岸上来的黑鲸，灯塔看守人大清早出来时发现了这些鲸鱼，于是他在每条黑鲸的背上都刻下了自己姓名的首字母，然后以 1000 美元的价格将这些鱼的所有权卖给了普罗温斯敦，而普罗温斯敦大概赚得更多。还有一个渔民告诉我，19 年前在大洼地被赶上岸的一群黑鲸多达 380 条。根据《博物学家丛书》记载，在 1809 年至 1810 年冬天，共有 1110 条黑鲸"在冰岛的哈尔福奥尔峡湾的岸上被捕获"。德凯说，黑鲸搁浅的原因至今尚未知晓。不过，一位渔民信誓旦旦地对我说，黑鲸是为了猎捕鱿鱼群才追到岸上来的，一般在 7 月底的时候它们就会在沿海一带出现。

大约一个星期后，当我又来到这片海岸时，目光所及之处全都是黑鲸的尸体，它们的鲸油都已被取走，头被砍下来堆放在较高的地方，海滩上到处弥漫着腐臭的味道，令人无法靠近。在普罗温斯敦和特鲁罗之间的马车道上，死鱼成堆可见，至今仍未出台任何有效的措施来制止这种有害行为，当地的渔民还像往常一样在这一带的海边捕龙虾。我听说他们有时确实将鱼的尸体拖走并沉入海底了，但我很好奇他们是从哪儿弄来的沉尸用的石头。当然，他们也可以用这些鱼尸来制作肥料，而且科德角的土壤并没有肥沃到不需要肥料的程度，更何况鱼尸还会引起人类疾病。

回家之后，我为了能够获取更多有关黑鲸的知识，查阅了有关马萨诸塞州动物学的调查报告，结果我发现，斯托勒[①]在他的鱼类报告中根本没有提到黑鲸。斯托勒是对的，因为黑鲸不属于鱼类，于是我又转而去查埃蒙斯[②]的哺乳动物报告，却惊讶地发现他把海豹和鲸都给遗漏了，因为他还没有机会研究这两种动物。从该州是如何靠渔业繁荣起来的这一点来看，我认为将黑鲸的俗名与学名一并从我们的哺乳动物报告中，也就是陆地及海洋产品记录中删除，是非常高明的做法。因为，州议会批准在动物学报告上以鳕鱼作为这个州的标志，楠塔基特和新贝德福德都归本州管辖。清晨早起的人可以在海滩上找到价值1000至1500美元的黑鲸。在到达普利茅斯之前，早期清教徒移民曾在伊斯特姆的海滩上看见印第安人正在切割一条黑鲸，因为他们在那里发现了大量的逆戟鲸，也就是黑鲸，于是称那片海滩为“逆戟鲸湾”。从那时起直至今日，每年几乎都有一两个县靠这种鱼繁荣起来，然而黑鲸尸体的腐臭味儿也把这些县30多英里以内的空气污染了。

这里与在海岬那边一样，都可以将普罗温斯敦的景色尽收眼底。朝西面望去，在五六英里以外的水面上，在灌木丛生的沙丘下，密密麻麻的船只挤满了此刻的港湾，船上的桅杆与教堂的尖顶混在一起，一片海港大镇的繁荣景象显现出来。

科德角下游每个镇的居民都可以欣赏到两边大海的美景。站在海岬左侧的海滨上望向对岸，也就是从西边望过去，远方的大陆隐约可见，他们会告诉你，那就是马萨诸塞湾。如果漫步一小时后来到海岬的右侧，站在那里看不到远方的任何陆地，此时他们又会说，这就是大西洋。

白色塔楼为我们指引回灯塔的方向，就像它在夜里为航海人指引航线一样，我们也绝不会在此迷路。途中，我们经过了一片墓地，这片墓地显然并没有被石板那阴郁的气质压制住，坟墓之间一棵棵越橘树深深扎根于厚厚的土壤。我们觉得那些葬身大海的人的墓志铭很值得一读，可是大海不仅夺去了他们的生命，还吞没了他们大多数人的尸体，或者将尸体毁得辨认不出来，因此海上丧生者的墓

---

① 大卫·斯托勒（1804—1891），美国博物学家。

② 埃比尼泽·埃蒙斯（1799—1863），美国地质学家、博物学家。

志铭并没有我们预料的那么多。是啊，海洋就是他们的墓地。快要走到海岬东侧时，我们遇到了一只躲在洼地里的狐狸，这是我们步行了这一路见过的除了盐沼中的一只臭鼬以外，唯一一只四足动物（除非彩龟和箱龟也算四足动物）。这只狐狸看起来像只黄狗，长得又肥又大，浑身长满粗毛。与普通的狐狸一样，这只狐狸的尾巴末梢也是白色的，看来，它在科德角的日子应该还不错。那里刚好生长着橡树和杨梅树，它慢悠悠地钻进那些树丛之中，但是那些树丛太矮了，根本遮挡不住它。第二年夏天，在距离这里不远的北边，我又看见了一只狐狸，它正在跳过一丛海滨李子树，它跳跃的路线呈一个小弧形（我相信它尚未跑出树丛），于是我打算根据这个弧形推测出它的整个运动轨迹，然而没有成功，因为需要考虑的未知因素太多了。我还看到了一具狐狸残骸，深陷在沙中，已经石化，于是我的收集品中又多了一个狐狸头骨。我由此推测，那一带一定有很多狐狸，但当地居民碰到的也许要比旅行者碰到的多，因为穿过那一地区时，旅行者更倾向于挑选一条人迹罕至的小路。他们告诉我，过去有几年，这里的许多狐狸都死于一种癫狂病，得上这种病的狐狸会像猫追着自己的尾巴一样一直不停地原地打转，直到死亡。克兰茨在描写格陵兰时写道："它们（狐狸）以鸟和鸟蛋为食，当找不到这些东西的时候，它们也吃红莓苔子、贻贝、螃蟹和其他一些被海水冲上岸来的东西。"

我们在快到达灯塔的时候，欣赏到了科德角湾的落日。正如我所说过的，站在狭窄的海岬上，就像站在一艘船的甲板上一样，或更确切地说，如同站在海上30英里之外的军舰的桅顶上一样。我们也知道，与此同时，就在地平线的另一端的我们的家乡，太阳也正在朝山后落去。此情此景令我们忘却了一切，又猛然想起了荷马与海洋——光芒四射的太阳像火球一样沉入了茫茫大海。

高地灯塔

这座灯塔以科德角灯塔命名，也被称作高地灯塔，是我们马萨诸塞州“最早的海岸灯塔”之一，对于与大海朝夕相处的水手们来说，这是再熟悉不过的了。在进入马萨诸塞湾之前，那些从欧洲远道而来的人最先看到的通常就是这座灯塔。它建立在离黏土海岸约 20 杆的地方，距离安角灯塔 43 英里，距波士顿灯塔 41 英里。我们来到灯塔附近的时候，一位木匠正在给谷仓贴由船桅做成的木瓦，我向他借来了刨刀、直角尺、水平仪和两脚规，再加上一块木瓦，做成了一个简易的象限仪，以大头针为准星和支点，测出了灯塔对面海岸的仰角，然后又用两根钓鳕鱼的线测出了它的倾斜度，最后，再在木瓦上量出了它的高度。海岸比紧邻的陆地高出 110 英尺，比平均低水位高出约 123 英尺。科德角最高处的高度格雷厄姆[①]已经精确测量过，为 130 英尺。我所测量的那段沙与黏土混合的海岸与地平线的夹角为 40°，但黏土海岸一般要陡峭得多，奶牛和母鸡从来不敢到那里去。向南再走过去半英里，那里似乎就是北特鲁罗的最高陆地，那里的海岸又增高了 15 至 20 英尺。尽管这段黏土海岸非常宽阔，但它流失得也很快。这片黏土海岸上每隔两三杆就有一条小水流往下流淌，海岸也被冲刷成了哥特式屋顶的形状，只不过有 50 多英尺高，一条条分水岭犹如岩石那般崎岖嶙峋，还有一处海岸被海水侵蚀后，成了一个奇特的半圆形大坑。

据看守灯塔的人说，这段科德角的两边都在逐渐缩小，尤其是东岸更加严重，仅去年一年有些地方就缩小了好几杆，看来不久后，灯塔肯定要被迫迁移了。根据他所说的数据，我们可以计算出多少年后这里的科德角会完全消失。他说：

① 梅杰·格雷厄姆（1799—1865），美国地质学工程师。

"因为我还记得这里60年前的样子。"相比科德角被迅速侵蚀的现象，他的这句话更令我们吃惊，我们惊讶于这位提供数据的人的生命和精力竟损耗得如此之慢，因为通过相貌我们判断他只有40岁，由此我们推测，他的年龄可能比科德角的岁数还要大。

我发现，在这一年的10月到第二年6月之间，灯塔对面的一处海岸被侵蚀掉了40英尺，而且最后一天又从边缘往里破裂了40多英尺，海岸上到处都是新掉落的碎土。但是，我判断这里每年被侵蚀掉的地方不会超过6英尺。因为，科德角地质的坚固程度让我们无法得到一个十分准确的预测，而仅仅根据几年或一代人的观测无法得出正确的结论。在一些地方，甚至连打捞沉船漂浮物的人走下海岸时所踏出的一条小路也能保持好几年。当地一位老者跟我们说，在1798年，也就是建造这座灯塔的时候，是按照海岸每年被侵蚀掉一片围栏那么大的面积来推算的，照此推算这座灯塔可以屹立45年。"然而，"他后来又补充道，"情况却变成现在这样。"（确切地说，情况是指需要在离岸边约20杆的地方再建一座灯塔。）

并不是科德角的所有地方都被海水侵蚀了，因为我曾听人说，在普罗温斯敦北面，很久以前有一艘船失事，那艘船的"骨架"至今仍看得见。船的一半残骸被埋在沙里，就在现在海岸线以内几杆远的地方，旁边还有鲸鱼肋骨不时漂来。当地居民都说，海水侵蚀了科德角的两边，但是南边和西边的某些地方却在向外延伸，比如查塔姆海滩、莫诺莫伊海滩、比林斯盖特角、长角和雷斯角。当年，美国牧师詹姆斯·弗里曼曾说，在过去的50年里，莫诺莫伊海滩向外延伸了超过3英里，而且据说它还在以同样的速度不断扩张。据18世纪《马萨诸塞》杂志上一篇文章的作者说："离查塔姆15海里有个叫韦伯的小岛，英国人刚刚在科德角定居时，那里的面积有20英亩，岛上都是红雪松，也就是铅笔柏。过去楠塔基特的居民经常去岛上运输木材。"但他也说，当年那里还有一块大岩石，那里的水深有6英寻。最初伊斯特是瑙塞特港的入口，现在入口已经南迁到奥尔良了。最初，韦尔弗利特港内的许多岛屿是连成一片的海滩，而如今小船已经可以在两岛之间随意穿行了。类似的变化在这片海岸的许多地方都发生过。

或许，海洋只是在拆东墙补西墙，或者说剜肉补疮，它把从科德角一处取走的东西又给了另一处。东海岸的陆地似乎全部受到了海水的侵蚀，不但泥土都被水冲走了，就连150英尺高的陡峭海岸上也都是海滩上的沙子，在数英尺之下掩埋着原来的地面。如果坐在岸边，只需一会儿，你的眼中就会充满海沙，让你一睹沙子的真容。海岸就是这样一面被快速侵蚀，另一面又以相同的速度在增高。在当地居民的记忆里，这片沙滩的移动从没停止过，它如今已经向西移动超过100码了。因此，一些地方的沙层下深深地埋着泥炭草甸，必须要挖开沙层才能挖到它们。有一个地方的泥炭草甸裸露了出来，人们为了从那里挖出泥炭，挖了好几英尺厚的沙。这也解释了我们在岸边浪花中看到的那块大泥炭卵石的来源。我们曾听一位采集牡蛎的老人说，他家东面靠近大西洋的地方有一片沼泽地，许多年前，他的一头"牲畜"因为陷入其中而消失了，那片沼泽地20年前也全部消失了，可后来这片沼泽地又在海滩上显露了踪迹。他还说，在天气晴朗的时候，在科德角湾海底距离比林斯盖特3英里的地方，他清楚地看见了雪松树桩，有车轮那么大。因此可以推测，不久前那里还是陆地。我们还知道了一件这里人人皆知的事情：有一条独木舟，许多年前被埋在了特鲁罗东港的海湾中，那里是科德角狭窄的一段。可是后来人们却在大西洋的一侧发现了那条独木舟，科德角从它上面翻了过去。一位老妇人对我说："你瞧，这是千真万确的事情，科德角一直在移动。"

每次暴风雨来袭，沿岸的沙洲都会改变位置，许多地方的沙洲有时会彻底消失。在1855年7月的一个夜里，我们曾经目睹了一次风暴和大潮袭击所造成的后果。在灯塔对面的海滩上，一片6英尺厚、3杆宽、南北望不到边际的沙洲被吹得无影无踪，而后一块之前从未见过的5英尺高的大岩石冒了出来，那里的沙滩也变得和那块岩石一样窄了。正如我曾说过的，不能在科德角的背面洗澡，因为那里有回头浪。可上次我们去那里的三个月以前，大海就已经在灯塔附近堆起了一片沙洲，有2英里长、10杆宽，潮水都淹不过来，而且沙洲与海岸之间还留下了一条0.25英里长的小海湾，将这里变成了一个优良的海滨浴场。这个小海湾时常会由于沙洲向北移动而被封闭，有一次，一个由牙鳕和鳕鱼组成的鱼群被困在了里面，结果四五百条鱼全部死掉了。小海湾里的水会逐渐变成淡水，最后形成沙滩。当地居民十分肯定地说，这片沙洲两三天后就可能会全部被移走，到时那里的水深将达到6英尺。

据灯塔看守人说，当海风从海面吹向岸边时，海浪会迅速侵蚀海岸，但当大风往海上刮时，海岸上的沙反而不会被带走。因为在前一种情况下，风力聚集在紧邻海滩的水面上，为了保持平衡，一股强大的下层逆流会自海底上升至海面，这股逆流会把沙和一切对它造成阻碍的东西带走，只留下一片被侵蚀的海滩；而后一种情况时，下层逆流会夹带着沙冲上海岸，因此在遇到海难的时候，如果风是从海上刮向岸边的，船上的人反而很难回到岸上，而当风吹向海上时，上岸要更容易一些。这股下层逆流与海浪在它自己制造的沙洲上迎面相遇，形成了一道屏障，海浪冲过来后，就像撞上了一堵墙，被碰得粉碎。就像猫在吃掉老鼠之前要玩耍一会儿一样，大海在把沙洲吞下去之前，也先将沙洲含在口中玩弄一会儿，但最终还是会把它紧紧咬住。肆虐的东风被大海派出来掠夺陆地，可还没等它带着抢来的猎物走远，正义的西风就代表陆地夺回了一些自己的东西。然而，戴维斯上尉说，决定沙洲和沙坝的形状、大小及分布情况的主要因素是潮水，而并非风和浪。

此外，他还说，如果你在海滩上恰巧遇到飓风径直吹向海滩，那么你会惊奇地发现，漂木全部被涨潮时强大的北上潮流沿海岸冲向了北面，没有一根会朝岸上漂来，其被冲走的速度不比人的行走速度慢，即便是水性再好的人也没办法朝岸边前进一步，甚至连一块坚固的大岩石也在这股力的作用下向北推出了半英里远。他非常肯定地告诉我们，科德角背面的海浪通常能达到一人多高，这里从来没有平静过，即使是在“风平浪静”时，汹涌的海浪也不会低于 6 至 8 英尺，因此这里一直都是小船无法靠近的地方，不过这却是冲浪的好地方。1606 年，尚普兰和普瓦特兰库尔特想要在此登陆，却因为波涛汹涌没能成功，可是那些尚未开化的野蛮人却能驾着独木舟来到他们面前。于 1711 年在阿姆斯特丹出版的《加勒比记事》一书中的第 530 页，法国探险家德·拉·伯德先生这样写道：

加勒比的“Couroumon”是天上的星宿（也就是神），它掀起的惊涛骇浪打翻了许多独木舟。长长的海浪，从海滩这头一直连到那头，因此不管风多么小，帆船和独木舟靠岸时要么翻船，要么就是灌满了水。

然而在海湾这边，岸边的水甚至也如池塘里的水一般平静。这里的海滩上只有一艘属于高地灯塔的船，其他船只通常不会在此出没。灯塔的第二任看守人说他已经在那里工作一年了，离岸不远处有很多鱼，但他从没下水捕过。救生船在真正需要的时候，往往起不到什么作用，因为到那时，往往风急浪高，即使你的驾驶技术非常高超也没法把船开出去。小船前缘的碎浪席卷而来，像一道弧形拱门一样径直压过来，使船不是被灌满水就是直接被翻转过来。在这种情况下，即使是一根30英尺长的圆木也会有此遭遇。

我听说，几年前有一群渔民在一个晴朗的日子里，分别乘两条船去韦尔弗利特背面捕鱼，很快就满载而归，可是当他们快要靠岸时，却发现一大排海浪涌向海岸。虽然没有风，可他们还是不敢贸然驶入气势汹涌的浪中。起初想先驶向普罗温斯敦暂避，但当时天色已晚而且路途很遥远。可以说，他们当时已陷入绝境。他们已被巨浪吓得不知所措，每当想要靠近海岸时，就会有浪涛翻滚在前方挡住他们的去路。最后，其中一艘船上的人选准了一个有利时机，把鱼都抛下了船，然后依靠娴熟的驾船技巧，幸运地抵达了海岸，但他们却不肯告诉另一艘船上的人应该在何时冲进巨浪，虽然他们本来有责任这样做。最后，由于舵手经验不足，另外那艘船很快就被巨浪吞没，所幸，船上的人员都活了下来。

俗话说，再小的风浪也能打散船只。据灯塔看守人说，每当刮过强风之后，海上必将出现连续的三排大浪，而且一浪高过一浪，然后会有一个间隙，这段时间内没有大浪，如果船想靠岸，就得看准时机，冲进最后一个也是最大的浪中。托马斯·布朗[①]爵士曾引用了奥维德的几句诗，来证明第十个浪“比其他浪更大更危险”的问题——

一个巨浪滚滚而来，它比所有的浪都高，

这是第九个浪头之后，第十一个浪头之前的巨浪。

他接着说：“尽管有诗为证，但这种说法是不对的。我们对海岸和海洋都曾仔细考察过，这种现象也显然得不到证实。我们认为海浪的这种特殊运动与一般的往复运动一样是有规律可循的，这无疑是错误的观点。一般的往复运动的产生原因是不变的，结果也是一致的，而大海的波动只是一种受风向、风力、海岸形态、暗礁以及各种障碍物等制约的运动，这些因素都是不规则的。”

我们从书中了解到，“克莱庞兹”这一地名的确定是有由来的，“因为所有

① 托马斯·布朗（1605—1682），英国医师、作家、哲学家。

驶到这里的船只都不幸在大风中被撞毁了”，我们并不确定这一说法的正确性。或许这个地名的来源在于，这里有一些小池塘，底下就是黏土，以前被称为“克莱匹兹”或“克莱庞兹”[1]。人们在这里靠近地表的黏土中发现了水，但我们也听说，有个人曾在这附近的沙地中挖过井，最后累得他眼冒金星也没看到一滴水。这片高地上光秃秃的，风力非常强劲，即使在 7 月，大风也能把那些还没学会与风对抗的小火鸡吹得晕头转向。门窗都会被大风刮进屋内，只有在灯塔里才是最安全的，如果你不想被吹进大西洋，就得老实待着。在冬季的暴风雪中，在海滩上停留片刻都需要很大勇气，若能做到，可能还会得到救生协会的奖赏。如果你还想感受一下最强风暴的威力，华盛顿山的山顶或特鲁罗的灯塔上无疑是最好的选择。

据说，1794 年在巴恩斯特布尔县的其他任何地方失事的船只都没有特鲁罗东海岸的多。这座灯塔就是在那之后建的，但直到现在，每次风暴后，我们仍会从报上看到此处有关船只失事的报道。在这个岬角上，有时人们甚至可以一次看到十几艘遇难船只的残骸。当地居民围坐在家中的壁炉旁，就能够听到船只被撞成碎片时发出的声音，所以他们常常把某一重大海难的日期牢记在心。这片海滩的历史记录，必将成为贸易史上惊心动魄的一页，如果有人能够从头到尾写下来的话。

1700 年，特鲁罗成为一些移民的定居点，那时这里还被称为“丹杰菲尔德”，意思是危险的地方，真是个非常合适的地名。后来，在帕梅特河附近的墓地里我看到了一块墓碑，上面刻着的碑文是这样说的：

1841 年 10 月 3 日
在令人难以忘怀的一场海上风暴中
7 艘船只沉没
57 位特鲁罗公民遇难
特立此碑
谨以纪念

① 英语里面 clay（黏土）的发音类似于“克莱”。

墓碑的各个侧面刻着遇难者的姓名和年龄。后来我听说，这些人是在圣乔治海岸附近遇难的，他们的家都在这“方圆两英里之内”。当时只有一艘船漂到了海岬背面的岸上，但困在船舱里的人全部溺水而死。在这次大风中，还有28个丹尼斯居民遇难。我从报上得知，“在这场风暴刚刚过后的一天，近百具尸体被打捞上岸，都被埋在了科德角”。特鲁罗保险公司因为船长对这些商船负责而倒闭了。不过第二年，那些幸存下来的人又像往常一样出海捕鱼了。我发现，在特鲁罗每家每户都有亲人曾葬身于大海，因此人们绝口不提船舶遭遇海难的事。每当我问：“那座房子里住的是什么人？”得到的答案往往是：“三个寡妇。”海滨带给外乡人和当地居民的感受是完全不同的，外乡人来这里是为了欣赏大海在暴风雨中呈现出的别样美景，而对于生活在这里的人来说，汹涌的大海只是亲人的埋葬之地。有一位打捞沉船漂浮物的老人，用一根火柴和干枯的沙茅草点着了口里含着的烟斗，静静地坐在岸边吸着。他的一只眼睛已经失明了。我问他是不是喜欢听浪涛拍岸的声音才坐在这里时，他回答说：“不，我不喜欢听这种声音。”在那场“令人难以忘怀的海上风暴”中，他至少失去了一个儿子，他还能给你讲述许多他亲眼目睹的、骇人听闻的海难故事。

1717年，一艘二桅帆船遭到著名海盗贝拉米[①]的劫持，船长被贝拉米威胁将船驶往离韦尔弗利特不远的沙滩，贝拉米告诉船长，想要要回船，就要把他领进普罗温斯敦港。传说当天夜里，这位机智的船长向海中抛出了一个燃烧着的柏油桶，那只桶顺着风浪漂向岸边，海盗们便跟在柏油桶后面前进。这时一场风暴袭来，海盗的船队全部沉入风浪中。风暴过后，海滩上躺了100多具海盗的尸体，只有6名海盗幸存，最后也全部受到了法律的制裁。韦尔弗利特的史学家说：“即使现在（1793年），在海边见到的铜币中还有来自于威廉三世与玛丽二世共同执政时期的，另外还能捡到被称为银角子的银币[②]。沙滩外围的沙都被巨浪冲走了，船上的铁质小舱室（那就是贝拉米的舱室）偶尔会在退潮时显露出来。”还有人告诉我们：“自从那次海难发生后，一个行为古怪、样貌丑陋的人连续多年在春秋两季

① 萨姆·贝拉米（1689—1717），18世纪著名海盗，1717年2月，他掠夺由牙买加返英的贩奴船“维达”号，收入大批象牙、武器、金砖等，但两个月后在今天的马萨诸塞州科德角湾遇上风暴，船只在韦尔弗利特海滩沉没，贝拉米与百余名船员遇难，仅数人生还。

② 指17世纪至19世纪初在美洲西班牙人集居地发行的重量、含银量基本同本土一致的银币。

都会来到科德角。人们猜测他是贝拉米当年的同伙，为了取走海盗们当初藏匿的钱财而来。这个人死后，人们在他一直系在身上的腰带中发现了许多金币。”

上次我来这个海滩时，那场把沙滩吹走厚厚一层沙的大风暴刚过去不久，我想到海滩上捡一些贝壳和卵石，没想到就在沙洲陡峭而塌陷的底部下方，在满潮水位线附近的潮湿沙土上竟捡到了一枚法国克朗，约值 1.06 美元。这枚克朗看起来像一块扁平的卵石，呈暗淡的蓝灰色，上面路易十五英俊的头像和背面那常见的镌刻文字“赞美主的圣名”仍然十分清晰。我还辨认出硬币的铸造日期是 1741 年。在海滩中能够捡到这样一枚硬币，无论上面刻的是什么，都是令人愉快的。起初，我还以为它是我曾多次捡到过的那种旧纽扣，但我用小刀一刮，硬币的银质立刻显现出来。退潮后，我在沙滩上漫步时，高高举起几个圆形贝壳来哄骗我的同伴，结果他立即脱掉衣服向我跑来。

独立战争时期，在克莱庞兹附近一艘名叫“萨默塞特”号的英国军舰沉没了，舰上的几百名官兵全部被俘。给我讲述这一历史事件的人说，他从未在任何史书上看到有关这件事的记载，倒是有些作家记录过这个事件。但不管怎样，他知道一名战俘无意中将一块银表遗留在那里了，这块银表会使这个故事代代相传下去的。

第二年夏天，一艘单桅帆船从查塔姆方向驶来，在离这片海岸不远的海上搜寻锚和锚链。帆船放下小艇进行下水作业，而帆船则不断地调整着各种帆索的位置，做好一找到东西便拖上来吊到船上的准备。这种工作很少见，从事这一工作的水手都是定期雇佣来的，他们通过自己的辛勤劳动得到报酬。这些人在风和日丽的好天气里去搜寻之前失去的锚，那是海员们沉没了的信念与希望，他们信任它，但最终被辜负了。如今，也许他们能找到两百年前在这里脱落的古老海盗船上的，又或是诺曼人渔船上生锈的铁锚，还有可能是从坎顿岛或加利福尼亚的船只上脱落下来的最好的船首锚。假如也能如此打捞心灵海洋的近岸锚地，那么可能又是受骗的希望之锚和断裂的信念之链被吊上船来！这足以使搜寻者的船沉没，或永远留给新的船队。船锚散落在海底各处，有的被埋在深处，有的埋在浅处，有的深深隐藏在沙中，有的裸露在沙面上，还有的连着一小节锚链，只是，锚链的另一端又连接在何处呢？许多没有结局的故事只能留在下次继续讲述。那么，倘若有适用于心灵深处的潜水钟，我们就会看见像被醋泡过的鳗鱼那样粗的、连着锚链的铁锚，正徒劳地向拖住它们的海底蠕动。但对我们来说，别人遗失的财富，并不是珍宝，别人没找到或找不到的东西才是我们要寻找的，我们决不做那些从查塔姆来，拖着网打捞船锚的人。

这片贪婪的海滩的历史，除了遇难船只的水手，又有谁能够写得出呢？多少人看到这片海滩时都正处在危难和悲痛中，这是他们有生之年看到的最后一片土地。想想看，仅这一片海滩上就发生过那么多的苦难，这样的残酷事实多么令人震惊啊。它被古人描绘成嗜血成性的海妖，比女海妖斯库拉[①]和卡律布狄斯[②]还要让人惧怕。特鲁罗的一位居民告诉我，“圣·约翰”号在科哈塞特失事约两个星期后，他在克莱庞兹海滩上发现了两具尸体，是一男一女，女尸已经被海水泡得臃肿不堪，男尸脚上厚重的皮靴还在，头已经掉了，但仍和身子连着。目睹过这一惨状，他一连几周都无法释怀。也许那两人原本是夫妻，上帝与海洋联手都没将他们分开，可能最初他们结合到一起只是因为漂泊中的一些微小而偶然的因素。有些乘客的尸体漂到了很远的海上，被打捞起来后又被装进箱子沉入海底；还有些尸体漂到了岸上，一经发现就被当地人掩埋了。实际上，海难导致的死亡人数要比保险商所通报的多很多。还有一些人的尸体，可能会被墨西哥湾流送回他们家乡的海滨，或是被抛入大西洋某个偏僻的洞穴里，在他们的尸骨重返陆地前，时间和风雨雷电要用其写下新的难解之谜。

我曾在夏日时数过这片海岸的黏土层上岸燕的窝，在 6 杆长的范围内竟有 200 个，而至少有 1000 只老岸燕在离岸 18 杆远的范围内的波浪上空叽叽喳喳地叫。在我的意识中，以前从未把它们与海滩联系在一起。有个掏鸟窝的男孩儿已分得了 80 个燕蛋！这种事可不能让救生协会的人知道！黏土层下面有许多从窝里滚下来后摔死的雏燕的尸体。还有许多鹩哥在没有水的地方欢快地蹦来蹦去。山地矶鹬就在灯塔附近繁殖孵化，有一次，一只正在那里孵蛋的山地矶鹬的翅膀被割草的灯塔看守人不小心砍掉了。金秋时节，这里是猎人们射杀金斑鸻的好地

① 斯库拉，希腊神话中吞吃水手的女海妖，她有 6 个头、12 只脚、猫的尾巴。她守护在墨西拿海峡的一侧，这个海峡的另一侧有一个名为“卡律布狄斯”的漩涡，船只经过该海峡时只能选择经过卡律布狄斯漩涡或者是她的领地，当船只经过时她便要吃掉船上的 6 名船员。

② 卡律布狄斯漩涡，在希腊神话中是海神波塞冬与大地女神该亚之女，女海妖斯库拉附近的大漩涡怪，会吞噬所有经过的东西。

方。我以为只有在池塘的岸边才能看到蜻蜓和蝴蝶等昆虫，因此当我在这里看到蜻蜓的时候，感到特别的惊讶。或许是海洋比池塘大的原因，海边的蜻蜓也比池塘周围的蜻蜓大得多，有的甚至和我的手指一样粗，它们同蝴蝶一样在海岸上空盘旋飞舞。我从未见过哪里的金龟子和各种各样的甲壳虫像这片海滩上那么多。显然，这些昆虫是在夜里飞过沙洲又掉在海滩上的，只是再也飞不起来了，也有些是掉进海里之后又被冲上海滩的。它们当中也有一部分是被灯塔上的灯光吸引过来的。

克莱庞兹的土地与其他地方相比，要肥沃得多。在这里，我们可以看到一片片长势良好的根茎作物和玉米。科德角的植物有一个共同点，就是茎和叶通常都很小，但籽粒非常多。玉米杆的高度大约只有内陆玉米高度的一半，但穗却长得很大而且颗粒饱满。一位农民告诉我们，1 英亩地如果不施肥可以收获 40 蒲式耳玉米，如果施肥则能收获 60 蒲式耳。这里的黑麦穗也特别大。遍布沙地的唐棣、海滨李子树、蓝莓树都像苹果树和橡树一样矮小，果子通常都贴在地面上，但都非常多。蓝莓树通常只有一两英尺高，因此即使是在野外的荒地里，如果不是踩在了上面，你是察觉不到那些果实的。我想，是因为空气湿度足够，这里的土地才会如此肥沃。夏季时，这里经常大雾弥漫，要持续到中午才逐渐散去，在室外待上一会儿，胡须都会变成白色，好像围在脖子上的湿漉漉的餐巾，即使是当地最有经验的人也会在大雾中找不到家门，不得不沿着海滩寻找回家的路。这种时候，和灯塔连接的砖房都会十分潮湿，就连写字的纸张都会受潮变软，洗澡之后想把浴巾弄干是不可能的，浴巾上的压花大多都会发霉。空气如此潮湿，以至于我们的嘴唇都是咸的，但却并不想喝很多水。甚至连吃饭的时候也只用很少的盐，这里的居民告诉我们，生病的马或是从内陆回来的马会很喜欢喝盐水，而且生病的马喝盐水会有利于身体恢复，但他家的牛在吃草和呼吸时就已经获得了足够的盐分，因此喂它们的盐从来不吃。

如果 7 月初来到这里，你会惊奇于沙洲上的海滨黄花润泽饱满的顶芽，还有芜菁、甜菜和胡萝卜等植物都在沙质地里茂盛生长。不久前有个在附近海滨旅行的人在海滩上漫步时，发现远处高潮水位线处生长着绿色植物，他好奇地走上前去，发现那是一片茂盛的甜菜，人们猜测，那可能是“富兰克林”号上的甜菜种子，被海水冲到了那里。在科德角，许多地方因被冲上岸的海藻而逐渐变得肥沃，会在那里长出甜菜和芜菁，由此可知如此多种多样的植物是如何传播到世界各地的。满载的货船上携带着各种种子，原本是驶往预定的港口，但或许是那个港口不需要这些种子了，种子便随着失事的货船一起冲到了荒岛上，尽管船员都已殉难，可这些种子却完好无损。不知道究竟有多少种种子到了这里，但很显然有些找到了适合自己生长的土壤和气候，并很快适应了现在的生长环境，或许这里原来还生长着别的植物，只是被这些新来者挤走了，同时它们也让那片土地渐渐变得更适合人类居住。事件从来不是单方面的好坏，谁能想到此时令人痛苦的海难却给一片大陆带来了新的植物资源，总的来看，这使得那里的居民世代受益。如果没有人类的干预，说不定大风和洋流也能起到这个作用。除了那些甜菜和芜菁，在海滩上生长的各种生机勃勃的植物中，还有哪些种子是大海无意中撒在这里的呢？我们更加不知道那些种子是不是就来自于“富兰克林”号。曾经有一位贝尔先生，他希望在某地建一个苗圃，驾驶着一艘载满芝麻菜、猪毛菜、海蚤缀、沙茅草、圣彼得草、杨梅和贫穷草等植物种子的平底船经过这条航道，上面还详细标明了种植方法。虽然最后他认为自己没有成功，但这片大陆上不是已经孕育出一个苗圃了吗？

到了夏季，灯塔周围会长满漂亮的白色牧草蓟，像伞一样放射状贴在地面上，十分美丽。而灌木丛中长满了银菝葜，这是一种新植物，据说在离赤道如此遥远的北方十分罕见。再向南走大约半英里，就会看到许多金雀花长在海岸边缘，环绕成一个直径四五英尺、高一英尺的绿色小圆丘，像是为徒步旅行者准备的柔软的弹簧床。整个马萨诸塞州只有普利茅斯用金雀花作为地名。后来我在普罗温斯敦也见到过这种植物，但我在海边见到的所有植物中，最美的是海绿，也叫小晴雨表，它们会在晴朗的日子里成片地出现在沙滩上。在雅茅斯，我还采到了一些镰叶金菊和鹿莓越橘，有些果实有越橘那么大，遗憾的是，这些果实不能享用。

我们暂时借宿在高地灯塔，这是一座看上去很结实的砖砌建筑，外墙被刷成白色，顶部还有个铁罩。灯塔看守人住在旁边和灯塔相连的房子里，也是砖房，只有一层，是政府建造的。既然打算在灯塔中过夜，我们当然不希望错过这个可以体验新奇经历的难得机会，于是我们请求灯塔看守员带我们一起去灯塔上点灯。

暮色来临时，他点亮了一盏冒着黑烟的小灯笼，我们平时点灯时可不喜欢这么大的烟。我们听他的吩咐跟在后面，先经过了他那离灯塔很近的卧室，然后穿过了一条有屋顶的狭窄通道，通道两边的墙上刷过石灰水，像是监狱的入口一样，通向灯塔的底层。那里有许多大油桶排列成一圈，我们闻着灯笼冒出来的越来越大的油烟味儿，尾随在灯塔看守人后面顺着盘旋而上的露天铁梯往上走，铁蹄尽头的铁质地板上有一扇活动门，穿过它就进入了灯室。灯室里很整洁，一切都井井有条，没有任何东西因为缺油而生锈。灯塔的灯是由15个灯头组成的，里面是管状的灯芯。这些灯头全都在一个直径21英寸的光滑凹形反射镜内，反射镜被排成两层水平圆圈，除了海岬下面照不到，其他方向都能照射到。这些灯周围的两三英尺外，是一圈能够抵抗风暴的平板玻璃窗，灯塔的铁罩就架在铁质的窗框上。除地板以外，所有的铁质构件都被漆成了白色。这就是整个灯塔。在灯塔看守人逐个点亮灯头的时候，我们一边在那个狭窄的空间里慢慢地绕圈走，一边和他聊天。与此同时，与我们一起目睹了高地灯塔被点亮的还有海上的水手们。给灯加油，修剪灯芯，把灯点亮以及随时擦亮反射镜，这些就是灯塔看守员的职责。他一般早上给灯加油，晚上修剪灯芯。他和我们抱怨给灯塔供应的灯油质量不好。这座灯塔每年要用掉大约800加仑的灯油，每加仑油价不到1美元，若是能供应质量好一些的灯油，也许就能降低海员的伤亡。据另一位灯塔看守员说，美国最南面灯塔和最北面灯塔耐冻油的供应量是一样多的。以前，这座灯塔的窗户上装的是又小又薄的玻璃，但是玻璃根本禁不住大风暴的侵袭，被风刮碎后，为了保护灯和反射镜，他们不得不换上木质百叶窗。在身处风浪中的海员们最需要灯塔指引的时候，灯塔却仿佛一只昏暗的灯笼，只能发出几道微弱的光线，无法更好地帮助他们，而且这些微弱的光一般都向着陆地或背风的一面。在冬季夜晚寒冷的暴风雪中，他深知正有许多不幸的人想要依赖于他，而那个时刻，他的灯却因为灯油被冻住了只能发出一点点微光，我们能听出他经历这些时的焦急心情和强烈的责任感。为了防止玻璃窗上凝结出水汽，灯塔上不能生火，所以有时他不得不在深夜里把油拿回卧室去放在水壶里加热解冻，然后再重新给灯加油。他的继任者告诉我，即使这样他也没法把火生得很旺，这一切都是因为油的质量不好。政府为了节省开支，竟然把夏天的油用在寒冬里来给那些沿海航行的海员们照明，这真是适合夏天的慈悲啊！

第二年，我们再次来到这座灯塔。迎接我们的变成了那位灯塔看守员的继任者。他说，政府为这附近所有灯塔提供的都是夏季用油，为此，他已经颇有远见地提前存了一点耐冻油以备不时之需。在一个极其寒冷的夜里，当他焦急担心地醒来时，看到灯油已经冻住，灯也要熄灭了；他经过几个小时的努力，成功地把耐冻油灌进每盏灯的储油槽中，并以最快的速度重新点亮了所有灯，一番劳累过后，灯塔看守员再向外望去时，附近几座灯塔的灯已全部熄灭。后来他听说，那一夜连帕梅特河与比林斯盖特灯塔的灯也因灯油被冻住而熄灭了。

我们还从这位灯塔看守员处得知，窗户上凝结的霜也会减弱灯塔的亮度，而在闷热的夏季，窗户上落满的飞蛾同样会使灯光暗淡。有时早晨可以在灯塔下面发现断了脖子的小鸟尸体，那是它们夜晚撞到了灯塔那厚厚的玻璃。1855 年春季的一天，他在灯塔周围一次发现了 19 只小北美树莺的尸体，也可能是金翅雀或刺嘴莺。直到秋季，有时还会在灯塔的玻璃上看到金斑鸻撞完留下的胸脯肉和羽毛。

这位灯塔看守人就这样日复一日、年复一年地辛劳工作，他想尽一切办法只为了使他的灯塔能一直为人们照明、引路，带给他们希望。毫无疑问，灯塔看守员是个等级很低却责任重大的职位。若是灯塔的灯熄灭了，也就是他离开这个岗位的时候到了，这样的失职最多只能被原谅一次。

在我看来，令人遗憾的是，没有哪个穷学生愿意住到那里去。既然他不会使海员受到什么损失，为什么不充分利用灯塔的光学习呢？“哦，”这位看守员说，“当人们在下面吵吵嚷嚷的时候，我的确会到这上面来看看报纸。”想象一下，在 15 个灯头的灯光下看报，还是政府的灯油！这样的灯光足以让人通读宪法！不过我猜测，他大概只在那种灯光下阅读了《圣经》。我有个同学为了考上大学，就曾借灯塔的光来复习，我们觉得，这可比大学里面的灯要明亮得多了。

当我们走下灯塔并走出了 12 杆远之后，发现灯光无法直接照射到灯塔与海岸之间的狭窄地带，那里的位置太低，只能看到许多暗淡的微弱光点，可是走到内陆方向距离灯塔 40 杆远的位置，尽管只有一盏灯在照明，但亮度已经足够我们看书了。每一面反射镜都单独发出一片“扇形”的光，风车上、溪谷中，又有光照到，而两道光之间的部分则呈现出一片阴影。据说，灯塔在高出海平面 15 英尺的地方所发出的光，在 20 多海里以外都能看到。我们也能眺望到距离这里 9 英里远，位于科德角顶端的雷斯角灯塔上的旋转灯，以及普罗温斯敦港入口处的朗波因特灯塔。远方普利茅斯港的一座灯塔与长角灯塔几乎连成了一条直线，犹如地平线上的一颗星星。灯塔看守人认为，普利茅斯的另一座灯塔与朗波因特灯塔完全连成了一线，所以被遮挡住了无法看见。他告诉我们，水手们有时会把其他的灯，误认为海上某个著名灯塔的灯，结果常被引入错误的航线。例如，捕鲭船为了防止与其他船只相撞，常在夜里点灯作为信号，甚至是有些村民家通宵燃着的灯。当他们发现自己判断错误后，常会责备那些谨慎的渔民和通宵点灯的村民。

人们常说，上帝就是为了让世人在上面建一座灯塔，才把这一大块黏土放在这里的。可这位灯塔看守员却有不同看法，这座灯塔本应建在再往南半英里海岸拐弯的地方，这样航海者就能同时看见这座灯塔和瑙塞特灯塔的灯光，而且可以将它们区别开。据说政府正在考虑在那里建一座灯塔。现在这座灯塔由于离海岬顶端太近，而且后来这周围又建起了几座新灯塔，它的作用已经没那么大了。

灯塔里的墙上还挂着灯塔管理局制定的规章条例，有许多条文都非常精妙，不过要想很好地贯彻这些制度，得需要一大群人才能实现。例如，其中一条规定是灯塔看守人应记录一天之中有多少艘船通过他的灯塔。然而，有时上百艘船同时映入眼帘，它们正驶向四面八方，而且还有更多的船远在天边，想要完成这项工作，他长着比阿耳戈斯①还要多的眼睛都不能完成，还要比阿耳戈斯看得更远才行。从某种程度上讲，最适合从事这项工作的是海鸥，因为它们总是沿着海岸来回飞翔，或者在海面上空长时间盘旋。

我还从那位继任的灯塔看守人那里听说了这样一件事：第二年的6月8日，那天天气格外晴朗，他在日出前约半个小时就已经起床了，而他通常都是在日出时才熄灭灯塔上的灯，于是他打算趁着这点时间到海滩上去散步，看看能否发现什么。可当他走到海岸时，却感到很惊讶，因为太阳正在冉冉升起，而且已经露出地平线一大半了。他以为是自己的表出了问题，于是赶忙跑回去，尽管按照表上显示的时间，还要等一会儿，可他还是把灯塔上的灯都熄灭了。当他熄掉所有灯后往窗外看时，却更加吃惊，因为太阳依然还在刚才他看到的位置上，只有三分之二露出了地平线。当时阳光就照在他房间的墙壁上，他把位置指给我们看。等他生好火再次向外面望去，太阳还是那么高。他觉得一定是自己的眼睛出了问题，于是叫来妻子帮他确认，可他妻子与他所看到的情景一样。他又说，当时海面上已经有船只在航行了，相信船员们也一定目睹了这一现象，因为他们当时正

① 阿耳戈斯，希腊神话中的百眼巨人，头上长着100只眼睛，死后眼睛被赫拉取下，放在她的孔雀的尾巴上作为装饰，这些眼睛至今还保留在孔雀尾巴上。

沐浴在灿烂的阳光中。根据他的表显示的时间，那天的太阳升到他看到的那个高度后在原地停留了大约 15 分钟，然后才像往常一样继续升起，但那一天并未发生其他不同寻常的事。虽然他在海边生活已久，可却从未见过，也从来没听说过这种景象，甚至类似的情况。不过在我看来，当时地平线上可能有一片他看不见的云与太阳一起升起，而且他那块表也不是很准。然而他否定了我的这种猜测，那么，也许是太阳上出现蜃景了。据说这种现象在苏必利尔湖和其他地方也出现过。例如，在约翰·富兰克林先生[①]的《北冰洋海岸旅行记事》一书中就曾提到，他在北冰洋海岸考察时的一天早晨，发现地平线上的折射光变幻莫测，“太阳完全从海平面上升起之前，上面的突出部分曾两次出现在地平线上”。

那一定是曙光女神欧若拉的光辉，太阳赫然出现在她面前，而此时人们眼中的太阳还很昏暗模糊，直到它升起之后一个小时才能清晰地看到。然而，对于经验丰富的灯塔看守人来说，是不应该相信太阳上出现的蜃景的，而是及时剪去灯花，使其一直燃烧到最后时刻。

这位灯塔看守人说，由于灯的火焰中心必须和反射镜的中心位置对应，所以早上将灯熄灭后一定要把灯芯向下转，否则照到灯塔南边反射镜上的阳光就会变成凸透镜，将灯芯烤燃。即使是在寒冬腊月，正午的阳光也能把灯芯烤得燃烧起来。不过，具体情况也是因灯而异，一般容易点着的灯也最容易吸收阳光，就更容易被阳光点燃。那位继任看守员说，他只见过灯塔上的灯在这种情况下冒烟，却从未见过它们真正因太阳光燃起来。

在我眼中，这就是一个神奇的地方。第二年夏天，我再次来到这里的时候恰巧遇到了一次海雾风，也就是浅雾。当时天空十分晴朗，而 20 杆之外的岸边却和远在天边的山区牧场看上去一样。我完全被这一景象惊住了，之后我才明白为什么航海者突然遇到这种情况时会加速向岸边行驶，以至于发生事故，尤其是在夜里，因为当时他们眼中的陆地距离远着呢。在那之后有一次，我们夜里在距离这里大概有二三百英里的地方乘坐一艘采牡蛎的大船。当时陆地和水面上都有一层薄雾，以至于判断不出来正确的距离，等到船长发现情况不对时，我们的船已经快要撞到陆地了，为了避免船体被撞得粉碎，只好被迫紧急掉转船头。起初我只

---

① 约翰·富兰克林（1786–1847），英国船长及北极探险家，在搜寻西北航道之旅中同其他队员一起失踪。

是听见了我肘部下方有浪涛拍岸的声音，险些要往岸上跳。我们原本以为五六英里以外就是灯塔，正朝着那灯光驶去，结果却发现那是一艘距离我们不足6杆远的渔船，那被我们误认为灯塔上发出的灯光是从船舱裂缝中透出来的。

在那间孤独的海上小屋里，灯塔看守人热情地招待了我们。他是个坚韧不拔且聪慧的人，回答了我们随意向他提出的一系列问题。灯塔距离我们睡觉的房间只有几英尺，塔上的灯光将屋内照得和白天一样，我们终于了解高地灯塔看守人是怎样熬过这一个又一个漫漫长夜的。与昨夜不同，今晚宁静得像仲夏夜一样。我躺在床上，透过窗户朝头顶上的灯塔光看去，不禁想到，此刻海洋上有多少一个个通宵编织着自己的人生故事的值班海员，在甲板上用那双彻夜不眠的眼睛，注视着我头顶的这丝光亮。

大海与沙漠

太阳还没有完全升起，灯塔上的灯也还没有熄灭，但此时的海面上已经泛起淡淡的银色光芒，于是我赶紧起床去观赏海上日出，只是我觉得太阳应该是从小溪附近一个干涸的河床下钻出来的。

从澎湃深邃的大洋中，
太阳爬上天空，
将光芒又一次洒向大地。

此时，辽阔的海面上已然出现了点点白帆，那是捕鲭的渔民已经开始了新一天的劳作。北面的船队正在绕过海岬，另一批船则顺风驶向查塔姆。我们这位主人的儿子也在此时驾船出发，赶上了北面船队中一艘仍在港湾里徘徊的船，它显然掉队了。

离开灯塔之前，我们用黄油把鞋子仔细擦了一遍——这些天一直在夹杂着海水和砂砾的海滩上行走，我们的鞋子已经变红变脆了。不过，一直在海滩行走也是有好处的，因为在这里，即使是有些比较泥泞的地方也超乎寻常的干净，更何况这里的道路并非泥泞不堪。只有上下船的时候，会遇到泥水四溅和蛤蜊喷出的液体，但这些并不会在你最心爱的黑裤子上留下一点污渍和泥迹，要知道，如果是在乡间行走，弄脏裤子是避免不了的。

听说，在我们离开之后的某天，普罗温斯敦银行被盗贼洗劫了，于是警察立即从普罗温斯敦赶到灯塔这儿来调查我们的情况。实际上，他们一直沿着科德角追踪我们，并且推断出：我们之所以选择步行穿过科德角背面那条不同寻常的路，可能就是为了寻找一条捷径，以便于作案后携赃物潜逃。科德角地势狭长，而且没有任何遮掩，来到这里的陌生人要想不被当地人发现是不可能的，除非是在夜里遇到海难后来到这里。因此，盗窃案发生后，所有人都觉得我们这两个刚刚从那里经过的游客十分值得怀疑。要不是我们已经先一步离开了科德角，很可能已经被逮捕了。后来终于真相大白，真正的盗窃犯是来自伍斯特县的两个年轻人，他们随身带着三叉钻头，据说作案时动作异常敏捷。而我们只撬开过科德角的大沙坝，并从那里带走了一枚法国克朗、一些贝壳和卵石，以及写作这篇文章的素材。

10月13日，我们又一次来到了海滩，沿着波涛澎湃的海岸悠闲漫步，希望这难得的美好时光能永远停留在我们的记忆中。在乡下人看来，大西洋就像是一个池塘，在它保持这种外观之时，我们希望能够在心灵上与它融为一体。我们一直觉得大西洋的彼岸就在我们眼前，海面的波光比前一天更加熠熠生辉，而且我们看见了"海浪那无数个腼腆的微笑"，不过也有一些海浪是咧嘴大笑的，此时风还在呼啸，海岸不断承受着巨浪的拍打，溅起层层浪花。我们从那里向东望去，大洋彼岸离我们最近的海滩位于西班牙的加利西亚，圣地亚哥是那里的首府，然而在古代诗人心中亚特兰蒂斯或西方极乐群岛才能享有这份殊荣。当然，现在人们已经知道天堂在更遥远的西方。开始，我们走的路和葡萄牙的杜罗河平行，但当我们继续向前，走出没多远就到了加利西亚和蓬特韦德拉港，但是风浪太大了，我们没有进去。再继续前行，我们遇到了陡峭的菲尼斯特雷角，从东北方向向我们延伸过来，似乎一个傲慢的人在对着我们夸夸其谈，我们当然反唇相讥："这里是科德角，陆地的起点。"这里的北面是一处小缺口，想象中若隐若现的陆地只是我们看到的幻象，那只是海市蜃楼而已，我们清楚那里是比斯开湾，于是我们放声歌唱：

让我们躺在比斯开湾，
迎接明日的到来！

当年哥伦布起锚的地方——帕洛斯，就在这里东偏南一点。再远一点的地方巍然伫立着的是赫拉克勒斯[①]石柱，但由于阳光从对面照过来打在我们脸上，使得我们看不清那些石柱上写的是什么，于是我们大声询问当地的居民，并立刻得到响亮的回答："天之尽头"，而声音随风飘过，到我们耳中就变成了"未及尽头"，声音向更远的方向传去，等到从西边的海湾再传回时就变成了"尽头"。在大西洋的浪涛声中，我们向他们讲述了真正的西方之国是在远西地区，那里也是白昼的终点，太阳在那里落下，直至沉入太平洋。我们还就那几根石柱发表了自己的建议——人们都去加利福尼亚了，应该把那几根石柱立在那里的海岸上，现在那里才是唯一的"天之尽头"。可能是觉得我们的想法让他们失去了优越感，他们垂头丧气地站在海边的悬崖上。

我们还捡到了一只被拆开的小船，应该是某个儿童丢弃的玩具，也许是被丢弃在蓬特韦德拉的，让我们百思不得其解的是，它是怎么来到这里的。

我们前方是科德角的腕部地区，位于特鲁罗与普罗温斯敦之间。这里的陆地变得越来越狭窄，海岸也更加明显地向西倾斜。大西洋与科德角湾的潮水之间，只有东港溪源头处一片 6 杆宽的沙洲相隔。克莱庞兹和位于科德角尽头的雷斯角之间，是一片大约有 10 英里的沙洲，地势逐渐平缓，不过最高的地方还是高出海平面七八十英尺。因为从海上远远望去那里就像有很多岛屿一样，人们就把这一区域称为"群岛"。在"群岛"上，没有任何树林和山丘来阻挡视线，在那里不仅可以看到科德角湾，大西洋也可以尽收眼底。从那里继续向前，沙滩的面积逐渐变大，最终，沙滩连接了海与海之间最狭窄的地方。从特鲁罗到普罗温斯敦沿线的海岸，有的地方三四英里内都没有人居住，甚至七八英里内也只能看到零星的三四座房子。

我们拖着沉重的脚步缓慢地沿着大西洋的边缘向前走，退潮后的最后一排浪或是迅速渗入沙滩，或是越过岸边的沙丘。这一路，不论我们在沙滩上还是沙丘上，北面 10 至 15 英里远的海岬始终在视线内，我们看到有捕鲭的船队接连不断地从那里绕过去。数不清的纵帆船一艘连着一艘，似乎这里是一座海上城市。聚集的船只太多，远远看上去好像撞在了一起。那些船只似乎商量好的一样，一

---

① 赫拉克勒斯，希腊神话中最著名的英雄之一，他完成了 12 项被誉为"不可能完成"的伟绩，还解救了被缚的普罗米修斯，隐藏身份参加了伊阿宋的英雄冒险队，并协助他取得金羊毛。

会儿统一左舷抢风航行，一会儿又纷纷右舷抢风航行。约翰·史密斯船长[①]曾评价渔业为“不值一提的捕鱼手艺”，并在1616年时提出了一些建议。而我们看到，在他的建议下，新英格兰人竟然做得十分出色，他们把这项“手艺”提升到了一个意想不到的高度。史密斯当年曾认为，在这方面荷兰人是新英格兰人的竞争对手。他说过：“在捕鱼技能方面，荷兰人的天赋非常高，而且很清楚自己的出路，因此没有谁能和他们一争高低。他们拥有两三千艘各类渔船，比如小捕鱼船、平底船、尖尾船以及托德等。他们还培养出了许多适合这一行业的人，如水手、航海家、军人和商人，这些人对待工作，总能废寝忘食地投入”。然而如今，新英格兰人已经与荷兰人不分伯仲了。也许在我们刚刚所看到的那无数艘渔船中，就有上述渔船，而且种类更多。甚至当时，在我们“声名显赫的先祖”带着他们“无人能及的夫人”登上普利茅斯岩的前几年，就曾写道：“纽芬兰每年装运近800船没有营养、瘦骨嶙峋的咸鳕鱼干和腌鳕鱼。”可见，他们每年所需的全部都由欧洲供应，为什么他们不在这里建立一块专门养殖鱼类的殖民地，以便自给自足呢？“在世上我所见过的土地中，有四块是荒无人烟的，”他说道，“如果我具备将其中一块变为殖民地的能力，我一定会选择这里，除了这里哪儿也不去。即便是殖民地不能保持原来的样子，但只要我们不介意，就能够适应这里的环境，那么就算饥寒交迫也不会在乎的。”在那里，人们只要“走出家门，就能捕到鱼，夜里可以在岸上安眠，可以随心所欲地生火取暖，享受与妻子儿女待在一起的时光”。他甚至预言，“新英格兰的新村镇将会怀念旧日光阴”，他们了解在陆地的“中心和内部”会有怎样的发现，“甚至看到了陆地的边缘”，等等。

和这相关的一切预言都已经成为现实，而且远不止这些，但如今荷兰人又在哪里呢？荷兰人已经取得了胜利，实至名归。从史密斯的建议到伯克[②]的颂词，中间并没有隔多长时间。

我们仍然能够看到接连不断地绕过科德角顶端的捕鲭船，船经过后“掀起的浪花把所有航道都变成了白色”，我们对每艘经过的船凝神注视，仿佛那是一场与

① 约翰·史密斯（1580—1631），早期英国殖民者、探险家，在弗吉尼亚建立了第一个永久的英国殖民地。

② 埃德蒙·伯克（1729—1797），英国作家、政治家，他主张对北美殖民地实行自由和解的政策。

众不同的水上运动会，不忍错过任何一幕。在乡下，喜欢钓鱼的通常都是那些没什么工作或者不务正业的人，即使是在下雨天。然而在科德角，似乎所有能劳动、能够帮忙的男孩儿都会乘游艇出海，而且回来后还要喝上一碗海鲜杂烩汤。《地区指南》中对这点有很正式的介绍：这附近的城镇中，有多少大人和孩子从事猎捕鲸鱼、鳕鱼和鲭鱼的工作，有多少人去纽芬兰海岸或拉布拉多沿海、贝尔岛海峡或沙勒尔湾（水手们称它为夏勒尔）做水手。这个介绍让我想到，还没有人统计过康科德有多少男孩儿在整个夏天一直猎捕鲈鱼、狗鱼、太阳鱼、云斑，我觉得有必要统计一下这个数字。我认为，捕鱼不论对于大人还是小孩的道德和智力发展都是有好处的，这是一项值得从事的活动。

我的一个朋友曾经在印刷厂做学徒，非常贪玩。一天下午，他请求师傅允许自己出去钓鱼，师傅同意了，结果他钓鱼归来已经是三个月后了。他轻描淡写地说自己去了大浅滩，然后就泰然自若地去继续他的排字工作了，好像他只离开了一个下午一样。

其实，我很好奇竟然有那么多人把一整天的时间都用在捕鱼这一件事上，应该说有些人是把一生的时间都放在这上面了。值得一提的是，人们对一日三餐的来源和方式的解释是十分严肃的。而对于懒惰和不良嗜好只是以一种蚂蚁般的辛苦就可以蒙混过去，这是多么普遍的现象。我以为，与其不知疲倦地捕鱼，还不如绝食。当然，从海边居民的思维方式看，我们这些乡村人的生活追求是没有任何意义的。

在一个星期日的傍晚，我曾经跟随一艘捕鲭船航行了 3 英里。那天白天下了几场雷雨，傍晚时分闷热终于过去，我沿着海岸从科哈塞特走到达克斯伯里，想经由那里去克拉克岛，可是没有一艘船能够出航。他们说，退潮后那些船都在泥滩上搁浅了。后来，我无意中听说，旅店老板温莎要在那天晚上带 7 个人出海捕鲭鱼去，我便去询问他们能否载我一程，他们很干脆地同意了。到了出发时间，我们慢悠悠地走向海滩，似乎还在等待涨潮。大家一起换上橡胶靴，也有人把鞋拎在手里，直接蹚过水面登上船。他们每人都背着一捆木柴，还有人提了一桶新鲜的马铃薯到船上。后来，怕木柴不够用，他们每人又去拿了一捆。他们还准备了一大桶淡水，船上也储备着一些淡水。我们先在浅滩中把小船推出去 12 杆远，船才浮了起来，我们登上小船，又划出半英里才到达大船的位置。最终，我们登上了一艘载重为43吨的双桅捕鲭纵帆船，漂亮而结实，只是我忘了这艘船的名字是什么。鱼钩上还挂着湿乎乎的鱼饵，船上还有碾鲭鱼的磨和盛放鲭鱼的槽，以及一支长柄勺——用来把鲭鱼抛到船外。港湾内的水面上泛起了微波，那是一群小鲭鱼在游动。这是真正的活蹦乱跳的鲭鱼。随后，船员们开始各司其职，有的起锚，有的扬帆，井然有序。此时正是顺风，但风力很小，雷雨之后的太阳照射在船上，反射着耀眼的光芒。我认为这是一个好兆头，这次航行一定会非常顺利。这条船并不是他们平时捕鱼用的，通常都是使用平底小船，他们有4条这样的船。有时也会在大船的右舷尾部钓鱼，那里挂着现成的钓线，一个人负责两条。在张帆杆转动一两次，将槽内残留的雨水和鲭鱼腥臭的体液泼出船外后，大家就聚集在舵手旁边开始闲聊了。我还清楚地记得因为周围的铁制器物影响，使得船的罗盘偏离了几度。我们当中还有一个刚从加利福尼亚州回来的人，他是为了健康和娱乐消遣出海的。他们计划这次的出航时间是一个星期左右，捕鱼从第二天早上开始，然后再把新鲜的鲭鱼运往波士顿。我跟随他们到了克拉克岛，并在那里上岸，那是清教徒早期移民最初登陆的地方，船员们也一起上岸买了些旅途中要喝的牛奶。我已经预见到整个航程是怎么回事了，除了海上捕捞的部分。此外，考虑到他们船上所带的供给品也不多，我还是早点独自上路吧。

这是我第一次目睹捕鲭船的海上作业过程，虽然这已经不是我第一次见到捕鲭船了。经过这段旅程，我关于捕鲭船的经历就没有遗憾了。

今天比前一天更冷，气温很低，风力也更大。在这种天气下，我们常常选择沙丘的背面作为避风所。大自然的风雨雷电从来没有一刻静止过，无论是雷雨交加还是风平浪静，无论是春夏秋冬还是白昼黑夜，海滩上的活动永无止息。即使坐在海滩上一动不动，也能够享受极目远眺的乐趣，这是另一种形式的“动”。在天气晴朗的时候，即使是最懒散的人，只要能睁开眼睛，就可以看到科德角湾那一端的普利茅斯，稍一抬眼，就能眺望浩瀚的大西洋。即使他懒得连眼睛都不愿意睁开，海浪那永不停歇的咆哮与嘶吼也会传入他的耳畔。永不安分的海洋还会不断地把一只鲸鱼或沉船的残骸抛过来。世界上所有的记者和速度最快的速记员都无法在第一时间报道出关于海洋的新闻。在这充满活力的环境中，没有谁还能不慌不忙地做事。

天地间的一切都在运动，来来往往的沉船货物打捞者、海上往来的船只、空中飞翔的鹬鸟、头顶上尖叫的海鸥都在运动着，只有海岸静止不动。小海鸟贴着水边快速跑过，为了随时与大自然步调一致，只有在吞咽食物的时候才停顿片刻。我不知道它们是如何习惯这种海上生活的，它们竟敢站得离海浪如此之近。这个地方的居民都是些弱小的动物！当然，狐狸除外。站在高高的沙坝上望着大西洋的狐狸，接下来它会做些什么呢？大海在狐狸眼中又是什么样子的呢？我们偶尔会遇到沉船漂浮物打捞者，他们赶着马车、带着狗，他们的狗会朝我们这些步行的旅人吼叫，虽然那声音有气无力的，而且与那海浪的吼声相比，它的叫声小得可怜。我们看到一只长着小爪子的杂种小狗站在海边浑身颤抖，在大西洋波涛的轰鸣中，装模作样地对着一只海鸟狂吠。它或许还想冲海里的鲸鱼吠叫呢！但那种叫声只适合在农家院子里听。

那些狗身上都是光秃秃的，在苍茫的大海前瑟瑟发抖，看起来有些不和谐。我想，它们来到海边的目的，只是为了给主人加油而已。然而，更令人意想不到的是，竟然有猫也会去海边，而且还举起一只湿漉漉的爪子冲着大西洋挑衅般地摇晃。不过人们说，确有其事。夏天的时候，我还曾在海边看见过一种弱小的笛鸻，就像刚出壳的小鸡一样，浑身光秃秃的，只有腿上长了一小撮儿绒毛，它们成群结队地在海浪边快速跑过，还发出"啾啾"的微弱叫声。

曾经，在纽约湾的史坦顿岛南面偏僻的海滩上，我经常能看到成群的流浪狗在寻找冲上岸来的腐肉。有一次，我听到沼泽地的长草中传来了狗的叫声，过了很久，6只大狗从里面蹿了出来，冲到海滩上去追赶一只小狗。那只小狗径直冲我跑来，似乎是想寻求保护，于是尽管有些危险，我还是朝那些大狗扔了几块石头，把它们赶跑了。可是第二天，那只得救的小狗竟然率先冲我狂叫起来。这情景让我不禁想起了一位诗人的诗句：

吹吧，吹吧，你这寒冬的风，
你不像寡情之人
那样忘恩负义；
你的牙齿并非锋利，
因为人们看不到你，
尽管你的气息粗暴无礼。

冻吧，冻吧，你这严寒的天，
你不同于见利忘义者
不会遗忘恩惠；
尽管你导致水流扭曲，
却不像遗忘的友情，
那样刺骨锥心。

有时，当我走近海滩上一匹马或一头牛的尸体时，在原本没有任何生命气息的尸体旁会突然钻出一只狗来，它会叼着一块腐肉不声不响地溜走。

海滩是一片中立的大地，是一个最有利于观察这个世界的地方。但实际上这只是一个普通的地方。由于走了太远的路，那不断涌向岸边的海浪变得无法驯服，难以亲近。我们沿着望不到边际的长长的海滩——几乎铺满了水母和浪花溅起的泡沫——漫步前行，忽然意识到，我们自己也是这海泥的产物。

在这片荒凉的地方，到处都能闻到恶臭味儿。螃蟹、马蹄蟹、竹蛏和海水冲上来的各种东西都堆积在沙滩上，把这里变成了一个巨大的停尸场。成群的饿狗每天在那里寻找食物，乌鸦也每天都在这里捡拾潮水给予它们的微薄施舍。沙滩上不仅有动物的尸体，也有人类的尸体，这种场面在其他任何地方都无法见到。尸体经过日晒和海浪的拍打很快就变得惨白，然后开始逐渐腐烂。翻滚的潮水肆意翻动着这些尸体，它们被海浪带走又推回，反反复复，身下被垫入一层新的砂砾。这就是赤裸裸的大自然——对于任何生灵都漠不关心，既冷漠又残酷，不停地啃噬那陡峭的海岸，或许只有海鸥在那浪涛间无所畏惧地盘旋。

那天上午，远处的海面上漂来一个东西，远远望去好像是一根晒得发白的圆木，上面还留有一个树枝。直到它漂近了，我们才发现，原来是竖着一根骨头的鲸鱼骨架。这头鲸鱼的鱼油早在海上就已经被人剥去了，而尸体被抛弃后在海上漫无目的地漂流着，几个月前被冲到了这片海岸。我们碰巧在那里发现了能够证实哥本哈根古文物研究者所做的推断的证据，即托尔芬①于1007年去文兰探险时经过的“Furdustrandas”海岸就是这一带。在他们离开科德角并在“Sraum-Fiordr”（巴

① 托尔芬，冰岛航海家、探险家。

泽兹湾）周围地区探险后抵达了这里，托尔芬的同伴托尔霍尔原本想在这里弄些酒，结果失望而归，因此决定再度北上去寻找遍地是"酒树"的文兰。古籍研究者提供给我们的记述这件事情的原始资料是冰岛语，因此我还是喜欢引用他们提供的译文，这也是我所知道的唯一一段写到了科德角的拉丁文。

Cum parati erant, sublato
velo, cecinit Thorhallus:
Eò redeamus, ubi conterranei
sunt nostri! faciamus aliter,
expansi arenosi peritum,
lata navis explorare curricula:
dum procellam incitantes gladii
mor? impatientes, qui terram
collaudant, Furdustrandas
inhabitant et coquunt bal? nas.

Cum parati erant,sublato
velo,cecinit Tborhallus ;
Eò redeamus, ubi conterranei
sunt nostri! faciamus aliter,
expansi arenosi peritum,
lala navis explorare curricula:
dum procellam incitantes gladii
mor? impatientes, qui terram
collaudant, Furdustrandas
inhabitant et coquunt bal? nas.

这段话的意思是："当他们整装待发，扬帆起航时，托尔霍尔歌唱道：'让我们重回同胞们居住的那片土地吧；让我们制造一只灵巧的鸟[①]，穿越扬沙的天空去探索宽阔航道吧；而勇士们则面对暴风雨般锋利的剑[②]。他们赞美陆地，居住在神奇的海滨，以鲸鱼为食。'”据古籍研究者说，托尔霍尔就这样经科德角北上，“在去爱尔兰的途中遭遇海难”。

虽然以前曾有过更多的鲸鱼被冲上这片海岸，但在我眼中，它从未像现在这样荒凉过。我们不会去想象古代的海洋，也不知道一千年前的它是什么样子，因为海洋与陆地不同，千年的时光也无法在海洋身上留下痕迹，它一直这样荒凉，深不可测到投入一块巨石都无法激起一丝波澜。印第安人没有在海面上留下任何踪迹，海洋在文明人的眼中与野蛮人的眼中并无分别。唯一改变的只有海岸。海洋是环绕世界的苍茫水域，比孟加拉丛林更原始，更加充满千奇百怪的生物。但另一方面，它也冲蚀着都市码头和海滨寓所的花园。随着文明的进步，蛇、熊、鬣狗、老虎，都以极快的速度消失殆尽。然而，即使人口最稠密、文明程度最高的城市，也吓不走一条远离码头的鲨鱼。就这一点而言，这里并不比新加坡的文明程度高，新加坡把老虎都吓跑了。波士顿报纸上从未告诉过我港湾内有海豹。以前，在我眼里，海豹是与爱斯基摩人联系在一起的，直到我从客厅的窗户向外望去，数不清的海豹家族正在海滩上享受欢愉时光。在我看来，它们就像传说中的男性人鱼一样奇特。那些从未在森林里行走过的女士却漂洋过海地做起了水手！去体验一下诺亚的经历，见识一下灭世洪水的威力。其实，每艘船都可以成为诺亚方舟。

我们在海滩散步时，没有看见延伸进海里、用来防止奶牛跌入水中的栅栏或高高的桦木围栏，没有什么能够使我们想起人类对海滩的所有权。不过，我们从一个特鲁罗人那儿知道，镇东土地的所有者被默认为这片海滩的所有者，因为他们的土地更容易受到海沙和沙茅草的侵蚀，这些人需要获得海滩管理权以保护自己的财产。那些砂砾和沙茅草既是朋友又是敌人。但他还说，在科德角湾那边，情况就有所不同。我也曾看到过，在科德角湾不受风暴侵袭的地方，有临时安放的栅栏，插入基石的柱子或横置的格栅，都是一致延伸至低水位线的。

我们步行了几小时之后，看到捕鲭船队仍停留在北面的地平线上，他们几乎

---

① 指船。
② 指战斗。

与我们处于一个方向，不过离我们更远了，只能隐约看见高耸的船桅，连船身都看不见。虽然已经扬起了船帆，但他们既不航行也不抛锚，而是根据风向不断地调整着船的朝向，就像停泊在港口中那样，使船与船之间的距离越来越近。起初，我们还认为他们之所以不停地与逆风相抗，是因为想排成“之”字形向东抢风航行，但后来我们才知道，那时他们仍然在渔场上，之所以既不收帆也不抛锚也是当地人捕鲭鱼时的习惯。那里的人们认为，捕鲭鱼时“最有利的就是轻风（后来人们干脆称这种风为鲭风）”。我们数了数，在地平线上一小段弧线范围内大约有200艘捕鲭船，另外还有将近200艘船已经向南驶去，从我们的视线里消失了。那些船就这样徘徊在科德角顶端附近，像围绕在一根蜡烛周围的许多飞蛾一样。雷斯角和朗波因特的灯塔就是那根在黑夜里为它们点燃的蜡烛，远远看去，那些船似乎与“烛火”保持着一定距离，依然显得洁白美好，但当我们逐渐接近它们时才发现它们的“翅膀”和“身体”竟然已经被微微烧焦了。

村庄似乎就是这样，所有身强体壮的男人都在共有的土地——海洋上合作耕耘。在北特鲁罗，妇女和姑娘们会坐在自家门口遥望，在15至20英里以外的海面上，她们的丈夫或兄弟正驾着几百艘白色捕捞船捕捞鲭鱼，就像乡村里的农妇遥望山坡上辛勤劳作的丈夫一样。不同的是，海上的捕鱼人听不到家里开饭的呼喊声。

我们经过科德角腕部最狭长的地带后，不出半英里便驶入了港湾一侧，不过仍在特鲁罗境内——该镇靠海岸有12英里长。我们决定中午去离此处很近的普罗温斯敦休息，在那里有一个高出海面约100英尺的沙丘，叫亚拉腊山，那里生长着茂密的灌木丛。在去那里的路上，我们欣赏到了千姿百态的沙洲美景，也看到了奇妙有趣的幻象，后来我才知道，希区柯克在科德角的沙洲上也曾看到过这种幻象。当时，我们正穿过沙漠中一道很浅的溪谷，那里周围的沙地平坦光滑，地势平缓向上，与地平线之间的夹角很小，而且有一连串清浅的水池位于最低处。后来，我们斜穿过溪谷到那里去取水喝，结果发现这些水池也是倾斜的，而且看起来倾斜得非常明显，水池之间明显是互相连通的，却没有一丝水波，完全看不出水在流动。因而，当我们来到一个方便取水的水池旁时，感觉自己似乎爬高了好几英尺。那些水池好像中了魔法一样，就像倾斜放置的镜子斜躺在溪谷边上。这是普罗温斯敦沙漠中一个美轮美奂的幻象，但还比不上梵语所说的“干渴的瞪羚”,因为这里有真实的水,而且也确实解决了我们口渴的问题。

哥本哈根的拉芬教授认为这种幻象与具有“奇妙海岸”的意思的地名“Furdustrandas”之间存在着一定的联系,然而我将这种幻象告诉了一位普罗温斯顿的老居民后,他却表示自己从未见过,也从来都没有听说过。我在上文提到过,1007年托尔芬远赴文兰探险,中途他曾在一处海岸登陆,那里就是古老的冰岛文中所记述的“奇妙海岸”。但这片沙滩最引人注目的是它的长度,而不是它的幻象。在所有的沙漠中,幻象都不值得惊奇,而北欧人将这个名字赋予这个地方却有着充分而合理的理由,“因为沿着这些海岸航行需要耗费很长的时间”。然而,如果你从格陵兰沿着这片海岸一直航行至巴泽兹湾,映入眼帘的则是一片片覆盖着沙的海滩。但不管托尔芬是否见过这里的幻象,梭罗却看到了。

我在科德角看过的幻象并不只有这一种。紧靠海岸的那一半海滩通常都是水平的,而另一半则向下倾斜,一直延伸到海边。日落时分,我走在韦尔弗利特的沙洲边缘,却感觉里面的那一半海滩似乎在向上倾斜至水边,而且与另一半海滩相接,形成一条10至12英尺高、贯穿整个海滨的脊状隆起,但我所站之处的对面似乎总是更高一些。虽然我看到前一股潮水所留下的暗色轮廓在外观上只达到海滩倾斜度的一半,这种现象足以说明那只是一种对比形成的幻象,但我直到走下海岸之前都不能确信这点。陌生人很容易发现令这里的早期定居者感到奇怪的景象,因为他所研究的正是陌生的事物。那位年老的牡蛎采集者在谈到射杀海鸥时就曾说过,在海岸下开枪时,必须向下瞄准。

附近的一位居民说,有一年8月的一天,他在诺申岛上用望远镜观看玛沙文雅岛附近航行的船只。当时的海水看起来非常平静,船只的倒影清晰可见,然而从船只满帆的状态来看,又说明海上是有风的,而风必然会在海面吹起波纹。当时和他在一起的人都认为那是幻象,是薄雾反射形成的倒影。

我们站在上文提到的那个沙丘上可以俯瞰整个普罗温斯敦及其港口,此时的港内一片汪洋,一艘船都见不到。夜幕尚未降临,我们不想在白天进入普罗温斯敦,于是冒着严寒与狂风穿过沙漠,回到大西洋一侧。大海的威力对我们来说具有很强的吸引力,所以我们再一次沿着靠近雷斯角的海滩漫步。大海从没有像读者想象得那样平静,相反,海面上一直吹着狂风,巨浪翻滚,呼啸不止。海岸在此刻几乎变成了东西走向。

太阳下山之前，我们看到捕鲭的船队已经返回了海港。我们离开普罗温斯敦北面的海滨，穿过沙漠向镇子的东端走去。我们来到了沙漠边缘的第一座沙丘，这座沙丘很高，长满了沙茅草和灌木，站在上面可以将环绕普罗温斯敦北面的灌木丛生的丘陵和沼泽尽收眼底。从某种程度上说，这一地带保护着该镇免遭沙漠侵蚀。尽管这里一片荒芜，沙漠连绵不绝，但我却从未见过比这里更美的秋色。它就像是一块铺在不平坦地面上的最精致华美的地毯，无论是锦缎还是天鹅绒，无论是泰尔紫染料还是任何纺织品，全都无法与之媲美。它的特别之处在于五彩缤纷：越橘那鲜亮的红色，杨梅的红褐色与北美油松的鲜绿色混合在一起，还有鹿蹄草、李子树的暗绿色，灌木橡的黄绿色，以及桦树、枫树和杨树的金色、黄色和浅褐色，而且山坡上还有几条黄色的倾斜沙面穿插其间，就像白色的地面从地毯的缝隙中露出来一样。

我来自乡村，见过许多秋天的树林，但在科德角看到的秋色依然是最奇妙、最特别的。大概是由于它的色调与小路周围沙土的颜色形成了强烈的对比，使它显得更加耀眼夺目的缘故吧。这里就像科德角室内陈设的一部分，我们沿着科德角在大西洋的一侧一连走了几日，仿佛走在那漫长而荒凉的走廊上，后来经过门厅那铺满砂砾的地板，此刻即将走进她的闺房。从前面色彩斑斓的丘陵上望过去，绕过从朗波因特涌入普罗温斯敦港的上百艘白色帆船，就像壁炉架上的玩具船一样。

这里的秋景之所以独特，不仅在于色泽鲜艳的高大树林，还有那茂密丛生的低矮灌木。绚烂的秋色看上去就像一块精纺的毛料或羊毛织物，似乎它的边缘都能被巨人抓起，或者说是抓住它那挂满流苏的长及地面的边角，把它提起来抖动。不过根本没有必要去抖动它，若真的抖动一下的话，附着在它下面的尘土肯定会把周围弄得尘土飞扬。这种秋景难道不像一张色彩鲜明的地毯吗？欣赏过这里的秋景后，每当我看到一块色彩更加浓艳的地毯时，都会想象那上面有长满越橘的丘陵、生长着茂盛的鹿蹄草和蓝莓的沼泽，以及一片片灌木橡丛和杨梅树丛，还有枫树、桦树和松树。有什么染料敢与这些色彩相媲美？它们的色调比我所联想起的新英格兰海岸更加温暖，似乎它就是我曾见过的那片秋色。

我们穿过了一块长满鹿蹄草的沼泽，翻过了几座被灌木橡覆盖的山丘，那一带没有任何可以行走的路，遭遇海难的人如果夜间来到这里一定凶多吉少。克服重重困难，最后我们终于来到了普罗温斯敦街道的东端，整条街道是由四块厚木板，沿着面向东南的弧形海滩铺设。科德角末端的这个镇正是以这条街道为主。一座座灌木丛生的沙丘就耸立在街道后面，沼泽和池塘穿插在沙丘之间，形成了一个中部宽约半英里至1英里多的月牙形。“月牙”的另一边是占这片土地一大半面积的沙漠，沙漠的东、西、北三面一直延伸至海边。这个镇的居住区集中在海港与沙丘之间一块10至15杆宽的狭窄空间里，当时约有居民2600人。居民的房屋坐落在街道的里侧，或者说是厚木板的一边。房屋的样式时尚新颖且经过精心装饰，已非昔日的渔民小屋可比；靠海的一侧建有鱼库和仓库，以及盐厂那外观独特的风车房。海滩中间的狭窄部分形成了这条约18英尺宽的街道，如果镇上有两辆马车，必然会在这里相遇。这条海滩或者称它为街道更准确，看起来比我们走过的任何一处海滩或沙漠都更“繁忙”，潮水涨到最高的时候也到不了这里。旅行者很少从这里经过，因此沙土一直都很松软。我们听说，我们正在其上行走的这四块厚木板是用该镇分得的剩余收入买来的。当时，关于如何使用这笔钱，在居民之中还引发了一场争论，最后他们做出了这一英明决定：用这笔钱来购买厚木板，铺在脚下。然而，据说有些人为了表达没有分到那笔钱的不满情绪，在这条木板人行道铺成之后很长一段时间里，他们依然坚持走沙土路。这是我偶然得知的一个事例，它说明剩余收入能给村镇带来福利。国库的剩余收入——“美元”阻挡了海洋的剩余收入——“沙子”所带来的危害。普罗温斯敦人曾预计，待到这几块木板坏掉之后，就修一条坚硬的石板路。后来，他们确实修了一条那样的路，而当年那段经受沙土洗礼的经历早已被尘封在记忆中。

我们从这里经过时，看到有的居民在加工鱼，有的在处理运回家来的粗盐和干草。那些摊在家门口海滩上的干草，看上去一片黄色，就像是刚从海中耙上来的一样。前院的那一小块地实际上是用栅栏围起来的一块海滩，上面还长着沙茅草，似乎随时都会被潮水淹没。在那里偶尔还能捡到贝壳和卵石，那是大自然的额外馈赠。房屋之间矗立着几棵银白杨、柳树和乳香树。有个居民把一棵小橡树指给我看，那是他从镇子后面移植过来的，因为他以为那是一棵苹果树。不过他对这方面并不擅长。尽管他分不清橡树和苹果树，但他却能准确预测天气，还传授了我们一些这方面的方法，比如雷雨云如果在涨潮时出现就不会下雨。这里是我们所到过的最典型的海滨小镇，它只是一片被还算干燥但不够坚硬的陆地包围着的美丽海港，一个有人居住的海滩。渔民们在这里加工、贮存他们捕捞上来的鱼，在这附近没有其他村落。居民们上岸后仍然在厚木板上行走。沼泽中已被他们开垦出若干块耕地，每块通常只有6平方杆，其中有一块地被四根长杆围了起来，还有一块是用粗木棍插在地里围起来的。这几块地就是普罗温斯敦所有的可耕种土地。我们听说，这个镇上共有三四十亩地，但我们看到的还不到四分之一，而且上面都覆盖着很厚的沙，看上去似乎正在被沙漠侵蚀。他们现在正在把一些沼泽改造成大面积的越橘种植地。

不过，普罗温斯敦绝不是一个偏僻的小镇，它是航海者的必经之地。只要在黑暗中能够避免与它相撞就是幸运的了。它位于一条商业通道上，商人们一年到头经常与它接触。

在我们到达之前，捕鲭船队除了早上要驶向查塔姆的那几个分队外，已经全部都进港了，因为那是繁忙的周六晚上。我们来到一座小山丘上欣赏海湾日落，看到已有200艘漂亮的多桅纵帆船停泊在港湾内，而正在绕过科德角的船更多，已无法数清。这些船大部分都属于韦尔弗利特、特鲁罗和安角。这就是我们先前只能看到桅杆，而船身却隐藏在地平线下的那座船帆之城。近在咫尺我们才发现，在光溜溜的桅杆下，是一大片黑压压的船只。一位渔民告诉我们，捕鲭船队共有1500艘船，他曾经数过一次，仅在普罗温斯敦港内就有350艘。由于水浅，他们只好将船停在远离岸边的地方。因此，这些船与那些停泊在大城市码头上的船只相比显得更为庞大。我们沿大西洋向西北走的时候，看见这些船一整天都在海上左转右拐，像是在为我们做娱乐表演，所以当我们到达这里，看见它们在夜色中涌入普罗温斯敦港，又感觉它们似乎就是为了迎接我们而来的。这些船快慢不一地贴着雷斯角和朗波因特海岬行驶，我不禁想到飞鸟归巢的情景。

这些都是真正的新英格兰船舶。据《摩西王子日志》记载，这位编年史作者的一个兄弟曾于1721年到过格洛斯特，而第一艘被称为双桅纵帆船的船只就是约八年前在那里建造的，建造者是美国造船师安德鲁·罗宾逊。18世纪末，一个叫科顿·塔夫茨的人给人们讲述了这件事的始末，以及他在访问格洛斯特时听来的一些细节。据塔夫茨说，罗宾逊造了一艘船，并以独特的方式给这艘船装配桅杆、船帆和索具，船下水的时候，一位旁观者大喊："瞧！它的冲劲儿多大啊！"罗宾逊回答道："就叫它纵帆船吧！"塔夫茨说："从那之后，凡是以这种方式装配桅杆、船帆和索具的船就都被叫作纵帆船了。在此之前，欧洲人从来没见过这种船。"[①] 不过我却很难相信这种说法，因为我一直认为纵帆船是一种很典型的船。

根据新罕布什尔州曼彻斯特的波特考证，"纵帆船"一词起源于新英格兰，是从印第安语 schoon 或 scoot 演变而来的，意思是猛冲，和 schoodic 一词源自 scoot 和 anke 一样，意思是水流奔涌之处。请注意，根据《波士顿日报》报道，格洛斯特的某位知名人士将在 1859 年 3 月 3 日举行的一次宗谱学会上发表一篇关于这一问题的论文，届时请参看该论文。

几乎所有普罗温斯敦的居民出门时都会经过我刚才提到的那四块厚木板，因此只要你待在屋外，就一定能见到所有走出家门的居民。今晚，木板路上挤满了捕鲭鱼的渔民，在回旅店的路上，我们时而把别人挤下木板路，时而又被人挤下去。这家旅店是一个裁缝开的，他的裁缝店和旅店紧挨着，看来他每天的工作既要切肉又要裁剪布料。

尽管第二天早上比前一天更冷，风也更大，但我们依然再次向沙漠走去，因为我们喜欢待在户外，只要有阳光和永不止息的风。镇子西南端的尚克–佩恩特沼泽的西面是一片灌木丛生的丘陵地带，对于我们这些未出过海的人来说，听到尚克–佩恩特这个名字就会认为它有着特殊的含义，因此它在我们眼中显得非同寻常。穿过这片丘陵地带后，我们又经过沙滩，来到了 3 英里外雷斯角南面的海岸，从那里漫步绕向东边，穿过沙漠来到前晚我们上岸的地方。离开那里之后，我们又在巨大沙盘似的沙地上行走了五六英里，由于我们走的路线并非一条直线，可能实际走了 9 英里或 10 英里的路程。我们一路上迎着刺骨的寒风前行，仿佛已经到了 1 月隆冬季节。此后的近两个月里，我们再没遇到过那样冷的天气。那里是纯粹的沙地，站在那里除了沙就只有远处几块稀疏的沙茅草地，其他什么植物都看不到。沙茅草地那里微微隆起了一条条垄，顶部覆盖着沙茅草，两侧的沙地向上形成了斜坡。这片贯穿普罗温斯敦的沙漠，从海岬末端一直延伸至特鲁罗境内。尽管一路上都吹着凛冽寒风，我们却想起了《赖利的故事》中主人公在阿拉伯沙漠中被俘的情形。由于视线错觉，我们把远处的一块块小沙茅草地看成了大片的玉米地，而且在幻象的影响下，我们觉得那些垄十分高大。后来我欣喜地

① 引文见《马萨诸塞州历史文集》第一辑第九卷和第四辑第一卷。

在瑞典植物学家卡尔姆1749年写的《北美旅行记》中了解到，圣劳伦斯河下游的人把这种沙茅草和沙丘草都叫作“seigle de mer”。他还说：“我确信在纽芬兰和其他的北美海岸这类植物都生长得极为茂盛，长有这类植物的地方，远看很像玉米地，这一点可以在书中关于最佳葡萄酒产地的的那些段落里得到解释，其中提到了人们曾发现田野里长满了野生的小麦。”

沙茅草“2至4英尺高，呈海绿色”，据说它们能在全世界任何地方生长。在赫布里底群岛，人们用它来编制席子、驮鞍、袋子和帽子，还有本州的多尔切斯特出产的纸张也是以沙茅草为原料制作的，那里的人们还把嫩草当饲料喂牛。沙茅草的顶部长6英寸至1英尺，有点像黑麦，它的根和籽都能繁殖。为了表达它对沙土的热爱，有些植物学家称它为“Psamma arenaria”，这个名字由希腊语名词“沙”和拉丁语形容词“含沙的”构成，意思就是“多沙”。因为它即使被风吹得直打转儿，根部也能稳稳扎向地下，于是它就在沙地上画出了无数个圆圈，和圆规画出来的一样精确。

这里的景色非常单调，是你想象不出的单调。我们在沙地上看到的动物只有蜘蛛和蠕虫。蜘蛛在雪地里、冰水中和沙土地上都能生存。蠕虫是一种形状细长，可能有毒的动物，因为有很多足，也叫千足虫。我们还惊讶地发现，流沙中那些蜘蛛洞的边缘竟然十分坚硬。到了6月，这片沙滩就会遍布海龟的足迹，这些大大小小的海龟只会在夜间出现，不断在大海和沼泽之间往返，画出一道道线条。一位在沙漠边缘拥有一个“农场”并且知晓许多普罗温斯敦传闻的人告诉我，去年春天有个人在这片沙滩上抓到了25只海龟。他也有一套自己的方法抓海龟：

把一只蟾蜍挂在钓鲭鱼的钩子上，抛入池塘，然后把钓丝拴在岸边的树桩或篱笆上。海龟上钩后，就会顺着钓丝爬上岸，所以只要守在树桩或篱笆边就可以抓到它。那里还常有水貂、麝鼠、狐狸、浣熊和野鼠出没，只是没发现松鼠的踪迹。我们还从当地人那里听说，人们在海滩上和东港的沼泽里都曾经见过桶一样大小的海龟，只是不知道它们的来处，是一直生长在这里的还是从某艘船上掉下来的。这里的海龟大概是最靠北边的海龟了，或者说是无毛龟。在这只有沙和沙茅草的地方，蟾蜍随处可见。令我们吃惊的是，在特鲁罗有多到数不胜数的浅色大蟾蜍，它们的颜色和沙地的颜色很接近，在多沙的旱地上跳来跳去。在这片纯粹的沙质海滩上，蛇也是很常见的，而且这里的蚊子比任何地方都多，这让我们在旅行中不堪其扰。在这样的夏季，沙漠边缘的洼地和沙茅草地中长满了草莓，山坡上的唐棣果也很茂盛，当地居民称呼它为“乔希梨”。

恰巧有一位热心人，看我是外地人，决定带我去草莓长得最茂盛的地方，而他自己明年也不会再来这里了，否则他也是不会带我去的。因此，我感觉自己有责任对这个地方保密。去那里的路上，我们经过一个池塘，他展示了十分热情的待客之道：就像辛巴达[①]那样用肩膀把我扛了过去。这让我十分感谢，如果有一天我能为他效劳，一定尽心尽力。

我们在那里看到了一处满是枯枝败叶的地方，把沙漠的路给阻断了。后来我们才得知，三四十年前，那里曾是一片茂密的森林，可是由于当地人每年都会砍下大量的树枝做燃料，以至那里的树都被砍光了。

那天，科德角海滩的背面前所未有的寒冷，我们在镇子上一个人影也没看到，或者说，大多数人并不想遇到这种低温天气，因此都不愿意贸然出门。在这片沙漠上，我们几乎没看到任何人的足迹，更加看不出有人曾穿越过这片沙漠。可是我听说每当天气恶劣时，都会有人不分日夜地在科德角背面寻找遭遇事故的船只，以便找点卸货之类的工作，遭遇海难的人也会因为他们被及早发现而得救。但总的来说，到这片沙漠的人还是很少。有位在普罗温斯敦生活的人告诉我，他在那里待了30年，这么多年却从没去过科德角的北端。在那里，即使是当地人遇到了暴风雪也会因为迷路而被冻僵。

这里的风和西洛可风[②]或西蒙风[③]都不同，这是一种新英格兰的东北风，就算我们躲到沙丘下面，也躲不开，因为它是从四面八方吹来的，沙丘被吹成了圆锥形，所以无论我们躲在沙丘的哪一边，都能感受到它的存在。有时，我们趴在地上喝小沙坑里的水，那些水大概是池塘或沼泽遗留下来的，都是些纯净的淡水。空气中飘浮着沙土，像雪花一样飞扬的尘土和细沙被风吹打到脸上，疼痛感十足。我们知道，在天气更干燥、风沙更大的时候，我们面对的将是一座在空中移动的沙洲，不断地向你投掷哑弹，抽打我们的将不是九尾鞭子，而是上面带刺的无数条鞭子。我们在一位惠特曼先生写给内地朋友的信中了解到，每次风沙刮过，窗

① 辛巴达，《天方夜谭》中的巴格达富商，曾7次冒险航海。
② 西洛可风，从非洲吹向南欧一带的非洲热风。
③ 西蒙风，沙漠地区的干热风。

户上都会留下斑斑痕迹，以至于他不得不每星期都换一次新玻璃窗，否则就看不到窗外的东西了，这位先生当时在韦尔弗利特担任牧师。

在灌木林的边缘，因为风沙不断堆积，就像洪水一样朝着树林压过来，最后形成了一道比地面高出数英尺的陡峭沙坝，灌木林边缘地带的树木已经有一部分被沙坝埋起来了。这种沙坝的形成一般是因为海水的冲击或者是由风将沙从其最初所在的陆地吹向更远的内陆而堆积形成的，英格兰人把这种移动的沙坝叫作风吹积沙丘或草丘陵地，也有人曾把这种沙坝比作英格兰的移动沙坝。这里的沙潮在风和浪的作用下，慢慢地从大海涌向普罗温斯敦镇。虽说最强劲的风从东北方吹来，但西北风造成的沙的移动却最多，因为西北风异常干燥。过去，在比斯开湾的岸上，许多村庄都是被这种风沙埋葬掉的。当地政府多年前为了保护普罗温斯敦港和科德角的边缘，栽种了许多沙茅草，我们所看到的一些沙脊上长满沙茅草，就是那时栽种的。我还和几位曾经受雇于政府种植沙茅草的人交谈过。前面我已经提到过《巴恩斯特布尔县东海岸记事》一书，书中说："春夏两季的沙茅草能长到2.5英尺高。如果周围是裸露的海滩，秋冬两季的暴风就会将沙带来，并在沙茅草地的四周越积越高，几乎能够达到沙茅草的顶部。第二年春天，沙茅草会重新抽芽生长，冬天时又会被沙覆盖；如此年复一年，只要有足够的基础支撑，沙丘和沙脊就会不断增高，直到它的周围也长满沙茅草，暴风再也无法把沙刮走。"这样形成的沙丘有的高达100英尺，形状不一，位置不定，就像雪堆和阿拉伯帐篷。沙茅草的根部紧紧扎在地下，并且埋得很深，当我使劲去拔它的时候，通常在地面以下10英寸至1英尺的地方就断了，那里其实就是上一年的地面。而那里又出现了无数条笔直且坚硬的圆柱形萌蘖枝条，它的长度正好是上一年堆积起来的沙的厚度。有时候，人们会将上一季枯死的残根连同上面腐烂了的嫩枝一起从更深的沙中拔掉，以便能够精确地记录出沙丘的年龄和它近几年的增长速度。

英国植物学家老杰勒德曾经说过："我在斯托的编年史中1555年一章里发现，他提到过一种豆子，他称之为'豌豆'。他会特别提到这种豆子，是因为当时正是大饥荒时期，灾民们靠吃这种豆子生存下来，实属奇迹。斯托说，在萨福克县的奥福德镇和奥尔德伯勒镇之间的海边，有一处地方寸草不生，也没有一块泥土，那是一块铺满了硬石头和小圆石的地方，人们称那里为'沙洲'。让人意外的是，8月份，在那片无人耕耘播种的不毛之地上竟突然长出了茂盛的豌豆。据估计，灾民们在那里采集了100多夸脱的豌豆，那里仍有大量已成熟的和正在开花的豌豆。诺维奇主教和魏勒比爵士率领大批人马来到那里，发现这些豌豆根部以下3码的地方就是坚硬的岩石，而豌豆的根就深扎那中间，又长又粗，并且十分甘甜。”他还告诉我们，那里的豌豆能够养活数千人。他继续说道：“毫无疑问，那些野豌豆很多年前就已经生长在那里了，只不过没有引起人们的注意，直到饥荒发生，这种植物才引起人们的注意并很快得以利用。我们人类在寻找天然食物这方面是非常迟钝的。我有一位非常敬重的朋友阿金特医生，他告诉我，许多年前他曾和仆人一起到过那里，并叫他的仆人用手去拔这种生长在海滩砂砾中的植物，但一直拔到有他身高那么长，依然没有把它的根全部拔出来。”杰勒德从未见过这种豌豆，因此也无法确定它属于什么植物。

德怀特[①]在他的《新英格兰游记》中说，以前特鲁罗的法律规定当地居民必须在每年4月种植沙茅草，就像其他地方规定居民维修公路一样。这里的居民栽种沙茅草的方式是，先把沙茅草整捆地挖出来，然后再分成几小捆，每隔大约3英尺种一行，这样既能与其他草类区分开来，还有利于阻挡风沙。沙茅草的自身繁殖速度很快，成熟的种子会将草茎压弯并最终掉落在地上，掉落在地上的部分又会就地生长。当地居民就是用这种方法，把过去一百年里总是被海水侵蚀的特鲁罗与普罗温斯敦的这段科德角海岬，逐渐恢复重建起来的。他们将满是草根的土层底朝上翻转过来，紧实地在沙地中间铺两层，然后在两边的沙地上均匀地铺上6英尺的树枝，再按前面的方法在斜坡上种上一排排沙茅草，并在洼地边插上用树枝编成的栅栏。就是用这种方法，如今他们已在那里修筑了一条公用道路。

大约在30年前，这里的风沙第一次得到了政府的注意——科德角港有被风沙侵蚀的危险。当时马萨诸塞州委派了专员进行实地考察，并在1825年6月递交了一份考察报告，报告中说，由于“树和灌木丛被砍倒，而科德角在港湾对面、向海那一边的沙茅草也已经全部被破坏”。在过去的14年里，原来的地面已经破裂，并且被风吹向港湾，其范围已经超过了“半英里宽，约有4.5英里长”。“几年前，那几处科德角最高的陆地上面还布满树林和灌木”，如今那里已经成为“一片

① 蒂莫西·德怀特（1752—1817），赞美诗作家，耶鲁大学最著名的校长之一。

起伏不平的荒漠”。报告还提到，在过去的12个月，沙漠“在四五英里范围内，以15杆的平均速度向港湾推进！”如果不采取一定的措施加以阻止，按照这种进度发展下去，几年之内，科德角港和特鲁罗镇都将面临被风沙摧毁的危险。因此他们建议，在4.5英里长、10杆宽的弧形范围内种植沙茅草，并禁止到那里放养牛、羊和马，当然，也要禁止居民到那里砍伐灌木。

听说，政府为了这项工程的顺利实施，前后拨款约3万美元，但人们却抱怨这笔钱和历来公款的用法一样，大部分都被胡乱挥霍了。还有人说，一边政府为保护港湾而在镇子后面种植沙茅草，另一边一些居民为了建房打地基，又用手推车把沙子一车一车地倾倒入港湾中。最近，专利局从荷兰引进了一批这种草的种子，并播撒在整个地区内，但也许我们自己的种子并不比荷兰的少。

因此，无数小小的沙茅草块就像锚链一样，将科德角牢牢地锁定在原地，一旦锚链断开，整艘船就会彻底沦陷，迅速沉入海底。从前，奶牛是自由自在地，就像公牛吃掉系小船的草绳一样，它们也可以随意啃食拴系科德角的多条锚链，几乎使它们失去踪影，而现如今，情况已完全不同了，奶牛已不允许四处乱跑乱啃了，它们也被完好地保存了下来。

特鲁罗一部分地产税相当高的地区，近来被划归普罗温斯敦。一位特鲁罗居民告诉我，为了使所获得的肥沃土地与贫瘠土地的比例相协调，他们镇上的居民曾经想要请求立法机关把与那个地区相邻的1英里土地也划归普罗温斯敦，同时希望该镇政府能够管理通过那里的那条路，因为那片地区的全部价值在于真正地把科德角连为一体，而这一点它也还未能完全做到。可是，普罗温斯敦却怎样都不肯接受这份礼物。

寒冷刺骨的东北风中，我们一上午都在听碎浪的喧嚣声，因此我们还是决定去大西洋那面看一看浪涛。于是我们向东行进，穿越沙漠，再次来到了普罗温斯敦的东北海岸。汹涌的海浪猛烈地拍击着那里广阔的浅滩，刺骨的寒风迎面袭来。海岸半英里内全是一片白色的浪花，在震耳欲聋的海浪声中，我们甚至连自己讲话的声音都无法听清。据说在这片海岸，“从东北方刮来的暴风最为猛烈，常伴有大雪，并且直接吹向陆地，会对海员造成致命的威胁。沿岸的水流非常汹涌，暴风又这样猛烈，因此船只唯有全力向北行驶，才有可能进入港湾。如果不能顺利地通过雷斯角，就会有被暴风卷到岸上的危险，一场海难也就来临了，届时船只的碎片和船员的尸体会散落于海滩各处”。不过，自从建起了高地灯塔，这片海岸的危险性就大大降低了。据说灯塔以南以前几乎没有发生过海难，而如今却时常发生。

我的同伴断言这是我们所见过的风浪最猛烈的海域，比尼亚加拉河的湍流还要猛烈，而且规模也是尼亚加拉河无法匹及的。那天海面上狂风肆虐，虽然天气仍然晴朗但十分寒冷，我们看到一艘船在挣扎着奋力前行，似乎正急于寻找一个避风港。我们到达岸边的时候正值满潮，远处的海面上巨浪滔天，想要贴近海岸穿过那里几乎不可能。再往南走就能看到更高更陡峭的一处海岸，爬上去非常危险。一位科德角当地人介绍，许多年前，有三个经常和他一起玩耍的男孩儿，他们曾在韦尔弗利特的这片海滩上看到了一艘失事船只。海浪退去后，他们便走下海岸到沉船上去玩，结果没想到海浪又涌了回来，他们想赶在海浪到来前跑回岸上，但他们的速度明显没有海浪快，最终，海岸被汹涌的海浪冲塌，将他们永远埋在了下面。

那是咆哮的大海——
海浪奔腾怒吼，
吼声久久回荡在海岸上。

我们站在那里亲眼看到这一景象时，逐渐明白了一点：在这里捕鱼和在池塘里捕鱼是截然不同的，无论从哪个方面看。如果要等到风平浪静时再去捕鱼，恐怕连鲭鱼的影子都看不到，而且会离鳕鱼越来越远，就像远离州议会大厦的木质徽章那样。

我们在海滨停留了很长时间，离开那里时已经快要被寒风冻僵了，我们认为当务之急是寻找一间慈善屋躲避严寒。这时，我们已绕过了科德角海岬，又一次向着普罗温斯敦和科德角湾行进。

普罗温斯敦

我们所住的旅店附件有一个鱼库，第二天清晨，我走进那里。当时正有三四个人在工作，他们用手推车把腌好的鱼运出去摊开并晾干。他们说，就在不久前，一艘从大浅滩返航的渔船捕到了44000条鳕鱼。德怀特曾在他的游记中记载过类似的大笔收获，就在他来到普罗温斯敦之前，"有一艘刚从大浅滩回来的纵帆船，那次出海捕获了56000条鱼，一共将近1500英担①重。在返航途中，尽管天气很好，但船的甲板依然沉入水下约8英寸"。刚刚晒制完的鳕鱼被堆成了小鱼堆，有几英尺那么高。几个穿着牛革短筒靴的人站在上面，手里拿着一种带铁质尖头的工具，正把鱼叉上手推车。其中一个年轻人嘴里不停地嚼着烟草，然后往鱼身上吐唾沫。我看着他想，等着瞧吧，年轻人，等老师傅们来了看见你的行为，那就等着挨骂吧。不过，我很快就发现自己错了——那几位老师傅也重复着和他一样的行为。我不由得想起了士麦那的无花果。于是问他们："这些鱼需要晒多久？"

"两天就能晒好，"他们回答我。"如果天气能够一直干燥的话，先生。"

之后，我穿过街道回旅店用早饭，当老板问我要吃"碎鱼还是青豆"时，我毫不犹豫地选择了青豆，虽然我不喜欢吃它。当我在第二年夏季再次来到这里时，旅店老板提供给旅客的选择仍然只有这两道菜，每次餐前都要一遍又一遍地重复这两个菜名。而且"碎鱼"这道菜很是名副其实，里面的鱼多得惊人。就像你在内陆旅行时，餐桌上随处可见的马铃薯一样。可怜的是，我在科德角的海滨旅行，却从未尝到过任何新鲜鱼类制作的菜肴，而且我敢肯定，在那里能吃到的鲜鱼还不如乡下多。那里是腌鱼的天下，旅行者甚至可以在这里戒掉爱吃鲜鱼的嗜好。不

① 英担，重量单位，在美国，1英担等于100磅，约45千克。

止鲜鱼，在普罗温斯敦新鲜的肉类也吃不到，在旅店里吃的那点鲜肉都是从波士顿水运过来的。

这里很多人家的院子里都摆满了晒鱼架，只有一条两三英尺宽的狭窄过道通向门前供人往返，因此坐在房间里向外望去，映入眼中的不是花园或草坪，而是数不清的已经失去在大海中的风姿的鳕鱼。听人说，这些平地在盛夏时节的干燥天气里，看上去有一点像花园。园子里是不同年代留下来的各式各样的晒鱼架，有的已经十分破旧，要么生锈要么长满了青苔，看那古老的样子，有可能还是这里的渔业创始人曾用过的；有的因为年复一年的负重，已经倒塌了。晒鱼似乎已经成为这里居民的主要工作，他们早晨把鱼推到阳光下晾晒，晚上再把鱼收回来。而且好多没有正当职业的人经常能在清晨出门时找到个帮助邻居推车运鱼的临时工作。这些邻居往往都急着利用这分外晴朗的好天气。我现在已经很有经验，知道在什么地方可以找到晾晒的腌鳕鱼。它们翻着肚皮躺在那里，锁骨突出，好像是水兵外套的大翻领，把一切东西都引诱到它们的怀里，除了少数东西，几乎没有什么能够抵挡它们的诱惑。我想象着，如果把一条很大的腌鳕鱼裹在一个小男孩儿的身上，那么他就拥有了一件让世人惊叹的时装。码头上堆放着腌好的鳕鱼，望过去就像是一捆捆等待剥掉树皮的枫树和黄桦。最初，我还真的以为那里堆放的是木材，不过在某种意义上，它们也确实类似那种生长在大浅滩东部的木材，都是在以生命维持人类的生命之火。一部分鳕鱼被堆成了花坛的样子，鱼尾统一朝外，一圈接一圈排列，一直到三四英尺高，圆圈才迅速缩小，直到顶部形成一个锥形。在新布伦瑞克海岸，为了防止雨水渗透进鱼堆，人们通常用桦树皮将其遮盖起来，再在上面压一块石头。等到这些鱼被风吹干后，就包装起来运走。

据说到了秋季，这里的人会将鳕鱼头当饲料喂奶牛。就像人类的头部一样，鳕鱼的头也是这类鱼身上最重要的部分，是上帝创作的杰出之处，只是鳕鱼比人类的智慧少而已，就要遭受到这样被奶牛嚼碎吃掉的命运。想到这里，我立刻感觉自己的头仿佛也在被什么咬着，发出声响。假如在太空中的岛屿上居住着更高级的动物，他们喜欢把人类的脑袋当饲料喂他们的奶牛，不知道又是一番什么样的情景。那时，无论多么精密的大脑，包括思维和本能的殿堂都将不复存在，只是作为反刍动物的一种食物而存在！不过，一个当地人十分肯定地告诉我，他们绝对没有用鳕鱼头去喂奶牛，倒是有奶牛偶尔趁人不注意自己跑去偷吃鳕鱼头。但如果我生活在这里，我希望这样的事一辈子也没机会看到。体内缺乏盐类的奶牛有时也会去舔食晒鱼架上的鳕鱼以补充盐分。这位居民的话让我觉得，也许关于奶牛吃鱼头的流言就是这么来的。

几千年来，这个毫无根据的流言一直在旅行者中流传着，也可以说这是一种诽谤，其实拉丁人和希腊人也这样说过：许多民族用鱼来喂牛、马或羊。另外，在古罗马学者伊良和作家普林尼的作品中也有过类似的叙述。但在奈阿尔科斯却有不同观点，他是亚历山大大帝的舰队司令，在公元前326年，从印度河航行至幼发拉底河时，他的航海日记中曾写道：两河流域沿岸一些地区的居民也被称为“食鱼人”，因为他们不仅吃生鱼，连他们生活的海岸附近都寸草不生，他们会用鲸鱼脊椎骨做成研钵，然后将晒好的鱼干放在里面捣碎做成鱼酱喂牛。另有几位当代旅行家，比如布雷博萨和尼布尔等人也有过同样的记述。综上所述，我对普洛温斯顿的奶牛是否吃鳕鱼头这一观点依然持怀疑态度。至于其他家畜，1779年船长金（Captain King）[①] 在续写库克船长的航海日志时，还提到过堪察加半岛的狗也有类似待遇：“人们把鲑鱼的头、内脏和脊骨晒干并储存起来，冬天用来喂狗，这就是它们的日常饮食，不过主人并不会给它们喂太多。”[②]

谈到鱼，我想起普林尼也曾说过：“亚历山大大帝的舰队指挥官们曾讲到过关于住在阿拉比斯河沿岸的格德罗西人的生活习惯，他们会用鱼的颚骨做屋门，然后用鱼骨做屋顶的椽子。”他在《博物志》博恩译本的第二卷的第361页中还曾提到，“阿杜安说，在他那个时代的巴斯克人经常用鲸鱼的肋骨做花园的栅栏，有的肋骨长达20英尺。居维叶[③] 说，如今在挪威，人们仍在用鲸鱼的颚骨来做建筑物的横梁和柱子。”斯特拉波[④] 在《地理学》一书中也曾谈到过“食鱼人”。而希罗多德[⑤] 在提到色雷斯的普雷西亚湖畔的居民时说：“他们把鱼给他们的马和牲

① 詹姆斯·金（1750—1784），英国海军军官、探险家，参加了库克船长的最后一次太平洋航行。

② 见《库克航海日志》第七卷。

③ 居维叶（1769—1832），法国动物学家、古生物学家，比较解剖学和古生物学的奠基人。

④ 斯特拉波，古希腊地理学家、历史学家，著有《历史学》（43卷）和《地理学》（17卷）。

⑤ 希罗多德，古希腊历史学家，他把旅行中的所闻所见以及第一波斯帝国的历史记录下来，著成《历史》一书。

口当饲料。”

普罗温斯敦显然很符合人们所说的那种欣欣向荣的小镇形象。有居民在聊天中问我，是不是觉得他们的生活并没有那么富裕。我否认了这种说法，并询问他们的救济院里有多少人。他们回答说：“那里只有一两个年老体弱或痴呆的人。”在那里，如果只看房屋和商店的外观，一定会认为他们很贫穷，但是如果进到房子里面，你就会发现装饰华丽而舒适，这说明他们的生活和贫困潦倒无关。在安息日的早晨，你偶尔能在路上遇见衣着讲究的女士刚从教堂出来，她艰难地从沙丘间走过，显然从外观上看，那里和她的形象并不般配，但当你见到教堂内部的装饰就会觉得那场景与这位女士的服装极为相称。至于当地居民的精神世界，我就无法探知了。我只在街上与一些初次谋面的人有过短暂的交流，其间，他们的言谈可算不上优雅，或者说没什么内涵，但却流露出淳朴的智慧，这实在令我惊喜与失望交加。第二年夏季，再次来到这里时，我还被邀请去镇上一位居民家里做客。那是一个安息日的傍晚，他坐在门口迎接我。美中不足的是，他虽然想要开门迎客，可大门上却挂着一个完好无损的大蜘蛛网，这可不是个好兆头，于是我立刻落荒而逃了。

这个周一的清晨，无论是海洋还是陆地都没有一丝风，我想我们可以顺利地渡过科德角湾。渔民们也在期盼不要像昨天一样不仅冷，还刮着大风。这种情况并不常见，前后两天，天气却如此强烈反差。虽然这天是小阳春的第一天，但接近中午时，我们在镇子后面沙地上的水坑表面发现昨夜形成的冰还没化开。因为路途上的风吹日晒，脸上的许多地方都皲裂了，不过这对我并没有什么影响，就算暴晒两天也阻挡不了我四处旅行的脚步。我们先是到尚克—佩恩特沼泽附近的丘陵一带游览了一番，然后便找到最高的沙丘坐下来休息，在那里我们可以俯瞰整个普罗温斯敦镇。不远处有一座长长的独木桥，横跨在两个小沙丘中间，几个男孩正在那里放风筝，可惜没有成功。我们就这样度过了整个上午，坐在那里一边眺望宁静的海港，一边等待从韦尔弗利特方向驶来的船舶，当我们听到它在长角鸣响的汽笛声时，就可以准备上船了。

在等待的时间里，我们想要尽可能多地从放风筝的男孩儿那里了解一些我们想知道的东西。普罗温斯敦的男孩儿都是水手，拥有水手的好眼力。去年夏天的一个星期日早上，我们在距离普罗温斯敦港七八英里的高地灯塔那里，想要搭乘一艘波士顿驶来名叫“奥拉塔”的游艇返回，但我们不知道它是否已经到港。当时，一个10岁左右的普罗温斯敦男孩儿刚好在我们旁边，他告诉我们，那艘船已经到了。我很奇怪他怎么知道的。他回答说：“我看见它刚进港。”如此远的距离，那么多的船只，他竟然能够准确辨认出那艘游艇来，这让我非常吃惊。他说因为那里没有几艘那种二桅纵帆船，所以想要辨认很容易。帕尔弗里在巴恩斯特布尔演讲时曾说：“鸭子爱水的天性也比不上巴恩斯特布尔的男孩儿（他应该换成科德角的男孩儿，才够全面）。他们从学步车里跳进船上就像是从母亲的怀里跃上桅顶一样。从刚会说话时起，他们就能背出罗盘的32个方位，在刚会放风筝时就已经会收帆、缩桅和掌舵了。”

这天的天气很适合坐在沙丘上俯瞰前方的大海和陆地，并在那里整理自己的思绪。海面上纵帆船正在一艘接一艘地迅速绕过海岬，那是捕鲭船队在驶离海港，壮观的场景仿佛清晨的鸟儿飞离巢穴前往田野一样。在镇子后面的丘陵地带，每个角落都挤满了外形似海龟一般的盐厂棚屋，闲置的风车在海边排列成行。这是一个把太阳当作熟练技工并只有一个学徒干杂事的大企业，而它是怎样通过简陋的化学过程获得了各种生活必需品的，很值得一看。这种工作适合大热天做，即使是在阳光最强烈的时候也不能停止工作。这与淘金和淘钻石有着天壤之别，但却比那些工作有趣得多。大自然对于帮助人类获取生活必需品十分慷慨。最好的证明就是我在赫尔看到的一家钾碱厂。他们获取产品的方式非常简单：工人把海藻的茎烧成灰，加水煮沸熬干。可以肯定的是，几个乳臭未干的爱尔兰人在实验室中搞的那些分解，根本就不能算化学。与同等面积的土地比较，这里的盐产量要高于其他地方，据说是因为沙丘会反射阳光，而且这里的海港没有一滴淡水注入。有人认为下点儿小雨不仅能净化空气，还能使提取的盐分更加稳固且质量更好，因为天气炎热，盐中的水分反而不易蒸发，这和油漆在炎热的天气里不易干是一个道理。不过现在，科德角的人们更多是将盐厂拆除或出售用以换取木材，同许多其他地方一样。

我们从山上看下去，居民们的一举一动都看得清清楚楚，仿佛他们生活在我们面前一个没有屋顶的房子之中。他们正忙着在房屋周围用柳条编成的晒鱼架上晾晒腌鱼。为了晒鱼，他们把后院扩展得像前院一样大，于是每户人家前院后院的鱼都连成了一片。每户院中都有一间小屋，那些宝贝就存放在这些小屋里，人们将它们推出后有条不紊地铺开晾晒。我们发现，即使是这种捕鱼晒鱼的工作也蕴含着丰富的技巧和工艺，而且需要合理的统筹分工。有个男人为了使他的鱼离邻居家那头已经把脖子伸过栅栏的奶牛远一些，便把晒鱼架后撤了几英寸。这种工作看起来很像家务事，就像晾衣服一样，因此在这个县的一些地方，有的女人也参与到这项工作中来。

我注意到，科德角一些地方的晾衣架很特别，他们先是把树枝铺在沙地上，然后用篱笆把它们围起来，衣服就晾在树枝上以避免沾上沙子。这就是科德角人的晾衣场。

在这里，沙子是最大的敌人。为了防止行走时将沙子搅动起来，人们把有些山岗的顶部用篱笆围了起来，还挂上了禁止任何人入内的警示牌，以防范沙子被风吹走或引起滑坡。居民想做晒鱼架、豆藤杆、豌豆架之类需要用到树木的东西，必须经过政府的批准才可以去镇子后面砍树，不过他们倒是可以在镇区之内随意移栽树木。沙子会像雪一样随处移动，虽然居民房屋的底层有墙来挡沙子，但有时候依然会被沙子掩埋。过去，人们把房子建在木桩上，以便风沙从房子下面通过。现在这里仍能看到几座建在木桩上的老房子。它们周围那些新建的房子，或多或少对它们起了保护作用。在我们所坐的山岗下就有一座学校，屋里面的沙子已经超过了课桌桌面，当然老师和学生早已离开这里。最终导致这个结果的可能只是某天他们一时疏忽忘了关窗，或是没有把窗户上的破玻璃补好。不过，让我不敢相信自己眼睛的是有个地方竟然打出这样的广告："此处出售细沙。"所有路过此处的居民应该也都看见过它，这很好地说明了若一个人把自己和最没用的一种东西结合起来，就可以赋予那东西价值。根据这一原理，整个科德角的背面也已被人们赋予了某种价值，不过我想，他们打出的广告如果是"肥沃的土壤"或是"消除细沙"，哦，对了，还有"鞋里不再进沙"这种，一定会更具诱惑力。我们俯瞰小镇的时候，似乎看到一个住在木板街道尽头的人，他穿着一双雪鞋，正按"之"字形路线走向小镇，但我不敢确定。因为在一些关于普罗温斯敦的图画中，从未画出过居民脚踝以下的部分，或许那部分被埋在了沙里。然而普罗温斯敦人斩钉截铁地对我说，他们即使穿着浅口鞋在路上行走也不会将沙弄进鞋内，因为他们已经掌握了如何避免这一现象发生的技巧。如果有人夜里能在自己的橡胶底浅口帆布鞋中发现几粒沙子，那是一件值得惊讶的事情。他还说，这里的年轻女性都掌握着一种技巧，走路的同时就能把鞋里的沙子甩出去，而外地人想要学会则需要很长时间。一般公共马车的轮胎都是5英寸宽，但科德角四轮运货马车的轮胎要比其他地方的宽一两英寸，因为科德角的沙比别的地方要深一两英寸。我还在那里见过一种轮胎有6英寸宽的婴儿车，这是为了保证车轮在沙面上滚动而不会陷进去。车轮越多，马越轻松。然而我们在普罗温斯敦逗留的两天里却只看见了一辆拉棺材的马车。那里的人通常不坐马车。而第二年夏天，我在那里见到了那辆载我行进了30杆路程送我去港口的双轮马车，也是在那里看见的唯一一辆马车。不过我们从资料中了解到，普罗温斯敦在1971年还有两匹马和两只公牛。我们还听说，就在我们待在那里的时候，那里还有好几匹马。巴伯在他的《通史》中对这方面也有记载："这里的年轻人把带轮的运输工具当成是很神奇的东西，因为它们在这里十分罕见。这里的少年对陆上交通了解得非常少，相反，他们熟知海上航行。当他们看到街上行驶的马车竟能在没有舵的情况下毫不偏离方向时，惊讶得目瞪口呆。"在普罗温斯敦听不到车辆行驶的声音，即使有车，那也是在沙地上行驶而不会发出声音。我们遇到一些人在傍晚时分骑马进入旅店，然而却从来听不到马蹄的"嘚嘚"声，这里只能听到马蹄扬起沙尘发出的沙沙声，仿佛作家书写时笔与稿纸摩擦发出的声音。不过现在，这里的马和马车肯定比过去多了。科德角也没有积雪，那里的雪要么被沙吸收了，要么就是被风吹走了，当然在那里也见不到雪橇，雪橇在人们眼中也是一种新鲜物件。

不过对于"土地"，科德角的居民没有任何怨言，他们反而会对你说，这里是非常适合晒鱼的大地。

在这片满是荒沙的大地上，竟然有三间礼拜堂和四间规模相当的校舍，周围围绕着密不透风的木板栅栏，那是为了保护沙子不被刮走，保证土地的平坦和稳固。许多居民住宅的四周都有这种栅栏，在距离房子不出1英尺的范围内。这些自成方圆的栅栏让小镇少了许多应有的欢快和友好氛围。这里的居民告诉我们，10年来这里一直禁止随便放牧奶牛，并且对流向村落的沙子采取了一系列阻挡措施，现在已基本控制了沙害。

为了促进普罗温斯顿的发展，1727年，政府授予这里"特殊优惠待遇"。这使得这片曾几度废弃的土地价格变得非常高昂，不过土地所有权最初的归属是凭借对土地的占有和利用而得来的。州政府拥有镇区的所有权，因此只需一份契约就可以将土地转让。但如果你想拥有一块土地或沙地，只需要向那里扔一块石头，或把它利用起来，就可以达到目的。完全不必理会街上的高额地价。

石头是科德角的稀有材料。我在那里旅行的时候，只在几个地方的路面和岸墙中发现了几块夹杂在建筑材料中的小石头。据说他们禁止船只从海滩上运走石头作为压舱物，甚至有船员在夜里上岸偷石头，只因为这里石头少得可怜。我还听说，奥尔良以南海滨堤岸的岸墙，没有一段是完好无损的。我在伊斯特姆还看见一个人正在用石头加固自己新房的地基，而他所谓的那些“大石头”是他的一位邻居辛辛苦苦收集了多年后转让给他的。不得不说，这实在是一份厚礼，几乎可以同转让给加利福尼亚的“暗礁”相提并论。他还有一个帮工，那人似乎很喜欢观察大自然，他看我不是本地人，便告诉我附近有一块“周长42步，高达15英尺”的巨石，我猜他是因为我不会把这块石头带走才告诉我的。我想，这里的居民应该都知道科德角“前臂”处的那几块巨大岩石吧。我还在这里遇到了一个懂得一点矿物学知识的人，不知道他是从哪里学到这些知识的。我想，他应该去内陆游览一番，比如科哈塞特或马布尔黑德，因为那里一定会有他感兴趣的地质学问题等着他。

高地灯塔的井是用石头砌的，不过石头是从辛厄姆运来的，而科德角的井和地窖一般都是从外地运砖来堆砌。地窖与水井一样，被砌成圆形，这是为了减少沙对地窖所产生的压力。据说地窖造价很低，直径通常只有9至12英尺。当然，如果你在沙漠中生活的话，也就用不到一个贮存根菜作物的大地窖了。以前，普罗温斯敦人不在地窖里储存蔬菜，因为流沙会将他们的地窖全部冲毁。我们在韦尔弗利特参观了一个农民的地窖，他种了50蒲式耳的马铃薯，那个地窖直径约有9英尺，就像个地下蓄水池，不过他的谷仓下面还有个同样大小的地窖。

科德角的淡水资源很丰富，在海边，你只要随便向下挖几英尺深就会挖出淡水，只是味道很差，虽然那里的居民都认为那些淡水味道很不错，我想他们是与海水比较后得出的结论。一些资料中对于特鲁罗的井是这样描述的：“在海岸附近挖井时，水位是随着潮水变化的，如果是低水位，或者说初潮，井里面是没有水的，而随着潮水上涨，井里的水也会随着涨满。”显然，位于沙的最下层的海水把淡水顶了上来。所以即使在干旱时节，普罗温斯敦海滩上的园子里依然是一片翠绿，对于外地人的吃惊，当地人会仔细跟你解释那是因为潮水将淡水顶了上来，为园子里的蔬菜提供了水分。经验丰富的航海者都知道，海洋中那些地势很低的沙洲，甚至有些只有在退潮时才会露出水面的沙洲中都蕴含着淡水资源，为口渴的航海者提供淡水。这些沙洲能够吸收降落在它们上面的雨露，又能将这些雨露与周围的海水隔离开来。

我们站在普罗温斯敦港的高处俯瞰，可以把大部分的科德角湾和一片辽阔的海洋收入眼中。这里称得上是理想港湾，港口朝南，没有礁石也从来不会冰冻。据说，人们在那里偶尔见过从巴恩斯特布尔或普利茅斯漂来的浮冰。德怀特说："在美洲海岸肆虐的风暴一般都是从东面刮来的，向风的海岸在200英里内没有其他的海港。"格雷厄姆曾对这个海港及其附近的水域进行过详细而全面的勘测，他说："这个港口水域宽且深，容量大而且是极好的锚地，同时又是十分安全的避风之处。正是凭借这些优越条件，它成为沿海最重要的港口。"这个海港既属于科德角，又属于马萨诸塞州的全体渔民。

在普利茅斯成为定居地之前的好多年，航海者们就已经发现了这个海港。在约翰·史密斯船长1614年所绘制的新英格兰地图中，这个海港被称为"米尔福德港"，而马萨诸塞湾则被称为"斯图亚特湾"。查尔斯王子殿下曾赋予了科德角另一个名字——詹姆斯角。关于改名，正如作家科顿·马瑟所说，科德角"这个名字我认为永远不会消失，除非有人看见一大群的鳕鱼在那里最高的山顶上游泳"。

这片海湾的发展充满偶然性，许多早期航海者都是意外闯入这里的。因为科德角曾先后成为新法兰西、新荷兰和新英格兰的一部分，所以在后来相继绘制的地图上，这里的地名也有的用法语命名，有的用荷兰语命名，还有的用英语命名，零零散散地分布在科德角各处。有一幅地图把普罗温斯敦港命名为"福伊克湾"，巴恩斯特布尔湾为"斯塔滕湾"，北面的海叫作"北海"。另一幅地图上，科德角的顶端叫"斯塔滕霍克"。还有一幅地图是这样绘制的，上面科德角的顶部有诺尔德齐、斯塔滕霍克和希特霍克，整个科德角叫作"新荷兰"，但是在剑桥发现的那一份并没有出版日期。另外，还有一幅地图把雷斯角和伍德恩德的海岸叫作"贝弗切尔"。由尚普兰绘制的深受欢迎的新法兰西地图，包括我所知晓的那幅古老且尚可辨认的如今属于新英格兰沿海地区的地图，都把科德角叫"白色海岬"。这是根据科德角的沙滩颜色给这里命名的。1605年，德蒙特[①]和尚普兰曾到过这里，第二年普瓦特兰库尔特和尚普兰又到此处进行了深入探索。尚普兰在他的《旅行》一书中对这两次探险做了详尽的描述，并附有这一海湾两处港口的海图和水深，一处是"凶险沙洲"，一处是"命运港口"——查塔姆港。奥格尔比在他的美洲地图中采用了这两个地名。他还详细描述了野蛮人的生活方式和习俗，并用整版的插图描绘了那些野蛮人突然袭击并杀死五六名法国人的场景。后来法国人也杀死了一些土著人，而且还想抓走几个带到罗亚尔港去把他们放在手磨里碾碎作为报复。

旧历[②]1620年11月11日时，历史已经走入近代了。我们都知道清教徒早期移民是在那时候乘坐"五月花"号停泊在科德角港湾的。他们9月6日从英格兰的普利茅斯起航，根据《莫特的故事》中的记述："承蒙上帝庇佑，虽然我们在狂风暴雨中历经磨难，但在11月9日看到了陆地，我们以为那里就是科德角，后来证实是正确的。11月11日，我们在海湾里抛锚停船，这是一个很好的港口，海湾也令人心情愉悦。除了入口处，整个海湾呈环形，入口两侧陆地之间的距离约4英里。海岸周围生长着橡树、松树、杜松、檫木和其他芳香树木。这是一个可以安全驶入上千艘船只的港湾。我们在那里的树林中和水边解决了内急，随后在我们的双桅船准备沿岸航行去寻找居住地，我们趁机休整，恢复精力。"

我们先经过朝圣者旅馆，但没有进去，因为那里对于我们来说实在高不可攀（后来我们才得知我们并不必如此苛求）。最后我们住进了富勒旅馆，在那里吃了些碎鱼和豆子，此外还喝了一些不会令人喝醉的酒，为了恢复体力，以便能够继续在海岬北面沿岸旅行，我们也需要让双腿得到休息。清教徒早期移民还说："我们的船无法到达近岸0.75英里处，因为水太浅了，这使我们不得不涉水走一两箭地远才能上岸，这对于我们来说才是真正的伤害，因为这时候的水温要比正常的严寒天气还冷，以至于很多人都开始伤风和咳嗽。我们的身体因为这次伤害变得非常虚弱。"这种情况也确实夺去了一些人的生命。

普罗温斯敦港靠近岸边的水非常浅，尤其是清教徒早期移民登陆的港口前端

① 德蒙特，尚普兰探险活动的赞助人。

② 此处指公元前45年儒略·恺撒所制定的儒略历，后来被教皇格列高利十三世于1582年颁布的现代的格里历取代。

附近。第二年夏天，我离开那个地方的时候，由于轮船无法停靠在码头，我只好乘马车到 30 杆外的浅水中的一艘大船上去，一群在周围蹚水玩耍的小男孩儿陪我们一起过去，然后轮船上的人用一根绳子把我们从那个大船上拖过去。港口附近水浅而且沙多，退潮之后，靠近岸边的船就会在沙滩上搁浅，因此沿海航行的人都喜欢到这里来给他们的船刷漆。

我们在星期日上午到达那里，码头上正好有一圈懒洋洋的人在那里抽烟，上岸后我就加入了他们。这时，担任教区治安官的旅店老板正要前去阻止一些正在给他们的船刷油漆的水手。不断有人朝我们走来，加入其中，那些人都是一副没睡醒的样子，边走边揉着眼睛。我们从一位老人那儿知道，在他们这里，星期日是休息日，因此大家都习惯在星期日睡懒觉。我说我认为他们完全可以让那个人来帮我们大家刷油漆。那种活干起来并不是十分吵闹，我们完全可以安心祈祷。这群人中有个年轻人听到我的建议，立刻拿下了嘴里叼着的烟斗，提出反对意见，他说那样做可不行，明显不符合上帝的法律，如果不加以制止和约束，就会有许多船只都开到这里刷焦油、装配桅帆索具，以及油漆船体，那样我们就不能好好度过安息日了。如果他没有以宗教的名义来反驳的话，这番话倒是很有说服力的。第二年夏天，一个闷热的星期日下午，我坐在那里的一个小山岗上沉思。从一扇敞开的礼拜堂窗户内传来一阵噪音，我的思绪被打断了。那是一个像船上的水手长官一样高声喊叫着的声音，是一个牧师发出的，我想他一定连牧师袍都脱了，真是亵渎了礼拜堂那种宁静肃穆的气氛。有什么比这更令人厌恶和沮丧呢，我真希望那位治安官能够及时去制止他的行为。

清教徒早期移民曾说："我们从未见过像这里这么多的鸟。"

不过这里除了各个种类的海鸥，看不到其他鸟类。海鸥的数量确实很多，海港东边的浅水沙洲是海鸥最喜爱的聚集地。我们看到一个人从一条小船上下来，沿着海滨蹑手蹑脚地前行，很显然，他是想去抓捕海鸥，但那些海鸥突然之间全部腾空飞走了，留下那个人不知所措地愣在那里。那些海鸥明显吃饱喝足了，可那个人的肚子却还是空空如也。

值得注意的是，无论是清教徒早期移民还是他们的记录者，在对科德角的描述中，都是说这里不仅树木繁茂，而且土层深厚，土壤肥沃，几乎没有提到"沙"这个字眼，可如今这一地区在航海者的眼中却是一片荒凉、贫瘠的景象。他们发现“这里的土地上布满了沙丘，非常像荷兰的有草丘陵地，但这里地壳表层的优质黑土有一锹深，显然土质要好得多”。但是如今我们却发现这里的地面外壳也已经不复存在了——前提是它以前确实有，至于这里的土壤，那更是无影无踪了。除了在沼泽地里，普罗温斯敦的黑土恐怕连一个花盆都无法填满。他们还说那里“到处都是树木，可以看到橡树、松树、檫木、杜松、桦树、冬青、葡萄，还有一些白蜡木和胡桃树，大部分的树林都很稀疏，而且没有林下灌木，在这些林中不仅可以步行，还能骑马”。然而现在，除了镇子东端的一片低矮小树林以及镇上居民院子中的几棵观赏树之外，我们几乎看不到任何高大得足以被称为“树”的植物。镇子后面的沙丘上只有几种前面提到的那些树的小树苗，而浓密的灌木林倒是随处可见，行走于其中都很艰难，骑马就更不可能实现了。这片陆地的大部分地面完全是一片黄沙，被风吹起的波纹犹如层层的海浪一般，除了零星几株沙茅草，沙地上几乎寸草不生。他们说，刚过东港小湾的前端，粗大的树枝和灌木丛就把他们“穿在身上的盔甲给撕成了碎片”，如果我们因为好奇心也同样穿着盔甲走进灌木丛，我们身上的盔甲也一定会被撕碎的，而当他们走入深谷时，发现那里“到处都是灌木丛和长草，清新的泉水在其中流淌而下”。

在大部分地区，我们既没看到一棵粗大的树或灌木丛，也没有找到一株灌木，甚至想让衣服被刮破都找不到能够帮忙的植物。倘若那里有足够的牧草来喂饱绵羊，从而让它们身上长出羊毛来，我敢保证，羊身上的一根毛都不会被刮掉。我们倒是看到了一些沙茅草和“贫穷草”，这些草只能使地面略微呈现出一点颜色而已。因此我猜想，他们所说的 wood-gaile 可能指的就是杨梅。

所有的叙述都一致表明，科德角这一地区在一百年前曾一度林木茂盛。然而，尽管时间有可能造成如此翻天覆地的变化，但我却认为我们应当考虑到清教徒早期移民在这类问题上的天真想法，导致他们看到了“绿色”的假象。我们不相信这里曾经绿树成荫、土壤肥沃。他们的记述也许有些是真实的，可总的来说都是很虚假的。无论是真实的，还是经过夸大之后的，他们所看到的都只是科德角的一个侧面而已。任何一个人在经过那么一番令人焦虑不安的航行过后，只要抵达一块陆地，都会感到欣喜若狂，那么他眼中的那片土地自然而然就会被美化，被渲染上玫瑰般绚丽的色彩，似乎都能从空气中闻到杜松和檫木的芳香，那里的一切美好都会被放大。约翰·史密斯船长所做的一般性即时记述却与清教徒早期移民的描述大不相同。他比他们早 6 年来到这片海岸上，他记述的语气就像一位经验丰富的旅行者、航海者和战士那样见多识广，不会因为自己的情绪而去夸大事实，也不会在科德角的某个地方停留过长时间。在 1616 年出版的《新英格兰记事》中，他描述了阿克麦克县（后改叫普利茅斯）的情况，随后写道："接下来出现的地方就是科德角，它是一个由沙岗丘陵构成的海岬，上面长满了灌木松和欧洲越橘，随处可见这类植物的残枝落叶。这个海岬呈镰刀形，一边是浩瀚的大海，一边是辽阔的海湾，是一个全天候的良港。" 尚普兰曾这样写道："我们称其为 Cap Blanc（白角），因为它是由沙洲和沙丘构成的，看上去白茫茫一片。"

当清教徒早期移民到达普利茅斯的时候，他们的记录者再次说道："这里的地表土层为一锹深"，仿佛这是他们对地壳的唯一描述方法，"有些地方的土壤是优质的黑土"。然而，根据布拉福德本人的说法，有些人认为《莫特的故事》中的某些部分就是他写的，但第二年乘坐"幸运女神"号抵达这里的人却感到大失所望，"当他们驶入科德角港口时，看到的只是一片荒芜的贫瘠之地，其他什么也没有"。很快，他们便发现自己所犯的错误是对普利茅斯土质的优良程度预估过高，这里根本没有优质的土壤。几年之后，他们终于相信自己所选择的是一块不毛之地了。布拉福德说："于是大部分人都赞同迁移到一个叫瑙塞特的地方去。"后来他们也确实这样做了，大家迁往瑙塞特，也就是现在的伊斯特姆，可是那里的情况却和这里相差无几。由此看来，一些值得尊敬的普利茅斯居民的确迁移到了那个地方。

不得不承认，在清教徒早期移民身上几乎找不到现代拓荒者的品质，他们并没有拿起斧头走进森林，因此并非美国开垦地居民的祖先。他们是一个家族和教会团体，哪怕身处荒漠，也依然渴望相聚在一起，而对前往新大陆探险和建立殖民地这种事情不感兴趣。当上面提到的那群人迁往伊斯特姆时，他们在普利茅斯修建的教堂却留守在原地，用布拉福德的话说就是："它好像一位年迈且被子女遗弃的母亲。"他们虽然于旧历的 12 月 9 日登上了普利茅斯港的克拉克岛，于 16 日抵达了普利茅斯，18 日在大陆上漫无目的地逛了一天，19 日决定在那里定居下来，但是直到第二年的 1 月 8 日，清教徒移民弗朗西斯·比灵顿才和一名大副在大约 2 英里外的地方看到了一个壮丽的池塘，也就是现在被称为"比灵顿海"的大湖。他在一棵大树的树顶上发现了这个湖，最初他还以为那是一片大海。3 月

7 日，“船长卡弗和另外 5 个人也去了那些大池塘旁边，那些池塘看起来是很好的渔场”。两处池塘都是在午后随意溜达的时候发现的，不过那里依然很荒凉。的确，他们最初忙着盖房子，但常常会因恶劣的天气而受到阻碍。如果换成是那批前往加利福尼亚或俄勒冈的移民，那么即使他们手头有很多工作而且还遇到了不太友好的印第安人，也依然改变不了他们第一天下午就会去探险的决定。如果尚普兰来到这里，在比灵顿爬上那棵大树之前，他一定会与野蛮人攀谈起来，或者是远赴康涅狄格州地区考察并绘制整幅地图。我们也可以将他们同 1603 年在芬迪湾附近寻找铜矿的法国人相对比，差别也是显而易见的，那些法国人跟着印第安人的向导逆流而上，将所有的小溪都勘察了一番。尽管如此，清教徒早期移民仍然是拓荒者，而且倘若以一种更开阔的视角来评价的话，也可以称他们为“拓荒者的祖先”。

这个时候，我们看见那艘“诺申”号小轮船正在驶入港口，它的汽笛声已经传入我们耳畔，于是我们从山岗上下来，到码头去迎接它。于是，我们就此告别了科德角和那里的乡亲们。我们很喜欢科德角人的性格，尽管我们相处的时间很短暂。他们既率真又幽默。这里的老年人的皮肤保养得非常好，似乎得益于此处含盐的空气。倘若判断失误一次，你就会再也不敢肯定自己的交谈对象究竟是自己祖父母那辈的人还是同龄人。据说，他们与本州任何其他地方的居民相比血统都更为纯正。我们听说，“巴恩斯特布尔的法庭根本无案可审，监狱都直接关门了”。我们在那里曾亲眼看到过监狱的房舍挂出“招租”的牌子。直到最近，奥尔良以南才有了正规律师。谁会去控告科德角背面沿海一带那几条吃人的鲨鱼呢？

我向特鲁罗的一位牧师询问当地的渔民在冬天时都做些什么，他回答说，他们除了串门、闲坐和闲话家常以外，几乎无所事事，不过他们在夏天却是非常努力地工作。他们休闲的时光并不太长。我感到很遗憾，因为没能在冬天的时候去那里听他们讲故事、话家常。几乎每个科德角人，至少那些能对自己的事情做主的人，都是某艘船的船长。不过并非所有人都能做到自己的事情自己做主，因为有些人的头脑里有一种消极的力量，它否定了他们的天性所做出的一切努力。大部分人只不过是下士而已。如果某个人被他的邻居们称为“船长”，那么同他的谈话一定是很有意义的，尽管他的船可能在很久以前就沉没了，而如今他正用牙齿咬着一根象征着他的航程只完成了一半的碎裂的船桅做成的烟斗。他很确信自己的船长头衔实至名归，他至少能为你讲一两个精彩的故事。

我们看到的大多数村镇都只是其背面，但我们所讲述的一切，就其本身而言却是千真万确的。我们本来有机会多了解一些关于科德角湾另一侧的情况，可是我们更想对大西洋敞开视野。我们并不想看科德角那些不如内陆或是与内陆无异的景色，我们想观赏的是科德角那别具一格或超越内陆的美景。对于那些从正面看着科德角的人来说，科德角在他们眼中是什么样子我们无从知晓，因为我们跑去看它身后的海洋了。科德角只不过是一艘船，我们站在它的甲板上所看到的一切都只不过是附着于这艘船船身上的藤壶和一些雕饰而已。

在离开码头前，我们结识了一位曾在旅馆里有过一面之缘的旅客。我们问他是从哪条路去普罗温斯敦的，他说他是星期六夜里在伍德恩德附近遭遇了风暴才被卷到附近的海岸上来的，“圣·约翰”号就是在那场风暴中失事的。他原本是缅因州的一个木匠，搭乘一艘满载木材的多桅纵帆船去波士顿，然而就在他们要驶入普罗温斯敦港的时候，风暴突然来袭。“当时天很黑，而且还有雾，”他说，“就在我们要驶向长角灯塔的时候，我们突然看到陆地离我们太近了，因为罗盘出了问题，偏离了几度（水手总是这样将责任推给罗盘）。但是当时岸边的雾很大，我们还以为陆地离得很远，便一直往前开，结果瞬间就撞上了沙洲。船长说：‘这回我们死定了。’我对他说：‘下次别再让它这样乱撞了，要向正确的方向开。’船长沉思了片刻，随即就开动了那艘船。海浪铺天盖地地向我们涌来，打得我们几乎无法呼吸。我紧紧地抓住帆索，但倘若下次再遇到这种情况，我便知道要死死抓住固定索才对。”“那么，有人遇难吗？”我问道。“没有。大家都平安抵达了伍德恩德的一座房子中过夜，尽管我们全身都湿透了，冻得瑟瑟发抖。”后来，人们看见他在旅馆里同别人下棋，以此来打发时间，还庆幸自己赢了一个高个子旅客。他补充说道：“那艘船会在今天的拍卖会上被卖掉。”（我们曾听到拍卖师宣布此事的铃声。）他说：“为此，船长的心情很低落，但我告诉他一定要打起精神来，不久之后他又会重新拥有一艘船的。”

正在这个时候，我们听到船长在码头上喊他。这位船长头戴一顶旱獭皮帽子，看上去像是刚从乡下来。我已经了解了一些他的故事，因此在我们眼里他是个极其穷困的人——一个只有一件大衣，连一艘自己的船都没有的船长！说不定那件大衣也是借来的！他的身边连一条狗都没有，只有船长这个头衔与他不离不弃。我还见到了那艘船上的其他船员。他们全都长着一副老鹰般的面孔，脸上也都露出一副仿佛被海浪拍击过的闷闷不乐的表情，甚至连戴着的帽子都是同一款式。经过伍德恩德时，我们看到了岸上的那堆木材，那就是他们那艘船上装载的货物。

夏天在长角附近，你经常可以看到有人乘坐小船在海岸附近捕捉龙虾，然后送到纽约的市场上去卖，更确切地说，应该是龙虾自投罗网，因为它们一旦抓住了渔网上的诱饵就不会再松开，因此人们能够轻而易举就将它们拖上来。他们以每只 2 美分的价格出售新鲜龙虾。人类只需要比龙虾稍微聪明一点儿，就能让龙虾上钩并从中获利了。还是午夜时分，捕鲭船队便陆陆续续出海了，离开科德角的时候，我们的船与许多扬帆起航的捕鲭船擦肩而过，而且距离近得足以清楚地观察他们。6 个穿红衬衣的男人正趴在船舷上向我们张望。我们问他们捕了多少鱼，船长大声地告诉我们所捕获的桶数。每当有轮船经过的时候，所有的水手都会驻足观看，或大声叫喊欢迎对方，或嘻嘻哈哈嘲弄对方。有一艘船上有一只大大的纽芬兰狗，只见它前爪搭在舷栏上直立起来，跟水手差不多高，而且看上去似乎在智力方面也与他们相当。不过，船长不愿意让人觉得他的职业还不如一条狗，于是敲了敲大狗的鼻子，命令它趴在底下。这就是人类所行的公平之举！我仿佛听到那条狗正趴在下面向人类大声呼唤，要求把上帝赐予的公正归还给它。如此看来，它的胸怀要比人类的坦荡多了。

越过科德角湾数英里后，我们回首遥望，依然能看到科德角周围坏绕着的捕鲭船的点点白帆。当我们只能看见船桅而看不到船身，而且科德角顶端的低地也消失不见的时候，我们依然能够看到科德角两边林立着的白色船帆，仿佛一座屹立在海面上的孤城，周围的一切事物都已朦胧，突显出科德角港的与众不同。科德角这个地名只是在描述一个简单的事实——鳕鱼之角，真正富有诗意的名字能描述出一个地方给旁观者带来的第一印象。有些海角的名字就很有意思，比如苏格兰西北端有个拉斯角[①]，对于远方海面上低沉的天空下的一块海角来说，这地名多么形象啊！

今天早上的海滨虽然很暖和，但海上却感觉寒风刺骨。尽管此时在陆地上正

① 拉斯角，Cape Wrath，wrath 在英语里为愤怒、狂怒的意思。

是7月里最热的一天，即使在融化的冰山上只漂流4个小时，但你也必须带上最保暖的衣物。第二年的6月25日，当我乘轮船离开波士顿的时候，陆地上也是风和日丽的好天气，旅客大多只穿了一层薄薄的单衣，最初还有人坐在遮阳伞下面，可是当航行到科德角湾外面时，那些只穿了单衣的乘客就已经冻得受不了了，他们有的躲到驾驶室去避风，有的挤在烟囱旁取暖。当船行到普罗温斯敦港附近时，我惊讶地发现那里有一片只有一两英里宽的狭长沙洲，它对周围数英里范围内的气温都产生了较大影响。我们又进入了空气闷热的地方，人们纷纷换上薄外套，而且我们发现当地人都是一副热得很痛苦的样子。

船缓缓驶离了普利茅斯的马努米特角和锡楚埃特海岸，由于四周雾气很浓，我们有一两个小时都没有看到陆地。当我们又一次靠近迈诺特暗礁的科哈塞特礁时，我们看到了锡楚埃特海岸边那棵粗壮的大蓝果树，蓝果树的树冠像一把大伞凌驾于周围的树木之上，在周围数英里内的陆地上和海上都清晰可见。一座尚未竣工的铁质结构灯塔就在这里。这座灯塔就像一个扣在几根高大铁柱上的被漆成了红色的蛋壳，又如同漂浮在大海上的一颗海怪的卵，命中注定要闪耀光芒。半潮时，我们从它旁边经过，只见浪花已快要溅到它上面了。不久后就会有个人日日夜夜都在那个距离海滨1英里远的“蛋壳”里驻守了。第二年夏天，我再次经过那里时，灯塔已经竣工，里面住着两位灯塔看守人。其中一位说，别人告诉他，在刚刚过去的一次暴风中，灯塔摇晃得很厉害，就连桌上的盘子都被晃掉了。想想看，竟然有人在浪峰中忍受如此痛苦！海浪像饿狼一般日夜盯着你，还会不时地向你猛扑过来，被它吞噬似乎是早晚的事情。没有一个航海者能够消除你的痛苦，可是，当远处的灯火熄灭时，你的生命也走到了尽头。浪花上是多么完美的创作之地！在所有人的眼中，这座灯塔都是明亮的北极星，每个旅客注视它的时间都至少有半个小时，然而船上的一个黑人厨师却是第一次看见它。我曾看到过他几次从厨房里出来，张开手臂把剩菜剩饭倒在船舷外。这一次，正好我们的船行驶到与灯塔相距不到40杆的平行位置上，大家都在凝视着灯塔，他倒完饭菜缩回手臂时突然瞥见了灯塔，不禁惊呼：“那是什么？”他在这艘船上已经工作一年了，除了周末以外，这艘船每天都经过这座灯塔，可是他却从来没有碰巧在经过灯塔的那个时刻出来倒剩饭剩菜，因此他以前从未看见过这座灯塔。凝视灯塔是水手的职责，他只需要管好厨房里的炉火。这说明有的人虽然环游过世界，可他的所见所闻却有可能微乎其微。倘若有人告诉你，有些人因为从未在适当的时机走到门外，因此连太阳还没有见过，你也不会对此产生怀疑。如果你一生都待在山脚下，那么把灯放在了山顶上又有什么意义呢？还不如把光芒收敛起来的好。后来，正如大家所了解的那样，1851 年 4 月，一场风暴将这座灯塔连同里面住着的两个看守员一同刮走了，第二天早上从海岸上眺望时，灯塔已消失得无影无踪。

一个赫尔人告诉我，几年前，他曾帮忙在迈诺特暗礁上竖起了一根白栎木杆子。那根杆子直径 15 英寸，高 41 英尺，插入岩石中 4 英尺深，还用了 4 根支索加固。但是，它只挺立了一年。不过它旁边堆起来的圆锥形石头堆却保持了 8 年。

7 月，我在梅尔罗斯横渡科德角湾的时候，为了能够充分借助风力，我们的船尽可能长时间地紧贴锡楚埃特海岸航行。在远离海湾（这片海岸之外）的地方，我们吓跑了附近的一窝小鸭子，我想那些可能是黑鸭，它们经常被航行中的轮船惊扰。船行至海湾中间时，一个初次坐船在海上旅行的镇政务委员慢慢地绕到舵手后面，在那里坐下之前，望着大海说："多么不同寻常的大海啊！"这明显是在拾人牙慧，却偏要以一种语出惊人的语气说出来。他曾是个木材商人，我曾看见他用他的手杖测量主桅的直径并以此估算它的高度。那次旅行回来时，我乘坐的是"奥拉塔"号，它是一艘造型美观且航速很快的游艇，与另外的"梅尔罗斯"号和"弗洛里克"号两艘轮船同时离开了普罗温斯敦。这三艘船都在长角磨蹭了一个小时，在那期间，海面上风平浪静，几乎没有一丝风，乘客们纷纷探头观看船舷外那平静水面下 15 英尺深的海底，那里有着巨大的沙环和各种各样的鱼。在行驶过海岬之后，我们的游艇上装配起了三角帆，于是我们就像船长预言的那样，很快就把那两艘轮船远远地甩在了后面。北面 6 至 8 英里处，靠近科德角有一艘轮船正拖着一条大船驶向波士顿。轮船的烟囱冒出的滚滚黑烟在海面上平直地延伸了好几英里远，后来这烟雾突然改变了方向，我们因此感到这是海风在预警。轮船似乎与它拖着的那条船相隔很远，几个经常拿着船长的望远镜来观看的年轻人仔细观察了一番，却发现两艘船竟然不是连在一起的，他们很惊奇那两艘船怎么能一连几个小时都保持着相同的间隔距离。对此，船长冷冰冰地说道，那两艘船之间的距离大概永远不会缩短，只要风箱和风力都保持稳定，我们就始终能与那两艘船齐头并进，但是风越来越弱并且几乎停止，而我们的船却能够借助三角帆航行。我们经过迈诺特暗礁的导航灯船时，“梅尔罗斯”号和“弗洛里克”号已经在遥远的10英里开外了，现在只能勉强看到它们的船尾。

想想看，那些岛屿被赋予了所有圣徒的名字，而且布满了像海胆一样的堡垒，但警察却不让两个爱尔兰人在其中一个岛上进行非公开的私人拳击比赛，因为那里是由政府控制的。所有的大海港都处于准备出拳的状态，你必须小心翼翼地航行在它两排指关节之间才能感受到它们胸膛的温暖。

据说，百慕大群岛是由一艘名叫“百慕大”号的西班牙船发现的，不过那艘船已经在那里沉没了。约翰·史密斯船长说：“在它被发现前的六千年里，它一直默默无闻地待着。”英国人在最初几次去弗吉尼亚的航程中都没能发现这片群岛，第一个到达该群岛的英国人于1593年在那里遭遇海难身亡了。约翰·史密斯说：“目前来看，没有什么地方的围墙比那里的更结实，也没有什么地方的壕沟比那里的更宽阔。”1612年，第一任总督在百慕大群岛建立了一个约有60人的殖民地，又于同年“建立了八九座堡垒”。也许有人会说，这是准备招待那些下一次在这里遭遇海难的船员的，若是如此，那么建造八九座“慈善屋”似乎比建造堡垒更合乎常理。这就是永远被怒浪狂涛环抱着的百慕大群岛。

我们船上的巨大船帆鼓足了风，低矮而狭长的船体所产生的摩擦力很小，因此我们的船向前疾驰，逆流驶入港口。一艘单桅小帆船正捕鱼归来，当我们的船平稳地从他们旁边驶过时，那艘船上有几个年轻人走到舷侧，颇有风度地欠身说道：“我们甘拜下风。”不过，我们的船有时也会停滞不前。水手们盯住岸上的（两个）参照物，以便确定我们的船是在前进还是在后退。海港内好像是节日的夜晚，热闹非凡。一艘从美国东部地区驶来的轮船满载着音乐和欢歌笑语从我们旁边经过，仿佛要去参加舞会，不过也有可能会奔赴海洋之底。

我们经过那里的时候，我刚好听到一个男孩儿正在给几个女孩儿讲尼克斯的伴侣的事情。尼克斯是一个被绞死的水手，他当时曾说：“如果我有罪，这个岛就会安然无恙，但如果我是无辜的，这座海岛将被大海吞没！”——如今，这座海岛已不复存在。

随后，我们又来到了乔治岛上的堡垒。这些堡垒的建造极为拙劣，设计甚是幼稚，这并非我们的专长，而是我们的缺点。乌尔夫曾在黑夜的掩护下驶近北美最为坚固的堡垒并将其攻克。

我们的船终于在接近长坞码头的尽头时停靠了，我非常钦佩这种驾驶技术。天色已近黄昏，暮色使眼前的事物一片模糊，我甚至将伸向我们的一个个码头当作了挤满船只的平直海岸。在距长坞码头只有 0.25 英里的时候，你都没办法判断出码头的位置。尽管如此，你的船还是会被吹进码头间的缝隙中，稳稳地驶入那座迷宫。船的主帆降了下来，只靠三角帆的助力前行。我们已成功躲开了几艘在此经过的船，距离码头上那些密集的船只只有几杆的距离了，然而我们仍然仿佛身处迷宫，只能看见各式各样的船桅、索具、船帆和船体，看不到丝毫空隙。这时候，三角帆也降了下来，我们的船依然没有停泊，船长站在船尾，一手扶着舵柄，一手拿着夜用望远镜，他的儿子则站在船首的斜桁上，瞪大眼睛使劲儿看着眼前的一切。船似乎随时有被撞毁的危险，看得乘客们胆战心惊。船长则平静地问道："看到哪里有空隙了吗？" 他只有 5 秒钟的裁定时间，不然要么船首的斜桁会被折断，要么他自己会丧命。"有的，船长，这里有地方可以让我们停泊。"随后，仅仅用了 3 分多钟，我们的船便在两条大船之间的小间隙处稳稳地停靠在了码头上。

现在我们已经身处波士顿了。凡是到过长坞码头的尽头并步行穿过昆西市场的人，都领略过波士顿的风采。

波士顿、纽约、费城、查尔斯顿、新奥尔良以及其他许多城市，都是伸入海中的码头的名字（四周都是商店和商人的住宅），是装卸货物的好地方（把从其他地方运来的产品卸到岸上，把我们自己的输出产品装上船）。我看到无数只大桶和木鼓圆桶、成堆的制作伞柄用的木头、大块的花岗石和成堆的货物，以及包装和输送货物用的工具，有包装纸、麻绳、水果箱、大桶和手推车。这就是波士顿，那些圆桶就能够体现出波士顿的特色。在这里，博物馆、学术团体以及图书馆等都只是附带的东西，它们聚集在沙滩附近以防陷入困境。在码头徘徊的流浪汉、海关官员和年老体弱的诗人都在那些圆桶之间寻找着财富。他们的演讲、布道还有教义，无论是好是坏都无关紧要，平民百姓的争吵也不值一提。我来到波士顿时自然而然会穿过市区（路上会经过市场），径直来到长坞码头的尽头，然后向码头外望去，因为在那些小街陋巷中没有与我志同道合的人。我在那里遇到了许多来自缅因州、宾夕法尼亚州以及沿海和近岸的人，还有许多外国人，他们只穿着衬衫，有的忙于装卸货物，有的则驾着马车四处闲逛，这里的景象就像乡间集市那样热闹非凡。

10月，当我再次来到波士顿的时候，我的鞋里面装了1吉尔[①]普罗温斯敦的沙，在回到康科德的时候还剩了不少，足够撒满我多日来的日记。在后来的一个星期里，我仿佛住在了一个贝壳中，能够听到海浪咆哮的声音。

我所描述的地方在我家乡的人看来，既陌生又遥远，从波士顿到普罗温斯敦的距离是从英国到法国的距离的两倍，的确很远，不过如果乘车的话，只要6个小时你就能站在普罗温斯敦那条由四块厚木板铺成的人行道上欣赏眼前的整个科德角了。据说是戈斯诺尔德发现的科德角，而我对科德角的描述只是冰山一角。如果你从头阅读我的记述的话，那么跟随我们从瑙塞特灯塔一路来到雷斯角的你，一定看见了那大约30英里的黄沙路上留下的新鲜足迹。尽管我们没有注意到，而且我们的记述可能在你心里也没留下什么深刻的印象，但我们所走的每一步都深深地印在了科德角。然而我们记述了些什么呢？既没有咆哮的大海，也没有翱翔的海鸟，亦没有岸边的落纤布。

我们如今依然乐于回忆起海边居民们的生活，至少会想起仲夏时节天气晴朗时的海滩。他们生活在阳光明媚的沙滩上，生活在沙茅草与杨梅之中，奶牛与他们为伴，一些漂木和几株海滨李子树就是他们的财富，浪涛拍岸和海鸟鸣唱就是他们的音乐。

我们曾亲眼见过大西洋，那大概是沿海地区人们的最佳去处。如果乘船去的话，你就能够体验一下走近和远离这些海岸的别样情景。你会看到海燕在海面上盘旋，天气只要有一点阴霾，中途经过的陆地可能就会被云雾掩盖从而无法看到。这里的海滩笔直地伸向远方，其间没有被任何小溪、小湾、淡水河或沼泽阻拦，我还从未见过大西洋沿岸的其他州有哪一处海岸与之相同，尽管有些海滩从地图上看毫无破绽，但徒步的旅行者在途中可能会发现有小湾或沼泽穿插其间，打破了它的完整性。此外，那片海滩的双重性也是其他海滩所不具备的——在那里，一边是海滩，一边是堤岸，你可以同时看到陆地和海洋，有时则两面都是大海。后来我曾去过长岛的大南滩，那里比这片海滩更长，而且也没有小港湾将其打断，但它实际上却只是距离长岛数英里的浮出海面的一个沙洲，而不是被海洋

① 吉尔，美国旧制的强度和容量单位，用来测量液体，1吉尔相当于0.25品脱或4盎司（118毫升）。

侵蚀大陆边缘而形成的沙滩。尽管那里偏僻荒凉，但海岸却很平坦，丝毫不险峻，因此在我看来，它的美丽程度只能赶上科德角的一半，而且它朝南一面的景色也缺少魅力，不足以满足人们的想象力。我曾听水手们说，我国大西洋沿岸的其他比较美丽的长滩有泽西海岸的巴尼加特海滩，还有弗吉尼亚与北卡罗来纳之间的柯里塔克海滩，但这些海滩就像长岛的大南滩一样，都是与大陆分隔开的地势低矮且近岸的狭窄沙洲。而且这些海岸的潮水越往南越微弱，丝毫没有大海的壮丽气势，海岸景色也因此而显得平庸。在太平洋沿岸这一侧，适合徒步旅行的好地方也有很多。一位曾经居住在那里的近代作家告诉过我们："从失望角（或哥伦比亚河）到弗拉特里角（位于胡安·德富卡海峡）的这片海岸差不多是南北走向，而且几乎整片海滩都景色优美，可以悠然漫步其上。"中途只有两处海湾、四五条河流和几个伸入海里的岬角。那里常见的有壳水生动物与科德角的不是同种就是同类。然而，我所描述的海滩用来行驶马车则不够坚实，一辆马车驶过之后就会留下很深的车辙，后来的马车会陷入其中，因此必须依靠步行来探险。到目前为止，它还是个无名之地，当然也就没有什么名声了。瑙塞特港以南的那部分通常被称为查塔姆海滩，伊斯特姆境内的那部分则被称为瑙塞特海滩，通向韦尔弗利特和特鲁罗的那段叫巴克赛德，大概有时也被称为科德角海滩。在我看来，真正的科德角海滩应该是从瑙塞特港到雷斯角之间的那段连绵不断的长滩，而我也是一直按照自己的想法来称呼它的。

对于游客来说，最具吸引力的一个地方在韦尔弗利特的东北部，那里离海滨不到半英里就可能有方便的设施（我指的是供健康状况和生活习惯都正常的男女所使用的膳宿之处）。那是个乡村与海滨完美结合的地方。在那里，虽然看不见大西洋，但它那好似柔情细语的海浪声却不时传到你的耳畔，你只需要爬上一个小山岗就会发现自己就在它的身旁。这里无比平静的水面似乎与波涛不止的大西洋仅一步之隔。或许只有特鲁罗的高地灯塔才能够媲美此地，因为那里可以将大西洋和科德角湾的景色一览无遗，而且即使是在夏天，岸边也总是微风徐徐，因此当地居民从不知道天气炎热是什么感觉。至于那里的景色，灯塔看守员每顿饭后都会带上家人一起去岸边欣赏大海的美景，仿佛他们是第一次去那里一样。总之，那里的景色真是百看不厌。你家中墙壁上的挂图，又有哪一幅佳作能够替代它呢？不过目前倘若没有滑轮和索具的帮助，女士们尚没办法从岸上下去。

大多数人都是在温暖的天气里去海滨的，那时候海滨时常有雾，空气也比较憋闷，大海的魔力似乎在某种程度上消失了。不过我认为，秋天才是去海边最好的季节，因为那时候的空气更加清新，眺望海面的时候会倍感欢愉。大海希望给人们留下深刻的印象，清爽的空气和秋冬季节狂躁的风暴都是它的必备手段，因此我们应当理解大海的良苦用心，欢欣地接受大海的一切。在10月，海边的景色会呈现出淡淡的秋意，我觉得除了科德角，你在任何地方都看不到这样的景色。如果你在那里短暂逗留时能够遇到异常风暴的话，这种感觉就更加强烈了——我坚信那是去科德角旅行的最佳时节。秋天，甚至是8月，适合沉思的时节就已经开始了，之后我们漫步到任何地方都会有所收获。此外，寒冷而阴郁的外界环境令你不得不仔细寻找合适的栖身之处，这会为你的旅行平添了一份冒险的神奇色彩。

总有一天，这片海岸会成为那些真正向往海滨的新英格兰人蜂拥而至的地方。现在，上流社会的风尚还没有让人们听说这里，而且很可能他们永远都不会对这个地方产生喜爱之情。如果旅行者只想寻找十柱滚木球游戏的球场、环形铁路或薄荷朱利酒的海洋，如果他想要的只是美酒而不是海洋——因为有些到纽波特的人就是这样——那么我相信，这个地方会令这种人大失所望。不过，可以肯定的是，这片海滨在将来绝不会像现在这么魅力十足。那些上流社会的人士所喜爱的那种海滩，我敢说是大海在一天之内就可以将其移走的变幻无常的海滩。林恩海滩和南塔斯克特海滩啊，是这只赤裸而弯曲的手臂造就了你们可以舒适地躺卧其中的海湾。泉水和瀑布又算得了什么？这里才是泉中之泉，瀑中之瀑。秋冬那些风暴来袭的日子里，正是到这里游览的最佳时节，灯塔和渔民的小屋就是最好的旅店。当你一个人站在科德角时，可以忘掉整个美国。